먼
길
1

먼 길 1

초판 1쇄 발행 2024년 12월 31일

지은이 허옥희
펴낸이 장길수
펴낸곳 지식과감성⁺
출판등록 제2012-000081호

교정 한장희
디자인 서혜인
편집 윤혜성
검수 김지원, 윤혜성
마케팅 김윤길, 정은혜

주소 서울시 금천구 벚꽃로298 대륭포스트타워6차 1212호
전화 070-4651-3730~4
팩스 070-4325-7006
이메일 ksbookup@naver.com
홈페이지 www.knsbookup.com

ISBN 979-11-392-2308-8(03810)
값 16,900원

- 이 책의 판권은 지은이에게 있습니다.
- 이 책 내용의 전부 또는 일부를 재사용하려면 반드시 지은이의 서면 동의를 받아야 합니다.
- 잘못된 책은 구입하신 곳에서 바꾸어 드립니다.

지식과감성⁺
홈페이지 바로가기

허옥희 지음

먼 길 1

오솔길은 짙은 안개에 묻혀 끝이 보이지 않았다.
구불구불 이어진 길로 첫걸음을 디뎠다.

먼 길, 아직은 가늠조차 할 수 없는 머나먼 길이 앞에 있었다.

지식과감성

오늘을 버티는
고향에 이 글을 바친다.

추천사

　허옥희의 장편소설 《먼 길 1》은 저 건너편의 곤욕스러운 소문에 대한 생생한 취재 보고서다. 그저 반신반의하며 소문으로 그치기를 염원하던 세계를 그 세계에 살던 사람들의 몸과 가슴에 난 상처를 통해 슬픈 운명의 스토리로 복원했다.
　《먼 길 1》 원고를 받고 단숨에 읽었다. 마지막 장면에서 가슴이 먹먹해져 오랫동안 먼 하늘을 올려다보았다.
　《먼 길 1》의 주인공 '나'는 국군포로 가족이라는 차별적 성분과 연좌제로 인해 특별한 잘못도 없이 나락으로 떨어진다. 나락에서 기어오르면 다시 밀어 넣기를 끝도 없이 반복하는 사회에서 '나'는 마침내 절대 가서는 안 된다고 믿었던 까다롭고 험한 '먼 길'을 선택한다. '먼 길'의 끝에는 무엇이 펼쳐질지 아무런 기약이 없다. 다만 지금보다는 낫기를 바랄 뿐이다.
　공동체의 삶을 규율하는 법과 규정은 공동체 구성원의 삶의 질을 향상시킨다는 뚜렷한 방향성을 벗어나면 안 된다. '정책이 있으면 대책이 있다'는 세언(世諺)이 있다. 정부의 정책과 법기관의 단속이 민초들의 생존을 위협할 때 민초들은 생존을 영위할 대책을 마련할 수밖에 없다. 그것은 편법, 불법을 떠나 생존 자체의 자연스러운 현상이다.
　　휴전선 이북 동포들의 삶은 분단 이래 한국 문학사에서 어둠에 갇혀 있었다. 최근에 이르러 탈북 문인들에 의해 돈절의 시간에 균열이 일고, 어둠에 갇힌 반쪽을 조명하기 시작했다는 측면에서 한국 문학사는 변곡점을 맞이하고 있다. 허옥희는 이 변곡점을 두터이 하는 작가 중 선두에 서 있음을 이 작품으로 증명했다. 분단 문학의 커다란 초석이다.

소설가, 통일문학포럼 상임이사
이정

추천사

가족의 힘 – 소설 속에서도, 현실 속에서도!

책은 소설이지만 동시에 지금도 북한의 어느 마을에서 벌어지고 있는 진실의 기록입니다.

책은 먼저 가족의 가치를 다룹니다. 저자는 남편, 친구, 그 친구의 배신, 가난과 불합리 그리고 중국으로의 탈출을 가족이라는 연결 고리로 풀어냅니다. 책의 중심에는 남편의 친구인 우석의 배신이 있습니다. 담배공장의 직원이었던 남편이 친구 우석에게 지나가는 말로 한 '남쪽에서 비전향 장기수를 보낸 것처럼 국군포로도 고향에 보내야 한다'고 한 것을 정작 남쪽 가정 출신인 우석이 보위부에 고발하였기 때문입니다. 책은 내내 남편의 부재를 모든 사건의 뿌리에 둡니다. 그러기에 책은 가족소설이라고 불려도 무방합니다. '보위부에 잡혀간 남편의 실종은 내 삶을 전생과 현생처럼 나누었다'는 주인공의 독백처럼 여인에게 남편과 가정이 주는 의미가 책 안에 고스란히 담겨 있습니다.

또한 책은 북한의 현실을 다룹니다. 독자들은 두 딸 지향과 지연을 남편 없이 키우는 주인공의 삶을 통해 오늘의 북한을 가장 근접한 거리에서 볼 수 있습니다. 보편적으로 '북한 이탈 주민'으로 불리는 북향민들의 글은 문학성보다는 자전적 요소가 강하지만 허 박사의 글에서는 남다른 상상력과 글솜씨가 번뜩입니다. 독자는 남편을 그리워하며 자신의 처지를 아파하는 주인공의 독백을 읽어가는 동안 모두 저자의 마음에 동감할 것이며, 북한은 오늘도 가족의 생이별이 벌어지는 슬픔의 현장이라는 사실에 아파할 것입니다.

남편은 내게 죽은 사람인가, 산 사람인가. 비록 옆에서 그의 체취를 느낄 순 없지만, 지연이의 눈동자 속에, 지향이의 걸음걸이에, 숟가락을 드는 손짓에 남편은 생생히 살아있다. 볼 수 없다고 죽은 건 아니야. 내 마음이 기억하고, 아이들과 이어져 있고, 이것이 가족이고 혈연이다.

나아가 이 책은 분단의 슬픔을 기록한 역사서입니다. 저자는 국군포로 시아버지가 임종 때 남긴 군번과 시 그리고 헤어진 자녀들의 이름을 통해 평생 남쪽을 그리워하는 이산가족의 아픔을 전달합니다.

기회(9192045)

강물 위에 다리는 놓였던 것을
때아닌 거친 물결이
다리를 무너치고 흘렀답니다.

먼저 건넌 당신이
그만큼 부를 때 왜 안 갔던가
당신은 저편서 나는 이편서
때때로 바라보며 울 뿐입니다려

―――――――――

계산동
신영희 1948. 2. 9.
신순희 1950. 7. 27.

―――――――――

평생 남쪽을 그리워했지만, 속의 미움을 묻어두고 살이야만 했던 시아버지의 마음이 마지막 남긴 시와 자녀들의 이름에 담겨있습니다. 이산의 슬픔 분단의 아픔입니다.

마지막으로 저자는 두 딸을 데리고 중국으로 가려고 강을 건너기 전, 친정어머니와 나누는 주인공의 대화에서 다시금 가족의 가치를 전달합니다. 반역자라는 오명을 아들들의 머리에 씌우고 싶지 않은 친정엄마는 끝내 중국으로 가는 딸을 따라나서지 않았기 때문입니다. 책은 이렇게 북한이라는 고통의 땅에서 오늘도 살아내는 힘이 가족이라는 단어에 담겨있다는 것을 말합니다.

한국에 정착해 기독교 신앙 안에서 자식들을 힘써 키우며 또 열심히 공부해 복지 관련 박사학위를 취득하고 나아가 어엿한 직장을 세워 이끄는 허옥희 집사님의 이 슬프고도 아름다운 책의 일독을 권합니다.

혜림교회
김영우 목사

추천사

　12년째 탈북민 사역을 틈틈이 하고 있는 저는 이 소설의 저자 허옥희 님을 10여 년 전에 만나서 지금까지 교제하며 지내오고 있습니다.
　이분이 왜, 어떻게 탈북을 했고 그동안 북한과 중국에서 있었던 기가 막힌 사연들을 다 들었고 눈물을 흘리고 감동을 받았고 이분이 대한민국에 와서 어떻게 사셨는지, 그리고 현재도 어떻게 살고 계시는지를 지척에서 보고 알고 있습니다. 신산의 세월을 이겨내고 재가요양보호센터의 센터장으로, 동포 사랑이란 매체의 기자로, 사회복지학 박사로, 그리고 한 가정의 엄마와 아내로, 문필가로 일인다역의 삶을 열심히 살아가는 허옥희 님을 항상 응원하며 기도합니다.

　우리의 심금을 울리고 정부에서 양서로 지정받아 공공 도서관에도 비치될 정도의 반향을 일으킨 《엄마의 이별 방정식》이란 수필을 쓴 저자가 이번에 처녀작으로 발표한 소설 《먼 길 1》을 읽으며 읽는 내내 가슴이 먹먹함을 느꼈습니다. 1인칭으로 쓰여 마치 논픽션을 읽는듯한 착각을 불러일으킬 정도로 실감 나는 소설인데 마치 제가 북한에 가서 직접 책 속의 상황을 겪는듯한 느낌까지 들게 하는 놀라운 소설입니다.

　이 책은 대한민국 국민이라면, 그리고 지금도 북한에서 이 책 속의 삶을 버티며 살아가는 우리의 동포들에게 조금이라도 관심을 가진 분들이라면 반드시 읽어야 할 귀한 소설입니다.

　이 소설을 읽고 나면 여러분도 저처럼 가슴이 먹먹해지실 겁니다. 그리고 하루속히 자유민주주의로의 통일이 이루어지길 소망하게 되실 겁니다.

　이 시대의 보석 같은 소설, 《먼 길 1》의 일독을 권하며 저자와 함께 가족 사랑과 통일 염원의 여정을 떠나보시기를 바랍니다.

(주)스타리치어드바이져 본부장
김정환

목차

제1장 작은 지붕 아래   11

제2장 실종   55

제3장 길   107

제4장 고용   167

제5장 기회   225

제1장

작은 지붕 아래

1

 눈을 떴다. 전기다. 어둠이 물러간 방에 빛이 가득 찼다. 노란 장판에 내려앉은 빛은 포근하고 아늑했다. 잠든 두 아이의 숨소리가 쌔근쌔근 들렸다. 둘째는 자면서도 옆으로 굴러왔고 큰딸은 초저녁 그대로다. 베개를 고여주며 천진한 얼굴을 만져봤다. 연약하고, 부드럽고 따뜻했다. 오똑한 코, 장난기 가득한 눈을 덮은 가지런한 속눈썹이 시선을 끌었다.
 땡땡땡……. 고요를 깨는 종소리에 몸을 일으켰다. 바늘이 자정을 넘어가고 있었다. 전야근(16시~24시)인 남편의 퇴근 시간에 맞춰 전기가 들어와 아궁이에 불을 지피는 수고를 덜었다. 찬장 아래 감춰둔 히터(전기곤로)를 꺼내고 냄비를 얹었다. 타래진 선이 금방 빨갛게 달아올랐다. 지난 추석에 얻은 돼지기름을 한 술 덜어 넣고 파와 숭숭 썬 두부, 풋고추를 넣었다. 뚜껑을 덮으려다 물을 좀 더 부어 양을 늘렸다. 구수한 냄새가 감돌았다. 흰 김을 뿜는 탕을 들어낼 즈음 밖에서 인기척이 났다.
 남편이 친구인 우석과 근수 아저씨와 들어섰다. 그의 눈짓에 얼른 문 앞에 세워놓은 자루를 들었다. 남편 직장의 생산물인 포장되지 않은 담배다. 오늘은 운이 좋았네. 혼자 생각했다. 빈손으로 퇴근하면 하루가 허탕이다. 담배가 집에 들어와야 허탕을 면했다. 여러 겹 단속을 피해 누구의 눈에도 띄지 않고 말이다.

마당에서 잠시 주위를 둘러보았다. 어둠에 짙게 싸인 마을은 고요했다. 줄 맞춰 나란히 앉은 집들이 고단한 잠 속에 빠졌다. 불빛이 어린 뜰은 전야근 교대를 마치고 돌아오는 가족을 기다린다. 잠시 옆집 동정에 귀 기울이다 창고 문을 조용히 닫았다. 요즘은 건조한 가을바람이 불어 담배가 마르기 쉽다. 움은 습도가 높고 온도도 서늘해 담배 보관에 맞춤이었다. 발아래 나무문 손잡이를 들어 올리자 움 속이 드러났다. 사다리 옆에 자리한 독 위에 자루 두 개를 내리고 집에 들어섰다. 남편이 둥근 상다리를 펼치며 재촉했다.

"다들 배고파, 빨리 줘."

"맛있는 냄새가 나는데요."

한밤중 불쑥 들어선 미안함을 덮으려 너스레를 떠는 우석의 말이다.

남편은 여러 사람과 함께 오는 날이 많다. 집이 멀고 지친 그들에게 요깃거리가 필요했다. 술병을 꺼내고 뜨거운 탕이 담긴 냄비를 올렸다. 김치 종지와 독이 오른 고추 몇 개, 된장이 놓이자 술잔을 찾던 남편이 아이들 밥공기를 들어 올렸다.

양재기에 물을 붓고 국수사리를 잰 손으로 뜯는데 남편이 밥을 달라고 한다. 밥은 한 그릇, 남편의 저녁이었다. 남편은 위가 약해 늘 약 대신 식용 소다를 달고 살았다. 애들 밥에도 얹기 어려운 쌀을 떨구지 말아야 했다. 그 밥을 한 술씩 뜨면 여러 사람 간에 기별도 안 갈 터였다. 에휴, 바보. 눈짓으로 입을 막았다. 삶아 낸 국수 한 그릇을 후루룩 들이킨 근수 아저씨가 입을 열었다.

"아, 살 것 같네. 그럼 난 먼저 일어나겠소."

"형님, 잠깐만. 오늘 들여온 담배가 20개는 될 것 같으니 이 돈을 가져가오."

남편이 급히 윗방 서랍에서 봉투 하나를 꺼내 내밀었다.

"이걸 받아도 되오?"

"먼저 주는 거요. 내일 그만큼 내와 돌아가면 될 것 아니오?"

머뭇거리던 근수 아저씨가 봉투를 받았다.

"약값은 안 되겠지만, 애들 입이라도……."

근수 아저씨의 아내는 둘째를 해산한 십여 년 전 결핵 진단을 받았다. 먹는 게 부실해지자 병이 재발했다. 시름시름 앓더니 이제는 일어서기도 힘든데 본인이 약을 거부했다. 몇 년 전엔 결핵병원이 있어 치료를 받았지만, 지금은 시장에서 중국산 약을 사야 했다. 두 아들 입도 책임지기 힘든 근수 아저씨는 두 손 놓고 아내를 바라볼 수밖에 없었다. 부부가 밤낮으로 뛰어도 부족한 세상에 남자 혼자 살림을 맡으니 굶기를 밥 먹듯 한다. 모두 사정이 엇비슷해 도토리 키재기지만 그래도 근수 아저씨가 딱했다.

"내가 못나서, 남들은 다 재간이 있는데."

근수 아저씨의 눈가가 붉어졌다.

"부담 가질 것 없소. 직장도 사정을 다 아는데."

우석이 한마디 보탰다. 배급도 급여도 없이 노동자를 직장에 붙이려면 별수 없었다. 생산물을 공식적으로 내주진 않지만, 알아서 챙기게 머리를 끄떡이거나 모르는 척 눈을 감는다. 근수 아저씨의 집은 시오리 떨어진 시내에 있었다. 서둘지 않으면 1시간은 걸린다. 이윽고 발소리가 멀어졌다.

"밥이 문제야, 먹어야 일을 하는데……."

인기척이 멀어지고 남편이 말꼭지를 떼자 우석이 남은 술을 털어 넣으며 받았다.

"금방 생산이 끝난다는데 다들 걱정이다. 부모 집에 얹혀사는 내가 그나마 낫지."

우석은 부모님이 소토지(스스로 일군 뙈기밭) 농사를 지으니 끼니 걱정은 덜 했다.

"내일, 모레? 생산이 며칠 안 갈 것 같긴 해."

두 사람은 서로를 물끄러미 바라봤다. 한 끼를 챙겨 출근해야 하지만 죽으로 끼니를 때우는 형편에 도시락은 언감생심이다. 잘해봐야 옥수수밥인데 가져와도 혼자 먹기 민망하다. 다 같이 굶으면 마음이야 편하지만, 힘이 없어 퇴근 시간만 기다린다. 사정을 뻔히 아는 반장은 속이 탄다. 빵이든 두부밥이든 두어 개라도 챙겨야 하는데 그게 쉽지 않았다. 그걸 못하는 무능하고 무책임한 반장은 결국 능력이 부족한 놈이고 반원들이 따르지 않는다.

그 반장이 남편이고 우석은 세포비서(노동당 말단 책임자)다. 인민학교, 중학교 동창인 둘은 한날한시에 군복을 입었다. 우석이 13년 군사복무를 마치고 담배공장에 배치됐을 때 남편은 이미 숙련된 기능공이고 반장이었다. 훈련 중 허리를 다쳐 조기제대 판정을 받았기 때문이다. 두 사람은 다시 한 작업반에서 일하고 우석은 작년부터 작업반 세포비서가 되었다.

공장은 365일 정상 가동했으나 지금은 사정이 다르다. 주원료인 잎담배가 부족하고, 아니면 기타 자재나 전기가 모자랐다. 더 문제는 출근하는 사람이 줄어들었다. 그러니 반을 책임진 남편과 우석은 머리를 써야 했다.

먹는 문제는 이미 자력갱생이다. 일하러 오지 못하는 이유는 뻔하다. 장사를 떠나거나 품팔이라도 해야 하니 배 째라는 식이다. 급여를 꼬박꼬박 받아도 쌀 1kg을 사지 못한다. 평범한 노동자는 보름에 한 번 직장에서 받는 배급표에 평생을 매인다. 배급표는 곧 쌀이다. 돈보다 엄격히 관리되고 오류란 있을 수 없었다. 가족은 배급표만 있으면 부족할지언정 굶을 걱정은 없었다. 언제부터인지 배급표가 그 엄정한 자기 역할을 못 하고 휴지가 되었다. 배급소에 쌀이 없어서다. 조선민주주의인민공화국이 세워진 이래 어긴 적 없는 배급시스템이 망가졌다.

"농사는 흉년이고 미국이 우리를 국제적으로 고립시켜 경제난을 조성하니 허리띠를 조입시다. 이런 때일수록 붉은 기를 지켜야지. 이 고비만 넘기면 강성대국 문에 들어섭니다." 주마다 하는 강연회의 내용이었다. 그걸 믿고 안 믿고를 떠나 버티는 수밖에 다른 도리가 없었다. 며칠씩 밀려가던 배급은 이제 한 달에 대엿새가 나와도 감지덕지다. 설마 국가가 백성에게 거짓말을 할까? 언제라도 밀린 배급을 줄 것이라는 끈질긴 희망이 사람들을 견디게 했다.

담배는 돈과 같았다. 배급이 꼬박꼬박 나오던 시절, 담배 한 보루(20갑)는 쌀 1kg 값이었다. 노동자는 도시락에, 안주머니에 재주껏 담배 몇 갑을 들고나왔다. 하루에 한 갑씩 가져와도 도시락값은 해결한다. 배급을 믿을 수 없는 지금도 담배의 가치는 그대로다. 공장 정문과 기습적인 순찰대의 눈을 피해 아등바등 들고 온 생산물이 노동자를 부양하고 그 노동자가 공장을 돌린다. 그러니 생산이 계속되면 밥줄도 이어지고 멎으면 살길이 막힌다.

"가난 구제는 임금도 못 한다는데."

우석의 입에서 긴 한숨이 새어 나왔다.

"형식을 좀 바꿔보자. 오늘처럼 내오는 양을 늘려 한 사람에게 몰아주든지."

"보위대나 순찰대에 좀 더 고이고, 그러잖으면 일 나오는 사람이 있겠어?"

"그러자. 그놈들은 작업시간 현장에서 주는 게 나아. 먹은 소가 힘을 쓰니까."

남편의 어깨를 툭 친 우석이 일어나려 하자 내가 나섰다.

"담배 판 돈입니다. 식사로 직장에 들여간 빵, 두부밥, 국수 값을 계산하고 남은 돈입니다."

학습장과 돈을 내밀자 우석이 질색했다.

"작업반 일은 반장이 알아서 하는데, 나한테 왜 이러오?"

근수 아저씨나 우석도 알고 있겠지만 매사는 확실히 처리하는 게 좋았다.

"늘 우리가 몰려와 고생인데 너무 그렇게 따지면 미안해서 어떻게 오겠소?"

"일 없습니다. 집이 가까우니 오는 건데, 부자지간에도 돈은 세어 받는다는데 정확해야 마음이 편하죠."

"우리 사이에 무슨 그런 말을, 늘 폐를 끼치는데."

오가는 말이 듣기 거북한지 남편이 끼어들었다.

"별말을. 얼른 일어서. 집에서 기다리겠다. 자전거 타고 가. 어느 세월에 걸어가냐?"

"아냐, 술도 마셨고, 요샌 덮치는 놈도 많다는데, 그냥 걷지 뭐. 남의 자전거 떼이면 어떡해?"

남편의 호의를 우석은 웃으며 거절했다. 그의 집은 공장과 담을 사이에 둔 우리와 달리 30분쯤 걸어야 했다. 아침저녁 출퇴근은 그러려니 하지만 야근이 끝난 밤엔 나서기 으슬으슬하다. 우석을 배웅하고 들어서니 노란 장판과 푸른 무늬 벽지가 어우러진 방 안이 유달리 훈훈하게 느껴졌다.

"공장 옆에 살아 다행이야. 여보, 지금 밤길 나섬 진짜 싫겠지."

그새 또 굴러간 지연이를 바로 누이는 남편의 말이었다.

"당연하지. 근데 집에 들어와 밥 내놓으란 말 제발 하지 마. 그거 한 그릇이면 우리 애들 한 끼야. 애들 먹이기도 힘든 쌀밥을 왜 남한테 주라 그래?"

밥 한 그릇의 무게를 모르는 남편이 한심했다. 담배가 저절로 밥이 되는 게 아닌데. 남의 눈에 띄지 않게 팔아 작업반 몫은 따로 챙긴다. 그걸로 술을 먹든 밥을 먹든 자기들 마음이지만 알뜰하게 올려둔 밥은 우리 집 쌀독에서 나온다. 요즘은 엄마 집에서 숟가락 들기도 민망한 시절이었다.

"배고픈 거 뻔히 아니까?"

"국수 끓이는데 그걸 못 참아? 이 밤에 따뜻한 한 끼도 고마운 거 아니야?"

"알았으니까 그만해. 무섭다, 여자들은 참. 그리고 꼭 그렇게 적어서 꼬치꼬치 따져야 돼? 우석이나 근수 형님은 그런 사람이 아니야."

무섭지 않고 어떻게 살까. 남편은 남을 자신처럼 믿었다. 형제나 부부도 생각이 다른데…….

"따져야지. 남을 어떻게 믿어? 작업반 돈도 모두 알아야 의견이 없지. 근수 아저씨는 나도 예전부터 겪어봐서 알지만……."

남편이 질색할 것 같아 망설이자 아니나 다를까 재촉했다.

"하지만 뭔데? 우석이?"

"너무 믿지 마. 내 보기에 당신은 그냥 좋다 주의야."

"여보, 우석이와 난 마음이 맞아. 그러니 우리 작업반이 이만큼 돌아가는 거야. 당신보단 내가 더 잘 알지. 코 흘리던 시절부터 친구였는데."

그렇긴 했다. 남편의 말을 반박할 근거는 없었다. 부디 찾으려면 여자의 직감이랄까. 내가 더 꼼꼼히 챙겨야겠다 생각하며 말머리를 돌렸다.

"알았어. 근데 공장 생산은 언제 멈춰?"

"확실하진 않아. 오래 멈추진 않을 거야."

설거지를 끝내기도 전에 코 고는 소리가 들렸다. 자리에 누웠으나 초저녁잠 탓인지 새록새록 정신이 맑아졌다. 창문으로 하얀 달빛이 흘러들어 아이들과 남편의 모습을 비췄다. 잠든 남편의 손을 가만히 잡자 따뜻한 온기가 전해졌다.

배급시대가 저물고 굶주림에 시달리는 혼란스러운 시절이다. 하지만 시장엔 산더미 같은 물건이 있었다. 돈만 있으면 남부럽지 않았다. 문제는 돈을 어떻게 만드냐다. 노동자가 눈을 돌릴 수 있는 건 공장이다. 남편은 출근에 매인다. 생산을 하든 말든 배급이 있든 없든. 그러니 가족의 생계는 여자의 몫이 되었다.

생산이 멈추면 담배 가격이 뛰어오른다. 조금만 올라도 쌀 몇 kg 값은 쉽게 나온다. 내일은 그것부터 알아둬야지. 생각이 거기에 닿자 어이없는 웃음이 나왔다. 걱정해야 무슨 소용이람, 공장 생산이 내 걱정에 달린 일도 아닌데. 하지만 생산이 멎으면 밥줄이 끊기니 걱정을 안 할 수 없었다.

값이 오르기를 기다려 담배를 집에 두면 좋겠지만 그건 편안치 못하다. 불시에 실시하는 가택수색이 무섭다. 온갖 핑계로 공장 분주소나 지역안전부, 무슨 검열대가 수시로 달려든다. 걸리면 무조건 몰수다. 이유를 불문하고 톡톡히 대가를 치른다. 며칠간 시달리며 조서를 쓰고 공장에 통보되어 남편도 처벌 대상이 된다. 운이 나쁘면 아무리 조심해도 사달이 났다. 누구나 하는 일이고 공장 노동자가 담배로 생계를 유지하는 건 비밀이 아니지만, 걸리면 머은 살이 내린다. 그래서 남편은 담배가 집에 있으면 질색팔색한다. 돈을 덜 받아도 좋으니 그냥 넘겨버리라 성화다.

직장에서 장 자리 하나는 메야 담배로 생계를 도모해 볼 수 있었다. 사실 직장마다 조금씩 차이는 있지만, 원료든 가공품이든, 반제

작은 지붕 아래 19

품이든 생산물이 공장 밖으로 나와 상품이 되는 과정은 비슷하다. 이 중 삼중의 감시와 단속을 넘어 뛰고 날아 호랑이 수염이라도 뽑아야 할 판이다. 그러나 그것도 공장이 생산을 해야 어떻게 해보지 않겠는가?

남편은 깊이 잠들었다. 남편과는 동갑으로 결혼 전까지 한 직장에서 일했다. 나보다 한 달 생일이 빠른 남편이 오빠라고 우쭐대지만, 두 딸 못지않게 손이 가고 마음을 써야 한다.

공장이 돌아야 살길이 열리는 건 직장도 마찬가지였다. 위에서 요구하는 동원이나 지원, 수리부품 비용, 종업원 경조사 모두 자력갱생이었다. 자력갱생에는 돈이 필요하고 돈은 생산물에서 나왔다. 담배 직장에서 9년 일한 나는 직장 흐름과 생존방식에 훤했다. 직장도 그런 나에게 처리를 부탁했다. 반제품 담배를 받아 포장하여 팔거나, 완제품도 중간에서 얼마쯤 챙길 수 있는데 그건 요령이다. 그러니 내 직업은 담배 장사꾼인 셈이다. 눈치껏 선을 지켜야 하는 부담이 있지만, 덕분에 시장에 나가지 않고 돈을 만지니 다행이었다.

남편은 의리를 중요시했다. 작업반 경조사는 물론 누구의 어려운 사정을 지나치지 못했다. 몸으로 때우든지, 주머니를 열든지 뭐든 한다. 지금 같은 시절에 몇 명이나마 출근하는 것도 남편을 믿고 따르는 이들이 있기 때문이다. 인심은 쌀독에서 나온다. 내가 없다면 남편이 무엇으로 의리를 지킬까? 생산이 이어져도 매일 담배가 집으로 올지는 장담할 수 없었다. 공장 담을 넘는 건 운이 따라야 했다. 두 자루가 나와도 절반은 길에서 사라졌다. 오늘처럼 두 자루가 온 건 한 달에 몇 번 없는 운이었다.

"엄마, 엄마."

딸의 잠꼬대에 상념을 멈추고 작고 따뜻한 몸을 그러안았다. 고른 숨소리를 듣고 있노라니 걱정이 사라지고 마음이 편해졌다. 그 소리가 자장가처럼 나를 다독였다.

2

시월에 들어서자 아침저녁으로 싸늘한 바람이 불었다. 한낮에는 겉옷을 벗어 던지고 해가 지면 다시 찾았다. 큰딸 지향이의 옷깃을 여미고 수건을 목에 둘러주었다.
"수건 저녁에 잊지 말고 와."
빨리 나서고 싶어 안달 난 지향이 손을 잡고 지연에게 당부했다.
"놀고 있어. 누가 오면 엄마 금방 온다고 말하고, 담배나 술 물으면 뭐라고 하지?"
"알아, 알아, 그건 어른들 말이야, 모른다고 하면 돼."
"그래, 우리 지연이 똑똑하네. 엄마가 금방 올 테니 좀만 기다려."
눈을 반짝이는 아이를 보며 스르르 마음이 풀어졌다. 지향이의 독촉에 문을 나서니 찬 바람이 파고들었다. 길 하나를 건너 유치원이 있었다. 크지 않은 단층에 자그마한 운동장이 있다. 아이가 혼자 다닐 수 있는 거리지만 남편이 있는 날은 당연히 함께 나섰다. 깡충깡충 뛰는 지향이 등에서 귀여운 토끼 가방이 달랑거렸다. 현관 앞에서 선생님께 아이의 손을 넘겨줬다.
"지향이 어머니, 잠깐만요. 지연이는 두고 오셨군요."
제대군인 남편을 따라 황해도에서 온 선생님은 사근사근하고 싹싹했다.
"뭔 일 있습니까?"
"다름 아니라 곧 겨울이니 유치원도 월동 준비를 해야 합니다. 교실과 낮잠 자는 방 창문 두 개는 문풍지를 하고 석탄도 준비해야 하는데, 사실 학부형 회의를 통해 부담을 나누어야 하지만, 그런다고 다 낼 수 있는 것도 아니어서 미안하지만 좀 맡을 수 있을까 해서요. 석탄, 나무도 괜찮고 아니면 비용 부담도 괜찮습니다. 그냥 힘닿는 만큼."

선생님이 말끝을 흐렸다. 겨울은 모두에게 걱정이지만 유치원도 예외는 아니다. 땔감을 공급받지 못해 학부형에게 의존하니 쉽지 않았다.

"돌아가 애 아버지와 의논하겠습니다. 힘닿는 만큼 해보겠습니다."

선생님의 미간이 조금 펴졌다. 집으로 향하는 마음이 가볍진 않았다. 여기도 저기도 돈 내라는 소리다. 공장이 유치원을 후원하는데, 구실을 못 하니 자력갱생이다. 세월이 어쩌자고 이러는지, 먹을 게 없으면 석탄이라도 공급해야지, 사실 공장 석탄은 열량이 낮은 가루 탄이라 밥도 못 하고 방을 덥히지도 못했다. 여름은 그럭저럭 나지만 겨울은 먹는 전쟁에 추위까지 더해졌다.

집 문 앞에 닿기도 전 엄마, 하는 소리가 들렸다. 아이들은 귀가 밝아 발소리를 잘 가려낸다. 소리만 듣고 엄마의 기분이 좋은지 나쁜지도 알았다. 신통해 물으니 그냥 안다고 한다. 실은 남편을 기다리는 밤이면 나도 발소리에 귀를 기울였다. 가볍고, 때로는 무겁게 성큼성큼 내딛는 소리가 어느 날은 규칙적이고 또 급해지기도 했다. 털썩털썩 끄는 소리가 나면 말할 수 없이 지친 남편이 들어섰다. 표정은 지어내도 발소리는 날것 그대로 진솔하다. 아이를 안으니 고사리손이 목을 감쌌다.

"엄마, 아버지가 밥 차렸어. 엄마 오면 같이 먹재."

"알았어, 밥 먹자."

은근히 입꼬리가 올라갔다.

"얼른 와, 누워서 들었어. 지향이만 먹이고 가는 거."

"그럼, 같이 먹어야지, 당신이 우리 집 하늘인데."

"이거 왜 비행기를 태워? 뭔 일 있어?"

역시 척 알아듣고 묻는다. 유치원 석탄값을 부담해야 한다는 말에 머리를 끄떡였다.

"나야 뭐 일이나 하고 다른 건 모르니 알아서 해, 배고프지? 밥 먹자."

상에는 엊저녁처럼 노란 밥이 올랐다. 한쪽에 입쌀을 조금 얹어 지연이 밥을 뜨면 어른은 옥수수뿐이다. 갓 지은 아침밥은 구수하지만, 점심은 가마솥에 넣어도 식어버린다. 시래깃국에 김치, 메주를 쑤어 만든 장을 얹어 쪄낸 고추가 놓였다. 남편은 반찬 투정이 없어 그나마 편했다.

"지연이 반찬은 뭐지?"

"여기, 고등어 한 토막 있어."

남편은 밥을 물에 말고 고등어 살을 손으로 뜯으며 아이가 숟가락 들길 기다렸다.

"지금 같아선 유치원도 도시락을 싸 오라고 할 것 같아. 유치원 김장 이야기가 없는 걸 보니."

"말도 없는데 왜 걱정을 사서 하고 그래? 그건 그때 가서 볼 일이지."

역시 남자는 걱정이 없었다. 걱정이 없으니 사는 게 편하지. 같이 걱정이 많으면 서로 우거지상이게, 근데 미리 생각해야 대비하는데, 갑자기 닥치면 어떻게 할 건데. 입 밖으로 나오는 말을 삼켰다.

"오늘 춘실이 집에 다녀올게. 지연이 데리고 나갈 테니 좀 쉬어."

지연이가 밥을 먹은 후 남편은 숟가락을 들었다. 남편은 새침한 첫째보다 날마다 말썽을 꼬리표처럼 붙이고 다니는 둘째를 더 이뻐했다. 활달하고 개구쟁이인 지연이도 잔소리쟁이인 나보다 너그러운 아빠를 따랐다. 집에서 남자애 노릇을 하며 사고를 도맡아도 남편은 늘 관대했다. 눈에 띄는 편애에 지향이가 서운할까 봐 걱정이었다.
"근데 아까 지연이가 한 어른들 말이라는 건 뭔데?"
"아, 그거?"
어제저녁 무렵이었다. 앞 동에 사는 인민반장이 찾아왔다. 갑자기 손님이 왔는데 술을 사러 가자니 멀고, 집에 있으면 먼저 달라고 한다. 옆에서 듣던 지연이가 불쑥 나섰다.
"큰엄마, 저기, 식장(찬장) 저기 있습니다."
아예 달려가 찬장 옆문을 열고 손짓한다. 공연히 마음이 철렁했다. 술이 아니라 만약 담배에 아이가 이렇게 나서면 어쩐단 말인가. 얼른 술병을 내주고 단단히 일렀다. 술, 담배는 애들이 해서는 안 될 말이라고. 남편이 지연에게 손가락을 걸며 다짐을 받았다.

남편은 침착하고 매사에 진중했다. 바라는 바가 있다면 당원이 되어 아이들에게 떳떳하고 싶은 것이다. 남편의 남다른 성실과 근면, 착실한 삶은 군대에서 메고 와야 했던 당증 때문이기도 하다. 군대에서 보낸 육 년이 새삼 아깝다. 발전소 건설장에서 일하던 어느 날, 폭약에 튀어 날아온 돌멩이에 척추를 맞아 6개월간 병원 신세를 졌다. 남편은 결국 입당도 못 하고 제대했다. 처음엔 젊음이 아까워 울고, 부서진 인생에 대한 좌절에 몸부림쳤지만, 한 치 앞을 알 수 없는 것이 또한 인생이었다.

남편은 조기제대로 담배공장에 배치되었다. 덕분에 또래 친구들보다 6년 먼저 사회생활을 시작했고 대를 이어 물려받아야 했던 탄광노동자의 삶을 벗어났다. 친구들이 군복을 벗지 못하고 찾아와 결혼과 배치 걱정을 하면 은근히 안정된 직장과 가정을 자랑했다. 귀염둥이 두 딸과 지친 몸을 누일 수 있는 반듯한 집, 그리고 기다려 주는 사람, 젊은 육체와 맞바꾼 삶이었다. 그의 세계에서 가장 소중한 것은 분명 가정이리라. 어깨에 커다란 손이 느껴졌다. 그 손에 끌려 남편의 가슴에 머리를 기댔다.

 춘실은 나의 절친이다. 한 마을에서 초등학교(인민학교), 중학교를 나온 우리는 졸업과 함께 갈라졌다. 나는 담배공장 노동자가 되었고 춘실은 교원대학을 졸업하고 초등학교 선생님이 되었다. 어린 시절처럼 함께하지 못하지만, 마음이 통하는 춘실이 좋았다. 춘실의 어머니는 중학교 선생님이다. 내가 가장 좋아하는 문학 선생님, 늘 부모님이 출근하던 춘실의 집은 반 친구들의 놀이터였다.
 춘실의 집에는 노란 열쇠를 잠근 책장이 있었다. 유리문 안에 금박을 씌운 두꺼운 책도 있고 겉표지가 낡아 무슨 색인지 가늠할 수 없는 책도 보였다. 구경만 하자 구슬려도 얌전하고 귀 얇은 춘실이가 안 된다고 거절했다. 엄마가 책장에 손을 대면 싫어한단다. 열쇠가 어디 있는지 모른다고 꽁지를 말았지만, 그 역시 호기심을 감추지 못했다.
 초등학교 4학년 즈음이었다. 어느 날 열쇠를 찾아낸 우리는 그중에서 《부활》이라는 책을 꺼냈다. 빈자리는 조금씩 밀어 줄을 세워 감췄다. 밤늦게 퇴근하는 선생님이 알아보지 못하리라 희희낙락했다.
 그러나 다음 날, 호출을 받았다. 담임선생님이 부르더니 중학교 문학 선생님을 찾아가라고 한다. 초등학교와 중학교는 나란히 있었으나 아직 중학생이 아니라 교무실은 처음이었다. 가지 않을 담은 없었고 지은 죄가 있어 속이 콩알만 해졌다. 삐끔히 문을 열고 들어서니 여러 선생님의 눈길에 또 주눅이 들었다. 나이 지긋한 선생님일수록 엄했다. 얼핏 눈을 들다 두꺼운 안경테 속에서 똑바로 바라보는 시선과 마주했다. 얼른 머리를 꾸벅 숙이고 다가갔다.
 "가져간 책을 읽었습니까?"

딱딱한 경어체에 기가 죽어 바닥만 내려다보았다.

"네."

"얼마나?"

"앞부분만……."

읽고 무슨 생각을 했냐는 질문이 말문을 열었다.

"네. 이야기가 엄청 재미있었습니다. 러시아 지주들이 여자였습니다. 그런데 선생님 아무리 생각해도 모르겠습니다."

책 이야기에 흥이 올라 잘못을 잊고, 선생님이 질책하거나 성을 내지 않자 슬그머니 의기양양해졌다.

"뭔데요?"

"선생님, 부활이 무슨 뜻입니까?"

"죽었다 다시 살아난다는 말입니다."

"예? 죽었다가 다시 살아납니까? 아니, 죽었는데."

머리를 갸우뚱하고 생각해도 모르겠다. 입가에 미소를 띤 선생님이 책을 읽고 감상문을 써 오라고 하셨다. 읽은 책은 선생님께 가져오고. 그날 이후 춘실의 엄마는 나에게 좋은 선생님이 되었다. 덤으로 책장이 문을 열었고 많은 책을 읽었다.

어른이 됐어도 어린 시절처럼 춘실의 집에 자주 갔다. 중학교를 졸업하며 갈라졌던 우리의 만남은 주부가 되어 다시 찾아졌다. 그도 나도 한 남자의 아내가 되었다. 춘실은 작년에 이쁜 딸을 출산했다. 아이를 키우니 할 이야기가 늘었다.

외동딸인 춘실은 결혼 후에도 엄마 집에서 살았다. 몇 년 전 춘실의 아버지가 불치병으로 돌아가시고 어머니만 홀로 남았기 때문이다. 상실을 견디기 힘들어하는 어머니를 위해 춘실은 이곳저곳의 혼사를 마다하고 대학생인 제대군인 청년과 결혼했다. 대학을 졸업하고 이곳에 배치받아 어머니를 모시고 살 생각에서다. 남편이 올해 졸업이니 춘실의 긴 기다림도 마침내 끝나가고 있었다.

연로보장(정년)을 앞둔 춘실의 어머니는 여전히 학교에 출근한다. 늘 적적하던 집에 아이 울음소리가 울리니 그나마 생기가 돌았다. 요즘 춘실은 다가오는 딸의 첫돌이 태산 같은 걱정이다. 우리는 며칠만 못 봐도 갑갑하여 서로 찾아 나섰다.

춘실의 집은 공장 후문 쪽에 있었다. 담배공장 기사장이었던 아버지가 남긴 집이었다. 세월이 흘러 키를 넘는 나무 울타리를 세운 집은 예전처럼 돌보이지 않았다. 두 모녀만 사니 낡고 쇠락해 갔다. 하얀 회칠을 한 울타리 여기저기 개구멍이 뚫려 안이 비죽이 들여다보였다. 그곳엔 짚에 묶인 배추들이 통통하게 속을 말고 있었다.

대문을 밀자 딸랑 종소리가 울렸다. 처마 밑에 앉았던 커다란 개 한 마리가 왕왕 짖어댔다. 달려온 누렁이가 얼굴을 알아보고 꼬리를 저어도 지연이는 질색했다. 지연이를 등 뒤로 숨기는데 춘실이가 반색하며 나왔다. 너무 오랜만이어서 누렁이도 알아보지 못한다는 말에 웃고 말았다. 보름도 지나지 않았건만 괜히 호들갑 떨고 있네. 보고 싶은 사람이 왜 오지 않았냐고 물으니 대답이 가관이다.

"얜? 너희 집엔 외간 남자가 있잖니? 우리 집은 늘 이렇게 조용하고. 네가 와야 사람 냄새가 나지."

춘실은 현관에서부터 말 주머니를 풀기 시작했다. 현관을 지나자 부엌이 달린 정주간이 나오고 무턱을 넘어 윗방이 있었다. 윗방은 서재 겸 선생님의 방으로 쓰였으나 지금은 춘실의 신방이 되어 이불장과 옷장, 삼면경대가 책장과 나란히 서 있었다. 거의 모든 집이 중국산 레자를 쓰는 지금도 춘실이 집은 노란 종이 장판이다. 그 가운데 이야기 주인공인 현경이가 자고 있었다. 옆에 앉은 지연이는 뚫어지게 자는 얼굴을 들여다보았다.

"근데 너 뭐 들고 왔어?"

아까 받았던 검은 봉지를 찾으며 춘실이 묻자 지연이가 답했다.

"이모, 장마당에서 샀는데 엄마가 월병이래."

검은 비닐봉지를 펼치자 노르스름한 빵 네 개가 나왔다. 위에는 둥근 테 안에 福 자가 찍혀 있었다.

"이거 만든 빵이구나. 누가 이렇게 잘 만들었대? 지연이 하나. 이모 하나. 너도 하나."

"너 우리 반 은숙이 생각나지? 은숙이네가 이 빵을 구워 장마당에 넘겨준대. 여러 빵이 있는데 이게 제일 잘 나가. 은숙이네 집 앞에 빵 받으려 줄 섰대."

"아, 진짜 잘 만들었다."

빵을 들고 외형에 감탄하던 춘실은 한 입 먹고 다시 칭찬했다.

"야, 진짜 달콤하고 팥도 맛있어. 이 빵 얼마야?"

"이 원 오십 전, 월병은 오 원인데 그에 비하면 절반 가격이고 맛도 좋잖아? 은숙이네 아버지가 빵 굽는 로를 만들고 형태도 연구했대."

"은숙이 아버지가 장 공장 지배인이었는데, 이젠 연로보장인가? 기술자가 다르구나. 은숙이 엄마는 탁아소 의사 선생님인데, 의사가 빵도 잘 굽네. 대단하다. 이런 일을 발명하고 해내다니. 기술자들이 제일 고지식한 거 아니었어?"

"그것도 사람 나름이지. 돈 있는 사람은 돈으로, 기술 있는 사람은 기술로, 너 이거 모르니?"

춘실이 감탄했다. 이 말은 시대의 명문장으로 1945년 해방된 인민들 앞에서 김일성이 한 연설 구절이었다. 돈 있는 사람은 돈으로, 기술 있는 사람은 기술로 새 나라 건국에 참여하자는 호소는 이제 쓰임

새를 달리하게 되었다. 신들린 수다에 골몰하여 묻고 답하다 결론을 끌어냈다. 자신에게 있는 재원을 찾아야 하는데 나에겐 뭐가 있지? 눈길을 주고받으며 같은 생각을 읽고 한숨을 내쉬었다.

3

 쌀값이 계속 오르니 아기 밥쌀도 걱정이었다. 다행히 춘실은 배급을 탔다고 했다. 혼자 탄 게 미안한 듯 목소리가 낮아졌다.
 "너라도 타서 다행이지. 우리야 장사로 산다지만 넌 어쩔 거야. 애 딸린 네가 뭘 할 수 있는데? 선생님은 또 어떻고?"
 "그렇긴 한데. 배급소에 쌀이 적게 들어오니 배급 타는 게 점점 어려워. 언제까지 탈지 걱정도 되고, 배급이 없으면 어쩌냐?"
 춘실이도 걱정이 큰지 미간이 구겨졌다. 사실 배급을 타도 3:7, 입쌀이 3이고 옥수수쌀이 7이다. 세 사람 배급이라고 해야 그 쌀로는 아기 밥이나 하면 다행이었다. 어른은 옥수수만 씹어야 하지만 그나마 탄다는 게 어딘가. 걱정 없는 집이 없고 사정이 급하지 않은 사람이 없었다. 춘실이 상을 끌어왔다. 미역국에 멸치젓갈, 김치가 상에 올랐다. 밥그릇은 온통 노랬다. 졸업을 앞둔 남편이 지난주에 들고 왔다는 멸치젓갈이 있어 그나마 나았다. 깔깔한 옥수수밥이 목을 긁지만 이런 밥도 걱정 없이 먹으면 좋겠다. 배급이 나오던 시절엔 무슨 걱정을 했을까? 새삼 부모 세대가 부러워진다. 지금은 어디 가나 먹는 전쟁이었다.
 "근데 너 현경이 돌은 어떻게 하려고?"
 "그러게, 엄마도 걱정이 많아. 남편은 자기가 알아서 한다지만, 괜한 큰소리지. 시댁만 바라기도 그렇고, 답답해서 너 오길 기다렸어."

첫아이 돌은 양가 부모, 친지, 동네를 청해 떠들썩 치르는데 그도 이젠 옛말이었다. 지금은 저마다 형편껏 할 수밖에. 능력이 되어 돈을 많이 쓰면 융숭한 잔치가 되겠고, 그러지 못하면 가족끼리 조촐하게 치르고, 최악은 아예 건너뛴다. 춘실은 직장이 없고, 남편도 이곳에 살지 않으니 손님이야 몇 명 되지 않겠지만 문제는 모두 체면을 차려야 했다. 시집 식구도 당일로 돌아가지 못하면 그 역시 부담이었다. 가르치는 일밖에 모르는 춘실은 근심이 태산이었다.

"내가 비법 전수할게. 먼저 남편과 상의해 봐. 시댁 식구는 누가 오며 어떻게 돌아갈 건지, 너흰 손님보다 그게 큰일이지. 남편 친구도 마찬가지야. 청진에서 당일 오갈 수 있는지? 너희 집은 모여 사는 우리와는 다르잖아. 그리고 쌀이 중요해. 뭘 하든 쌀이 있어야 하니까. 국정 가격으로 살 수 있는 게 뭔지도 미리 알아둬."

쌀 외에도 술이며 반찬거리, 상차림 등 장만할 게 수두룩하다. 시장에서 사려면 큰돈이 필요했다. 국정 가격에 익숙한 춘실에게 그런 돈이 있을 리 없었다. 듣고 있던 춘실이 책과 연필을 찾아 끄적이기 시작했다.

"그렇구나. 시집에서 도와주긴 하겠지만, 반찬거리, 술 이런 건 우리가 맡아야지."

"그중에서 쌀만 해결하면 부담이 확 줄지, 너 배급받을 거 있어? 이참에 가서 사정 좀 해. 쌀만 받으면 다른 건 간단해."

배급, 길게 꼬리를 늘이며 춘실이 난감한 듯 말끝을 흐렸다. 그 말의 의미를 알아듣고 얼른 속삭였다.

"없구나! 방법이 하나 있긴 한데. 사실 줄이 없지 배급표는 많거든. 식구가 네 명만 돼도 못 탄 배급이 몇백 kg 훌쩍 넘어. 그거로 절반만 받는 거야. 알겠니?"

요즘 빽 있는 사람들 사이에 유행하는 술수였다. 배급소는 배급표에 맞추어 식량을 공급하니 배급표와 식량 공급 수량만 맞으면 된다. 문제는 배급표와 배급소를 연결하는 인맥이다. 배급소에서 절반만 타도 그건 횡재다. 우리 집에는 네 식구의 배급표가 쌓여 있었다.

"네가 배급소 줄을 잡으면 내가 배급표를 맡을게. 우리 집에만 200kg 넘게 있거든. 절반만 받아도 어디야? 넌 쌀, 나는 강냉이 어때?"

얼굴에 희색이 어린 춘실이를 보니 믿는 구석이 있긴 한가 보다. 있어도 쓸모없는 배급표와 쌀을 바꾸고 춘실이 난제도 해결하고 이거야말로 꿩 먹고 알 먹기지. 그러나 잠시 후 춘실의 말에 그만 이맛살을 찌푸리고 말았다.

"너희 어머니에게 말하면 안 되니? 합숙생 배급에 살짝 얹거나 배급소 소장과 사업 좀 해……."

"안 돼. 누구 직장 자를 일 있니?"

깔끔하게 딱 잘랐다. 합숙 창고장인 엄마를 구설수에 올려놓기 싫다. 식량을 주무르는 배급소보단 못하지만 쌀, 식품을 다루니 남 보기에 꽤 부러운 직업이다. 아버지 없이 직업 하나에 의지하고 사는 엄마에게 해가 되는 일은 절대 사양이다.

"그건 안 돼. 그럴 거면 내가 벌써 했지. 배급소 소장과 친분이 있으면 이건 나쁜 일도 아니야. 쌀이 적으니 순서가 오지 않고 힘 있는 사람이 독점하는데, 절반만 타겠다면 주는 사람도 고마워할걸. 연줄만 있으면 누이 좋고 매부 좋은 일이거든."

생각에 잠긴 춘실을 보며 말머리를 돌렸다.

"암튼, 잘 알아봐. 그나저나 김장은 어떻게 해? 현경이 생일이 23일이니 김장 먼저 하고 돌 준비해야지."

작은 지붕 아래   31

"배추는 텃밭에 있고 고추는 어머니가 농장에서 받아 왔어."

김장은 고춧값이 절반인데 국정 가격으로 해결하고 텃밭을 이용하면 시름을 더는 셈이다. 역시 국정 가격으로 사는 집은 다르구나. 사발 두 개와 숟가락을 씻고 시계를 보니 오후 두 시가 훌쩍 넘었다.

"나 이제 가야겠다. 남편 전야근이거든. 시간 되면 또 올게. 너도 집에만 있지 말고 좀 놀러 와."

춘실은 방 한쪽을 뒤져 사탕 봉지 하나를 지연이에게 주었다.

"어머니가 엊그제 학부형이 준 걸 들고 오셨어. 그나저나 너 그 말 들었어?"

"무슨 말?"

"있잖아, 국군포로가 남으로 넘어갔대. 너 시집 동네에서."

"뭐?"

신발 뒤축으로 가던 손이 뚝 멎었다.

"뭔 소리야? 내가 그런 말을 어디서 들어?"

"하긴. 아직은 쉬쉬하지만, 곧 다 알게 될 거야. 너도 어디 가서, 알지?"

손가락을 입에 세우는 춘실을 보며 새삼 격차를 느꼈다. 문밖을 나서지도 않는 춘실은 어디서 소식을 듣는 걸까. 길에 들어서니 한낮의 햇볕이 자글자글 뜨겁다. 바짝 마른 도로에 지연이의 종종걸음이 찍혀 먼지가 폴싹폴싹 일어났다. 삽시간에 신발이 뽀얗게 변했다. 아이를 끌어당겨 업었다. 마음이 어수선하다. 춘실의 입에서 나온 소리 때문이다. 시집 동네 일이라니 더욱 마음에 걸렸다.

시집은 이곳에서 80리쯤 떨어진 탄광 마을이다. 그곳엔 몇십 년이 흘러도 말투가 다른 사람들이 있었다. 귀에 선 그 말투는 남쪽 말씨라고 했다. 교과서에서만 들었던 서울, 대전, 대구 등에서 쓰는 말, 그들은 전쟁으로 고향을 떠나온 사람, 국군포로였다. 시아버지도 국군포로다. 그 사실을 7년 전 약혼식 날 알게 되었다. 속에 돌덩이가 떨어졌지만 물릴 수도 없는 노릇이었다. 국군포로 출신으로 영웅이 된 사람도 있으니 너무 위험한 건 아닐 거야. 차별이야 있겠지만 그러지 않아도 어차피 위로 올라갈 희망은 없어, 하고 자신을 위안했다. 그동안 깊숙이 묻혔던 그 돌멩이가 춘실의 한마디에 존재감을 드러냈다.

아무리 친한 사이라도 드러내고 싶지 않은 일이 하나쯤 있기 마련이다. 사실 나는 시아버지의 고향에 대해 한 번도 듣지 못했다. 남쪽, 암묵적으로 식구들도 입에 올리지 않는 그곳, 감히 갈 수 있다는 생각도 해보지 않았다.

내 나이보다 오랜 세월을 인내하여 돌아갔구나. 영원한 꿈이고 금단의 구역이던 그곳으로. 바로 옆에서 이 사실을 알게 된 시아버님은 무슨 생각을 하실까? 아마 충격이 엄청날 것이다. 그 여파가 우리 삶에 미치지 않기를 바랄 뿐이다. 갈래 치는 생각에서 벗어나고 싶어 다시 춘실을 떠올렸다.

배급을 타는 집과 못 타는 집 간극은 늘 존재했다. 나는 물론 못 타는 쪽이지만, 배급이 없는 덕분에 사회를 꽉 조이던 막이 한 꺼풀 벗겨졌다. 빵을 팔든, 담배를 팔든 돈을 벌면 예전에 비하지 못할 만큼 먹고 쓰는 게 자유로웠다. 배급을 타긴 하지만 춘실이 사정도 좋다고 할 순 없었다. 지금보다 나빠지면 어떻게 살지? 평생 교편을 잡은 선생님이 장사를 할 수 있을까? 의사들은 약을 팔지만, 교사는 뭘 팔아야 하지?

걱정은 되지만 내 코가 석 자다. 그래도 춘실은 뭐든 국정 가격이었다. 고추를 사든 배급을 타든 혜택을 본다. 선생님의 월급만으로도, 아니 담배 한 보루값이면 한 달을 살 수 있었다. 그러나 우리는? 국정 가격은 언감생심이다. 여태껏 국정 가격은 배급밖에 보지 못했다. 채

소를 사든, 옷을 사든, 신발을 사든 장마당 야매 가격이었다. 이제 유일한 국정 가격이던 배급마저 없었다. 그러니 공장을 뜯어 살 수밖에. 태어나면서부터 국정 가격으로 사는 사람이 정해져 있는 세상이었다. 생각을 말자. 갑자기 발걸음이 뚝 멎었다. 애써 밀어놓은 춘실이 마지막 말이 떠올랐다. 그래 그것, 묻으려 해도 생각을 잡아끄는 그것, 국군포로…….

집에 도착하니 남편은 막 나서려는 참이다. 전야근 출근 시간은 오후 네 시다. 한 시간쯤 먼저 나가도 너무 일렀다.

"할 일이 좀 있어. 오늘은 어떨지 모르지만, 저녁은 좀 넉넉히 해줘."

요 위에 아이를 눕히고 남편을 배웅했다. 남편의 마음을 휘저을 국군포로 이야기는 훗날로 미루었다. 창고에서 흰 자루 두 개를 들여왔다. 들어서면서 문 안쪽 걸쇠를 밀고 위쪽 유리를 막아주는 커튼을 당겼다. 밥상을 편 다음 장에서 포갑지(갑을 만드는 종이)를 꺼내고 목떼기를 들었다. 목떼기는 지연이 손에도 들어가는 작은 나무토막으로 담뱃갑 규격이다.

포갑지를 주르륵 밀어 부채꼴을 만들고 한 면에 풀칠하여 붙였다. 잠깐 사이에 수북이 만든 갑이 쌓였다. 갑을 한쪽으로 밀어놓고 자루에서 두 손으로 담배를 들어냈다. 상에 쌓아 올리고 한 손으로 갑을 잡고 다른 손에 쥔 담뱃대를 밀어 넣었다. 20대가 온전히 갑에 들어가면 가볍게 탁탁 털어 윗면 모서리를 접어 상다리에 의지해 가지런히 줄을 세웠다.

얼마 지나지 않아 일이 끝났다. 이번에는 열 갑씩 두 줄로 포장했다. 지난 십여 년 직장에서 한 일이었다. 낡은 입갑기가 고장 나면 혼자 80~90kg을 포장해야 했다. 자연히 기계 못지않게 손놀림이 날렵해졌다. 지연이가 깨기 전 포장을 끝내고 다시 자루에 차곡차곡 담았다. 어디에 두면 안전할까. 집 안은 불안하니 창문을 열고 뒤뜰로 갔다. 처마 안쪽 구석에서 나무토막 몇 개를 주어 바닥에 깔았다. 자루를 올리고 구석에 놓인 검은 방수포를 살짝 덮었다.

막 일을 마쳤을 때 문밖에서 인기척이 났다. 조심히 창턱을 넘어 들어와 지향이 옆에 앉아 귀를 기울였다. 자박자박 발소리가 멎었다.

"지향아, 지향이 엄마."

억양이 조금 독특한 말씨, 평성에서 온 여인이다. 그는 한번 오면 마을을 싹 쓸었다. 모르긴 해도 몇백 보루씩 사 열차로 다니더니, 요즘은 자동차로 운반한다고 한다. 자주 오니 누구네 집에 담배가 있는지 훤히 알았다.

"벌써 왔습니까?"

"이거로 밥 먹고 사는데, 회전이 빨라야지."

웃으며 말하는 중년 여인의 얼굴에 찌든 피로가 엿보였다.

"식사했습니까?"

"못 먹었어. 먹을 데가 있어야지. 청진에서 서비차(돈을 내고 타는 화물차)를 탔는데 도둑이 어찌나 많은지. 주머니 열기 무서워."

여인이 손으로 배를 가리키며 눈짓했다.

"내가 점심을 안 먹어서 밥은 있는데, 반찬이 없습니다."

"어구, 있는 게 어디요? 물 말아 먹음 되지. 한술 줘요. 내가 이래서 지향이 집에 먼저 온다니까. 다 오는 정이 있어야 가는 정이 있어요."

숟가락이 부러지게 밥을 뜨며 여인이 말했다.

"언니가 나한테는 큰손인데 잘해야 먼저 사줄 거 아닙니까?"

나도 살갑다. 주기적으로 오는 여인과 마음이 맞아 돈을 먼저 받으면 팔 걱정을 던다. 그뿐이 아니었다. 집에 있는 건 물론 다른 이들의 담배를 모아 요령껏 몫을 챙길 수도 있었다.

"지향이 엄마가 신용 있고 마음씨 좋으니 먼저 오지. 장사는 신용이 잖아."

"제가 다른 건 몰라도 한번 말한 건 지키는 사람입니다. 몇 개나 가져갑니까? 생산이 금방 멎으니 걷으려면 서둘러야 합니다."

내 말에 여인이 손가락 4개를 펼쳤다. 재빨리 머릿속으로 셈을 해 보았다. 오늘, 내일까지 집에 있는 것, 그리고 모자라면……

"저한테 이백 개 값을 주면 거둬보겠습니다. 시간은 삼 일, 어떻습니까?"

"알았어. 나머지는 내가 걷지 뭐. 좀 더 거둬줘도 좋고, 근데 이 동네 건 아니지? 나도 알아야 건너로 가지?"

공장에서 나오냐고 묻는 거다. 동네 생리가 뻔해 숨길 것도 없었다.

"아니, 그냥 언니는 아는 대로 거두고요. 나는 알아서 하겠습니다."

여인이 밥숟가락을 놓으며 웃었다. 뒷동네보다 한 걸음이라도 가까운 이곳에서 사면 운반이 쉽다. 우리는 서로의 거래에 만족했다.

"그런데 이번에도 시내까지 내다 줄 거지. 요즘 나가는 게 너무 어려워."

"전처럼 좀 붙여주면 해보겠습니다."

몇 원은 작지만 이백 개를 모으면 작다고도 할 수 없었다. 여인이 허리에서 풀어놓은 돈을 세고 다시 세고, 빳빳한 오백 원짜리 묶음이 드디어 손에 들어왔다. 반질반질한 돈의 촉감, 묵직한 손맛에 마음이 든든해졌다. 때맞춰 일감이 생겼다. 마지막으로 나오는 담배를 모두 처리하면 홀가분할 터였다. 난 운이 좋아. 기분 좋게 자화자찬했다.

마을은 공장 담을 끼고 있어 술이나 빵을 팔아도 담배로 통했다. 술 파는 집은 물론 잡화를 파는 집에도 담배가 있었다. 그러나 그들의 손에서 나오는 담배는 완전 포장이니 사는 의미가 없어 마지막 수로 남겨 두었다. 반제품(포장되지 않은 담배)은 부피가 적고 운반이 쉽다. 보통 저울로 무게를 달아 거래하는데 한 보루(20갑)는 국가 기준이 480g이다. 조금 습기가 있거나 마른 걸 감안해 500g으로 환산했다. 반제품을 산다는 입소문을 들은 사람들은 교대가 끝난 깊은 밤, 새벽에도 문을 두드렸고 삼 일이 되자 이백 개를 모을 수 있었다. 포장은 식은 죽 먹기다. 다만 완제품을 빨리 집에서 빼고 싶었다.

4

　유치원 울타리 앞에 서니 마침 지향이 반 아이들이 선생님께 나붓이 인사를 하고 있었다. 녹청색 바탕에 빨간 줄, 노란 줄이 엇갈린 스웨터를 입고 목에 수건을 두른 지향이의 갸름한 얼굴이 나를 발견하고 환해졌다. 급히 뛰는 발걸음에 머리 위에 매달린 빨간 방울 두 개가 달랑거렸다.
　두 아이의 손목을 잡고 큰길을 건넜다. 왼편으론 농장마을로 가는 달구지 길이 이어졌고 오른쪽 언덕엔 크지 않은 마을이 있었다. 두 갈래 길이 모이는 공터에 옹기종기 물건을 놓고 마주 보는 사람들이 길게 꼬리를 물었다. 생겨나기도, 순식간에 없어지기도 하는 동네 장이다. 작긴 하지만 급할 땐 유용했다. 옥수수쌀, 입쌀은 물론 국수, 빵, 속도전 가루 등 끼닛거리와 산이나 들에서 난 나물, 비릿한 냄새가 코를 찌르는 절인 임연수나 고등어도 있었다.
　담배나 사탕이 비죽이 보이는 가방을 목에 건 이들은 대부분 젊은 여인이다. 밑천이 짧아 시오리 넘는 시내 장에 자리 잡지 못하고 이곳에서 하루 끼니를 만든다. 조금 낯설다 싶어 물으면 누구의 이모, 고모다. 동네에서 같은 학교를 나왔거나 한 공장에서 일하니 모르는 얼굴 찾기가 더 어렵다.

꼭 급한 일이 아니면 이곳에서 물건을 사지 않았다. 눈에 불을 켜고 지켜보는 동네 사람들 앞에서 물건을 고르기도 난감하고, 또 쌀이나 기름을 사면 눈치가 보였다. 얼마를 어떻게 쓰는지 광고하는 거나 마찬가지다. 그렇다고 나물이나 국수만 산다고 떳떳하냐면 그렇지도 않았다. 반대로 살림이 말이 아니라는 걸 보이는 셈이다. 내 돈 내고 이것저것 찜찜하기보다 시오리를 가는 시내 장이 편했다.

"엄마, 저기 할머니."

목을 늘이고 그쪽을 살피던 지향이가 발을 멈췄다. 지연이는 아예 할머니를 부르며 달려가 매달렸다. 엄마는 지연이 손에 끌려 알록달록한 사탕 봉지 앞에 앉았다. 사탕 봉지를 하나씩 든 아이들은 신이 나 할머니를 에워싸고 돌아왔다.

"네가 애들 봐달라고 올 것 같아 내려왔지."

엄마의 가장 큰 기쁨은 외손녀들이다. 오늘도 은근히 기다려 뭐라도 챙겨주려 나온 눈치다.

"어머니, 살 거 없음 올라갑시다."

"그래. 우리 빨리 가서 밥 먹자. 할머니가 맛있는 거 해줄게."

아이들이 나를 버리고 엄마 양손에 매달렸다. 퇴근하고 돌아왔을 엄마의 발걸음이 가볍다. 엄마 직장은 공장 합숙이다. 공장 합숙은 말 그대로 먹이고 재우는 곳이다. 외지에 집을 둔 종업원을 위한 곳으로 직원도 세 끼니를 해결할 수 있었다. 합숙 식솔은 한때 백여 명에 달했으나 지금은 절반인 오십 명도 남지 않았다. 배급소가 문을 닫을 형편이니 합숙 사정도 여의치 않다. 방은 냉골이고, 밥은 불면 날아가는 옥수수밥 한 공기다. 견디다 못한 어린 처녀들이 집으로 돌아갔다.

합숙 규모가 작아지니 자연 물자도 적다. 엄마는 두루두루 평안히 직장 생활을 마치는 것이 목표다. 남동생 둘은 모두 군대에 가 제대까지 몇 년이 남았다.

어둠이 막 꼬리를 끌며 마을에 내려앉고 있었다. 이맘때면 연기가 안개처럼 감돌고 석탄, 나무 타는 냄새와 밥 냄새가 어우러졌다. 하지만 지금은 연기 오르는 굴뚝이 몇 되지 않는다. 아이들을 쫓느라 부산하던 개들마저 보이지 않는다. 목에 줄을 달아 마당을 나서지 못하니 동네가 조용했다.

부모님 집은 우리처럼 공장 사택으로 오래된 가옥이었다. 일제가 버리고 간 비행장 터에 공장 기초를 세우던 할아버지 세대는 부속 건물을 중심으로 집을 지었다. 언덕이 평평해지는 중간에 그 옛 건물이 있다. 물매 급한 뾰족지붕을 인 구식건물은 지금도 살림집으로 이용한다. 전등이 없어 대낮에도 동굴 같은 복도를 두고 양옆으로 촘촘히 문이 달렸다. 우리 집은 이 복도 사택 뒷줄에 있었다.

"어머니, 나 자전거 좀 타고 가겠습니다. 시내 갔다 오려고요."

"둘이 같이 가니? 너무 늦으면 자는 애들 깨우지 말고 낼 아침에 올라와."

엄마의 당부를 들으며 창고에서 자전거를 들어내 짐 틀에 묶인 고무줄을 확인했다. 가볍게 페달을 밟고 올랐다. 제동을 지그시 누르며 언덕을 내려가는데, 갑자기 마주 오던 그림자가 막아섰다.

"언니, 내 선영이요. 한번 찾아가려 했는데 여기서 만나네."

"오랜만이다. 너 공장 진료소에 배치받았다며?"

작년에 의대를 졸업하고 배치를 기다리던 동네 후배. 지금은 언덕 아래 집을 짓고 이사 갔지만, 학교 시절 우리 앞 복도 사택에 살며 문제 풀이 책을 끼고 오던 동생이다.

"네. 언니네 아랫마을부터 여기도 내 담당이요."

"아, 그래. 선생님 앞으로 잘 부탁합니다."

"언니, 부탁은 내가 하려는데 먼저 말하면 어쩌오?"

"네가? 선생님이 내게 부탁할 일이 있어?"

어둠 속에서 선영이 눈이 반짝였다. 후리후리한 키, 날씬한 자태, 하얀 얼굴, 긴 머리가 인상적인 아가씨가 어린 시절처럼 팔을 잡았다.

"담배 좀 배워보려고, 언니 시간 있을 때 우리 집에 와. 보여줄 게 있소. 분명 언니도 흥미 있어 할 거요."

"그게 뭔데? 비밀 아니면 지금 말해."

호기심 어린 내 말에 선영이도 맞장구쳤다.

"맞소. 비밀. 그래서 생각하다 언니에게 보여주려고."

궁금했지만 오늘 일이 더 급했다. 다음 날 만나기로 약속하고 바삐 집으로 돌아왔다. 남편이 퇴근하여 들어서다 끌고 온 자전거를 보고 물었다.

"지금 나가려고? 자전거가 둘이네. 나도 함께 가자고?"

"두 번은 다녀와야 하니 서둘러."

창고에서 미리 포장한 상자를 자전거에 싣고 다시 옆으로 각각 배낭을 늘어뜨렸다. 이렇게 해도 무겁지 않아 타는 데 어려움은 없었다. 남편은 집 자전거에 짐을 실었다.

"이거 오십 개는 되겠는데, 그럼 백 갠가?"

"두 번만 갔다 오면 끝나. 낮에는 눈이 많으니 지금이 적당해. 애들도 엄마 집에 맡겼고 경숙이 아버지가 앞쪽 큰길은 봐준다고 했어."

경숙이 아버지는 공장 보위대 대장이다. 공장 앞길에서 일이 생길까 봐 미리 입을 막았다. 돼지고기 2kg을 건네자 몇 년 상급생인 경숙이 엄마가 은근히 좋아했다. 앞뒤 집에서 한 공장 밥 먹는 사이에 얼굴 붉힐 상황은 피해야 마땅하다. 이쪽에서 알아서 기니 흡족할 수밖에. 그들은 공짜가 생기고, 나는 요행에 기대지 않아 좋았다.

 남편이 앞서자 곧 따라나섰다. 속도를 높여 마을 길을 벗어나자 후, 숨이 나왔다. 어둠 속에서 마주 오는 얼굴은 가까워져도 윤곽만 드러났다. 아직 초저녁이니 경계가 느슨하다. 남의 눈을 피하여 어둠에 숨을 수 있었다. 시장에서 돌아오는 듯 키가 넘는 짐을 실은 자전거가 기우뚱거리며 마주 왔지만, 눈길도 주지 않았다. 요즘은 자전거에 짐을 매달지 않은 사람이 오히려 이상했다. 자전거가 사람과 짐을 옮기는 기본 수단이기 때문이다.

 담배를 가져갈 곳은 자전거로 20분 거리에 있었다. 길을 따라 얼마쯤 나가면 시내와 농촌 경계인 시멘트 다리가 있고 그곳을 지나면 우리가 시내라 부르는 소도시 남쪽 끝자락에 당도한다. 크지 않은 소도시는 포장한 큰길을 따라 길게 앉았다. 아래쪽은 역전을 끼고 북쪽으로, 반대쪽은 시내를 지나 남쪽으로 뻗었다. 기차가 교통수단 구실을 하던 시절엔 역전이 가장 붐비는 곳이었지만 자동차가 이동 수단이 된 지금은 큰 도시로 향하는 남쪽이 인기였다.

 그 구역은 남문이다. 먼저 다리를 건넌 남편이 멀리 보였다. 그런데 혼자가 아니고 누군가와 함께였다. 자전거에 바짝 붙어 선 국방색 잠바 차림의 남자는 손으로 짐을 만져본다. 오늘 운이 안 좋구나. 공장 앞을 통과하면 될 줄 알았더니……. 아직 초저녁인데 여길 지키네. 그저 지나긴 틀렸으니 할 수 없었다. 그나마 정복이(안전원) 아니라 다행인가. 순식간에 스치는 여러 생각을 더듬으며 자전거를 세웠다. 이스름 속에서 남자의 날 선 눈길이 이쪽으로 향했다.

 "수고 많으십니다. 제 남편입니다."

 자칭 소개까지 하며 남편과 나란히 서니 침착한 인사가 뜻밖인 듯 바라봤다.

"비사(비사회주의) 그루빠래. 며칠 전 생겼대."

남편이 조용히 속삭였다.

"비법인 물품은 다 회숩니다. 물건 확인을 해야겠으니 비사 사무실로 가야겠소. 따라오시오."

남자의 음성은 무뚝뚝하고 위압적이었다.

"담배입니다. 저기 공장 마을에 삽니다. 아내가 행방(장거리 장사)을 가려고 준비 중입니다. 통제 물건은 아닙니다."

남편이 설명조로 말했다. 사실 담배라고 하여 무조건 불법 물품은 아니었다. 공장 판매과에서 전표를 받아 사는 방법도 있었다. 그게 빽이 있어야 가능하고 일반 노동자에게 가당치 않다는 게 문제지만, 남편의 뻣뻣한 말은 바로 공장에서 샀다는 설명이다. 흠, 저렇게 말해서 될 턱이 있나. 무조건 기어야지. 이 시간에 여기 지키고 선 목적은 뻔했다.

"비법 물건은 아니고 공장 창고에서 산 겁니다. 물품 출고증이 있으니 증명할 수 있습니다."

시장에서 혼자 혹은 두어 명씩 집으로 돌아가는 사람들의 눈길을 의식하며 들으라는 듯 당당하게 말했다. 잠바 주머니에서 백 원짜리와 오백 원짜리를 만지며 망설였다. 얼마면 넘어갈까. 적은 돈으로 해결하면 좋겠지만 욕심이 차지 않으면 더 까다로워진다. 돈을 받고도 이 자리에 계속 있을 놈일까. 슬쩍 자전거 손잡이를 잡은 손에 오백 원짜리 한 장을 쥐여주자 남자가 슬그머니 비켜섰다.

"원칙대로면 지금 사무실로 가야 합니다. 불법으로 산 물건이 아니라니, 낼 출고증을 가지고 비사 사무실로 오시오."

"네. 알겠습니다. 오전 중 가겠습니다. 참, 누굴 찾아왔다고 하면 됩니까?"

"김승철을 찾으시오."

"네. 알겠습니다."

 자전거에 올라 남자의 앞을 지나자 남편이 따라 섰고 우리는 금세 골목에 들어섰다. 휴, 이쯤에서 물러섰으니……. 배가 아파도 어쩔 수 없었다. 대신 얼굴을 봐두었으니 어느 모퉁이에서 만나면 연을 이어 갈 수도 있었다. 비사란 조직에 관심은 없지만, 또 걸리지 않는다고 장담 못 한다. 위의 결정에 따라 하루건너 생겨나고 제멋대로 없어지는 검열 단체는 피하는 게 상책이고, 하책이 고이는 것이었다.

 자전거 전조등에 의지해 앞으로 나갔다. 줄 맞춰 앉은 주택 창문이 흐릿해 골목이 더욱 캄캄했다. 큰 골목에서 다시 작은 골목 두 개를 지나 키만큼 높은 대문 앞에 멈췄다. 가볍게 두드리자 깡통이 요란한 소리를 냈다. 신발 끄는 소리와 함께 손전지를 든 여인이 나왔다. 그녀를 따라 윗방에 붙은 작은 방에 들어섰다. 손에 들린 불빛에 구석마다 쌓인 물건이 드러났다. 네모반듯한 종이상자는 물론이고 한쪽에 웅크린 옥수수자루들, 형체가 울퉁불퉁한 마대 천을 감은 물건도 보였다. 아마 돈을 받고 물건을 보관하는 창고인가 보다.

"우린 지함인데 여기 쌓겠소."

 남편이 짐을 풀어 상자를 들였다.

"입구를 풀로 붙입니까?"

"그러오. 개수를 적고 지함에 종이를 붙이오. 그래야 나도 편하니."

 여인의 요구대로 했다.

"지금 일곱 시가 좀 넘었으니, 한 번 더 오겠습니다."

"여덟 시까지는 올 수 있소? 너무 늦으면 괜히…… ."

 여인이 말끝을 흐렸다.

"알고 있습니다. 빨리 오겠습니다."

짙은 어둠에 잠긴 가로수들이 검은 형체를 자랑하며 우수수 소리를 냈다. 이맘때 혼자라면 무서워 머리카락이 쭈뼛 선다. 그러나 남편과 함께하니 그런 생각은 들지 않았다. 인적이 끊어진 도로에서 나란히 페달을 밟았다.

"오늘 꼭 해야 해? 운이 없는데."

"약속은 지켜야지. 하루에 두 번이나 걸리겠어? 걸리면 이름 들었지? 김승철?"

"아, 그래서 이름 물었어?"

남편이 머리를 끄덕이더니 다시 물었다.

"근데 담배는 저렇게 넘겨줘도 되는 거야?"

"괜찮아. 평성 아줌마가 늘 거래하는 집이야. 보관료를 받으니 잘할 거야. 요즘은 위치가 좋으면 저렇게 돈을 버네, 우리도 청진 나가는 길목에 살면 쉬울 텐데."

배급에 의존하는 시절엔 모르던 깨달음이었다. 집은 당연히 공장 근처에 있고 사택은 공장에서 배정하니 이사는 꿈이었다. 석탄, 나무를 비롯해 온갖 살림에 필요한 물건은 두 손발과 어깨로 날랐다. 좀 나은 사람은 자전거에, 더 큰 짐은 달구지를 쓰니 큰길가에 있어도 조금 편할 뿐이었다. 그러나 장사 시대가 오니 새로운 것이 눈에 보였다.

"욕심이 많네. 언제는 공장 옆이라 좋다더니."

남편에겐 내 부러움이 욕심으로 보이는 모양이다. 불어오는 바람에 그의 점퍼 자락이 소리를 냈다.

"맞아. 지금 위치도 좋지. 살기 힘드니 이 생각 저 생각 해보는 거야. 근데 나 욕심 많은 사람 아니야."

사실 밥 먹고 사는 것 외 큰 욕심은 없었다. 남보다 좋은 옷도 집도 꿈꾸지 않았다. 누구의 눈치도 보지 않고 당당하고 떳떳하게 살길 바랄 뿐.

"장사를 마음대로 하면 나을 텐데, 걱정말고 당신은 직장 일이나 잘해."

"알아. 남자야 출근 잘하면 되지."

남편의 단순한 대답에 심사가 뒤틀려 꼬장한 소리를 냈다.

"다 그렇지도 않던데, 큰돈 버는 사람은 남자라고. 차를 끌고 다니는 건 다 남자잖아?"

"직업 나름이지. 담배 직장이어서 그나마 다행 아니야?"

그건 그렇지. 남편 그늘이 있어 먹고 산다는 걸 부인할 순 없었다.

"그건 그래, 아니면 어떻게 살아? 근데 생산 계속할까?"

남편이 머리를 저었다.

"점점 끊겨. 그래도 너무 걱정 마. 하늘이 무너져도 솟아날 구멍이 있다잖아. 남자는 담배가 없으면 못 살아. 더구나 공장 담배는 군대 공급품이고 군대는 다 남자야. 그러니 생산이 줄어도 완전히 멈추진 않을 거야."

남편의 위로에 마음이 한결 가벼워졌다. 우리는 다시 한번 짐을 싣고 나섰다. 땀을 흘리고 찬 기운이 스며들어 수건을 둘렀다. 돼지고기 2kg과 오백 원이 아직 유효한지 길을 막는 사람은 없었다. 대가가 톡톡해 배가 아팠지만 어쩔 수 없었다. 그때그때 운에 맡길 수밖에.

공장 옆을 나서면 담배는 사실 위험부담이 그지 않다. 생산물 암거래를 막지 못하는 건 공장 보위대나, 안전부(경찰) 등 내부 단속기관이 더 잘 알았다. 그들이 눈에 불을 켜 열 개의 방법을 내놓으면 노동자는 백 개로 대응했다. 그 대책은 물론 알아서 기고 빼고 필요하면 기름칠을 하는 거다. 일명 '고인다'는 말로 통했다. 기계는 기름을 먹고 사람은 돈을 먹는데, 세상 질서나 법규는 그것을 막는 방패다. 기를 쓰고 저마다 아등바등 사는 세상을 둥근 보름달이 유유히 내려다보고 있었다.

5

잔잔한 호수에 돌멩이가 떨어지면 파문이 번진다. 남편에게 고향으로 돌아간 국군포로 이야기를 꺼내기 주저되었다. 내 마음에는 파문이지만 시아버님이나 남편에게 격랑을 일으킬까 두려웠다. 들었는지, 못 들은 건지? 아니면 깊숙이 묻었는지 남편의 일상은 여전했고 시간이 지나자 어수선하던 마음도 가라앉았다. 도로공사를 끝낸 남편이 우석과 함께 들어섰다. 남편의 자전거 뒤에 함께 타고 온 것이다.

"술 있으면 한 병 줘. 반찬은 됐어. 아니 두부 한 모만."

남편의 말이 자리를 비켜달라는 말로 들렸다. 남자들끼리 대화가 필요한가?

"지향이 데리러 나가던 길이야."

두부 한 모를 받아 돌아오니 두 남자가 술을 붓고 마주 보는 참이다. 지연이를 앞세우고 나서는데 부모님은 잘 계시냐는 우석의 말이 들렸다. 아, 마침내 올 것이 왔구나. 저 두 남자가 조용히 하려는 말이라면 내놓기 껄끄러운 아버지들의 이야기일 것이다.

두 아버지는 나란히 탄광에서 일했다. 시아버님은 연로보장을 받았고 우석이 아버지는 십여 년 전, 공장에서 얼마쯤 떨어진 채종 농장에 자리 잡았다. 꼬장꼬장하고 고지식한 시아버님과 달리 수완이 좋은 그는 노동자로 인정받는 채종 농장(옥수수 종자를 생산하는 농장)에

전근하는 데 성공했다. 군대에서 제대된 우석도 아버지의 직업을 이어받는 것이 관례지만, 담배공장에 배치받았다. 아버지가 노동자이니 공장에 배치받는 게 쉬웠을까. 남편과 우석은 다시 한 공장, 한 직장에서 일하게 되었고 서로를 챙기고 도왔다. 그들의 끈끈한 우정은 주변 사람들의 부러움을 샀다.

 문제는 그들의 공통점이었다. 두 아버지는 말소리가 이 고장 사람들과 달랐다. 약혼식에서 시아버지를 처음 만났을 때 독특한 억양에 머리를 기웃거렸다. 자리가 파하고 난 뒤에야 그것이 남쪽 말씨라는 걸 알았다. 그랬다. 우석과 남편, 두 사람의 아버지는 대구 사람이었다. 고향이 같은, 전쟁 때 북으로 온 남쪽 사람.

 북으로 온 남쪽 사람은 두 부류가 있었다. 의용군 아니면 국군포로, 다 같이 남쪽에 고향을 뒀으나 전자는 자발적으로 왔고 후자는 전투포로가 되어 강제로 끌려왔다. 전자는 나라의 동량이고 후자는 인생을 갈아 조국에 바쳐도 부족했다. 그들의 출신 성분은 아무리 세월이 흘러도 변하지 않았다.

 나에게 시아버지의 출신은 충격을 주었지만 받아들이지 못할 것은 아니었다. 훤칠하고 잘생긴 남편을 좋아하기도 했지만 출신 성분을 따지면 나 역시 피장파장이었고 그래서 동병상련을 느꼈다. 술상을 마주하고 앉은 두 사람이 공통의 주제, 그리고 내가 없는 곳에서 해야 할 이야기는 짐작하기 어렵지 않다. 손을 잡은 두 아이를 이끌고 동네 시장 쪽으로 발길을 돌렸다.

 그동안 눈코 뜰 사이 없이 바빠도 담배를 만든다던 선영이 말을 잊지 않았다. 어떤 담배를 만들려는지, 어떻게 만드는지 궁금했다. 선영이 아버지는 공장 자재 창고장이고 어머니는 시내 편의관리소 소속으로 공장 미용실에서 일했다. 배급이 없어지니 공장 미용실은 자연히 문을 닫았다. 대신 집에서 돈을 받고 파마를 했다. 물론 야매 가격이고 그 돈으로 다시 파마약을 구입했다.

장이 생긴 공터를 마주하고 앉은 1동 2세대 왼쪽 대문을 밀자 소리도 없이 열렸다. 창고 쪽에서 청 높은 말소리가 들렸다.

"요즘은 배추도 잘 팔린다오. 공장에서 나눠주는 허접한 거보다 실속 있지. 좀 비싸도 그 안에 있소. 옛말에도 모르면 비싼 거 사랖잖소?"

"맞소. 옛말 틀린 거 없지. 공장 배추야 다 치마 배추지."

한 음 낮은 부드러운 소리는 어릴 때부터 들어온 선영이 엄마 목소리였다. 선영이 엄마는 동네에서 손꼽히는 미인이었다. 갸름한 얼굴에 쌍꺼풀진 큰 눈이 선영이와 똑같았다. 창고를 정리하고 의자 몇 개를 들인 미용실은 바닥을 시멘트로 발랐을 뿐 나무판자 사이로 밖이 보였다. 덕분에 환기는 잘 되겠지만 겨울엔? 내가 그런 생각을 하는데 머리에 비닐 모자를 쓴 아줌마들의 시선이 일시에 몰렸다.

"지향이 왔구나. 요 며칠은 바쁜가 보네. 얼굴 보기 힘드니. 방에 선영이 있어."

얼른 손을 흔들며 은근히 나무라는 걸 보니 기다렸구나. 파마 냄새에 코를 막는 두 아이를 앞세우고 부엌문으로 향했다. 절반쯤 닫힌 윗방 앉은뱅이 상 앞에 앉은 선영이가 보였다. 열린 방 안에서 진한 담배 냄새가 난다. 담배 직장처럼 발효된 향기, 각초(刻草) 냄새다.

"선영아, 뭐 하니? 진짜 담배 만드네."

"어휴, 언니. 그럼 뭐 가짜로 만드나?"

자리에서 일어난 선영이가 애들의 손을 잡아끌었다.

"잘 안돼서 언니보고 좀 봐달라 하려던 참이야."

"뭐가 안 되는데?"

"속은 그럭저럭인데 겉 포장이 잘 안되오. 포갑지야 정성 들여 만들면 문제없는데 마지막 쎄루지(포갑지 위에 씌우는 비닐) 포장이 쉽지 않고."

한자와 영어가 휘어져 멋스러운 포갑지는 한눈에도 고급스럽다. 길이는 공장제품과 같았다. 아하, 여과 담배구나. 이걸 집에서 만든다고? 누런 종이가 달린 담배 한 대를 뽑아 돌려보며 감탄했다.

"이거 자재를 어디서 구한 거야? 돈 들고 정성 들여야겠는데? 여기 도장도 제대로 찍혔네. 냄새도 좋고."

"괜찮아 보이오?"

"차이는 있네, 피워본 사람들은 뭐래?"

"피워본 사람도 좋다고 하오… 우선 겉보기가 정품과 비슷해야 하는데 그게 어렵소."

마침 들어선 선영이 엄마가 포갑지를 신기한 듯 만지는 지연이 손을 슬그머니 끌었다.

"우리 저기 가서 놀자. 자, 할머니가 펑펑이(뻥튀기) 줄게."

아이들이 나가자 선영이가 얇은 쎄루지를 들고 왔다.

"언니, 이 쎄루를 다리미로 붙이오. 온도 조절이 필요한데 왠지 정품과 비슷하면서 다르오. 언니가 한번 해보오."

"견본이 있어?"

"언니, 정품은 보기만 해도 네모반듯한데 내가 만든 건 왜 이런지 모르겠소."

담뱃갑을 들여다보았다. 두께와 길이며 속지인 은지까지 살피고 쎄루지도 만져봤다. 선영이가 만든 담배는 한눈에도 정품과 차이가 있었다.

"지금 전기 와? 한번 붙여 감을 보자."

선영이가 씩 웃었다.

"언니, 내가 무슨 재간으로 전기 끌어와?"

"그렇구나, 난 또 너희는 있는 줄 알았지. 우선 이렇게 하자. 내가 집에 가서 한번 해볼게, 쎄루지 몇 장과 네가 만든 담배를 줘봐."

선영이가 만드는 과정을 지켜보았다. 각초를 골고루 뿌리고 담배 굵기만 한 쇠막대를 양손으로 잡고 돌리는 기계는 수공업이라는 말에 어울리게 간단했다. 흰 풀을 천에 먹여 찍는 동작도 익숙하면 어렵지 않을 것 같았다. 느낌과 감각으로 각초 굵기를 조절하니 숙련이 필요했다. 수많은 치차와 부품들로 이루어진 권상기(담배 마는 기계)의 원조가 이렇게 간단하다니, 경탄이 나왔다. 말려 나온 담뱃대를 만지며 물었다.

"너 출근 안 하니? 손으로 벌어먹어? 칠 년이나 고생해 딴 의대 자격증을 두고?"

"아침에 잠깐 얼굴 보이고 들어와. 다른 선생들은 장마당에서 약을 파는데 난 아직 초보라, 그리고 시집도 안 갔는데 시장에 앉기도 부끄럽고……. 집에서 하는 일을 찾았는데 이것도 만만치 않네."

월급이나 배급이 없는 건 의사도 다를 바 없으니 출로를 모색하다 담배로 눈을 돌린 것이다.

"그렇구나. 그런데 자재 구하기 힘들겠다. 다 고급 자재니 비싸겠지?"

"그렇긴 하지만 돈만 있으면 고양이 뿔도 구하는 세상 아니오. 공장 건 각초밖에 없소."

"근데 이거 확신은 있어?"

"글쎄……. 요즘 확실한 게 있긴 하오? 처음이니 어렵긴 하지만. 국내 생산은 모두 멈췄고 담배는 필수품이니."

필수품이라, 아직 잘 알려지지 않았고, 자잿값이 비싸다. 다음은 숙런이 필요하고. 그래서구나. 개인이 담배를 만들지 못하는 덴 나름의 원인이 있었다. 사탕, 술, 약까지 모든 품목을 개인이 만들었다. 시간이 지나면 담배라고 안 될 리 없지만, 담배를 피우지 못해 죽는다는 말은 듣지 못했다. 죽도 힘든 시절에 누가 이 담배를 피우지?

"사실 여과 담배는 나도 잘 몰라."

"조금 다르기야 하지만, 담배가 다 거기서 거기 아니오? 그래서 시작했는데 생각처럼 되지 않소……."

오, 너 생각 열렸는데. 긍정의 의미로 머리를 끄덕였다. 선영이가 손에 있던 누런 금줄을 내려놓았다. 실처럼 둘둘 감긴 줄을 풀어 포갑지 끝에 붙이고 가위로 잘랐다.

"이게 개봉 줄이요. 여기 정품에서 이 줄을 잡고 이렇게. 그런데 이게 가장 힘드오. 정품처럼 여기 동그란 부분을 만들어야 하는데……. 어렵소."

"이거 정품과 같은 재료지?"

혹 자재의 차이에서 오는 변화일까 싶어 물었다.

"그럼. 모든 게 정품에 쓰는 거요. 이 포갑지만 개인이 만든 거고."

속으로 거듭 감탄하며 어디서 나오냐고 물었다.

"출판사나 인쇄공장이 모여 있는 강서 쪽에서 온다고 하오."

"개인이 이걸 만들어? 진짜 못 만드는 게 없네. 일단 네가 만든 갑이 있으니 이것으로 해보자. 규격은 정확하겠지?"

머리를 끄덕이며 다리미를 들고 온 선영이가 플러그를 꽂았다. 다행히 전기가 왔다. 손을 대 온도를 가늠하더니 다리미판이 위로 올라오게 고정했다. 쎄루지 한 장과 갑을 쥐고 풀칠하듯이 다리미에 살짝 댔다. 세로 면을 붙이고 다시 귀를 반듯이 접어 위쪽, 아래쪽을 문지르자 포장이 끝났다.

"잘하네. 이게 끝이야?"

"끝인데 문제는 정품과 비슷하지 않다는 거요."

두 갑을 비교하자 확연히 차이가 있었다. 만든 건 어딘지 모르게 어설펐다. 반듯하지 못하고 마치 다리지 않은 옷처럼 구겨진 느낌이었다.

"반복하며 결함을 찾아도 모르겠소. 재료도 같고, 방법도 맞는데 포장만 하면 이상하게 달라지오."

고심이 많은지 선영이의 반듯한 이마가 구겨졌다.

"사실 돈만 들어가고 결과가 나오지 않아서 걱정이오. 이때까지 부모덕으로 살고 제힘으로 시작한 게 이 모양이니. 잘못 선택하지 않았는가 싶기도 하고……."

선영이 아버지도 직업이 좋았다. 창고장으로 제품 입출고를 관리하니 각지에서 와 차례를 기다리는 인수원들이 특산품을 고이면서 줄을 섰다. 그러니 먹고사는 데 편했고 그런 아버지 덕에 선영은 굶주리는 시대에도 무사히 대학을 마쳤다. 긴 기숙사 생활에 마침표를 찍고 마침내 새출발을 기대했건만 병원은 빈집처럼 썰렁했다. 약은 장마당에서 사고, 필요하면 의사를 불러 집에서 치료를 받았다. 퇴직을 앞둔 진료소장만이 책상을 지키다 왕진을 간다. 초보 의사인 선영이를 찾는 환자는 없었다.

"처음부터 잘되면 남들이 벌써 했지."

"그렇긴 한데 마음이 급하오. 괜히 밑천만 날리지 않나 싶어서… 언니는 괜찮소?"

"나라고 괜찮겠냐? 그럭저럭 담배를 모으고 되팔아 간신히 밥 먹어. 너처럼 밑천 만들 수 있음 좋겠지만 그게 쉽니?"

은근히 부러움을 터놓으며 담뱃갑을 양손에 들고 비교하다 손으로 눌러보았다.

"여기 차이가 있네. 정품은 두께가 봉 부위와 아래가 같아. 그런데 이건 담배가 봉보다 미세하게 얇아. 담배를 말 때 각초가 적게 들어갔네."

"아, 그러니 담뱃대를 먼저 제대로 만들어야 한다는 소리요?"

"또 다른 문제도 있겠지만 우선 이 점을 고치고 다시 보완해 봐. 하나씩 고치다 보면 되지 않겠어?"

"알았소. 담뱃대 만드는 데 주력해 볼게."

창고로 가니 펑펑이 양재기를 놓고 사이좋게 앉은 두 아이와 비닐 모자 위에 수건을 감은 아줌마들 사이에서 선영이 엄마가 일어섰다.

"담에 저도 머리하러 오겠습니다."

아이들을 앞세우고 저녁거리 사는 사람들 틈에 끼어 국수 보따리 앞에 멈췄다. 마르지 않고 꾸들꾸들한 국수는 불리지 않고 끓는 물에 삶으면 맛이 좋았다. 슬슬 넘어가니 너나없이 한 끼는 국수다. 노랗고 반들거리는 국수에 눈을 주고 손을 내밀었다.

요즘 마음이 어느 때보다 여유로웠다. 발등에 불 떨어진 춘실이 초능력을 발휘해 배급을 받았기 때문이다. 쓸모없이 휴지가 될뻔한 배급표가 순식간에 식량이 되었다. 쌀 40kg이 생긴 춘실과 옥수수쌀 100kg를 받은 나는 흡족했다. 국전 가격에 쌀은 16전, 옥수수쌀은 8전이니 공짜가 하늘에서 뚝 떨어진 셈이다. 쌀독에서 인심 난다는 말 그대로 겨울 준비인 김장은 물론 석탄 나무에 씀씀이가 커졌다. 국수 세 사리와 중국산 맥주, 그리고 빵 몇 개를 사 들고 춘실이 집으로 향하는 걸음이 날 듯이 가벼웠다. 저마다 나름의 방법으로 능력껏 사니 이런 날들도 나쁘지 않았다.

제2장

실종

1

 찬 바람이 불기 무섭게 해가 짧아졌다. 북쪽의 겨울은 길고 매섭다. 남자들은 털모자나 목도리를, 여자들은 수건을 감았다. 얼굴을 꽁꽁 감싸고 입까지 막아도 수건 밖으로 허연 성에가 돋았다. 골목길 곳곳에 버린 구정물이 얼음판을 만들었다. 어른들은 혀를 차거나 욕을 중얼거리며 다리에 힘을 주고, 아이들은 보란 듯이 쓱 지쳐 갔다.
 지향이는 유치원에 가는 날보다 집에 있는 날이 많아졌다. 오늘도 아랫목에 편 작은 이불에 발을 넣은 두 아이가 실 뜨개 놀이 중이다. 설거지를 마치자 세수를 하고 옷장 거울 앞에서 머리를 빗었다. 크림을 바르고 분도 몇 번 두들겨 화장을 하고 추위를 막을 두꺼운 동복과 동화를 신었다. 끈 달린 벙어리장갑도 잊지 않았다.
 "잘 놀고 있으면 엄마가 오면서 빵 사 올게."
 서둘러 문을 나섰다. 같이 가자고 부르는 소리가 들리지 않아 너무 늑장을 부렸나 조급해졌다. 큰길에 나서자 둘씩, 셋씩 짝을 지은 여인들이 보였다. 오늘은 여맹(조선 중앙 여성동맹) 회의 날이다. 일주일에 한 번 하는 생활총화는 돌려가며 집에서 하지만 달에 한 번은 동에 소속된 여맹원 전체가 공장회관에 모였다.
 열두 시가 되어야 끝내겠지. 무슨 내용인지 모르지만 듣지 않아도 훤했다. 또 무엇을 내고 얼마를 거둘지가 문제다. 과제야 수시로 바뀌지만, 돈으로 사야 한다는 건 변하지 않는다. 결국, 얼마씩 걷냐에 초점이 모이고 옥신각신하다 지치면 일어섰다.

앞에서 윙윙 바람이 몰려오자 얼른 몸을 돌려 뒷걸음쳤다. 기승을 부리는 바람 때문에 절로 비칠거렸다. 현지 교시 비가 세워진 넓은 공터를 지나 건물들 사이로 들어서니 한결 바람이 잦았다.

회관은 공장 중심에 있었다. 난방은 안 되지만, 일단 건물 안이라 칼바람이 없어 후 숨이 나왔다. 입구를 막은 두꺼운 천을 들자 사람 온기로 더워진 공기가 밀려 나왔다. 뒤쪽에서 이리저리 기웃거려도 어쩐 영문인지 아는 얼굴 찾기가 쉽지 않다. 두리번거리는데 누군가 툭 쳤다.

"여기 앉아. 찾아야 그렇지. 초급단체별로 앉으라는 말은 없었어."

시장에서 잡화를 파는 드세기가 둘째가라면 서러운 언니다. 밉보이면 어떻게든 갚는 성격이나 그만큼 바른말도 잘하고 인정도 있었다. 군대 동화를 신은 발을 구르며 햇볕에 탄 얼굴에 웃음을 짓는다. 반가웠다.

"네. 다들 어데 갔지? 아는 얼굴이 보이지 않네. 근데 왜 이렇게 까맣게 탔소?"

"종일 장마당에 서봐라. 겨울에 얼고 녹으며 여름보다 더 타더라."

"오늘은 장마당이 쉬는 날이겠네, 다들 여기 오니."

"회의 덕에 반나절 휴식이고, 오후엔 나가야지."

그때 둥그런 얼굴의 50대 여맹 위원장이 강단에 나섰다. 오늘은 두만강을 건넜다 잡혀 온 여맹원들에 대한 사상투쟁 회의다. 이름을 불린 십어 병이 줄에 꿰인 듯 줄줄이 나왔다. 하나같이 기가 팍 죽었다.

여맹 위원장이 분개한 목소리로 한 사람씩 이름과 나이, 소속 초급단체, 그리고 중국에 가서 생활한 기간 등을 폭로했다. 연령대가 다양했고 알맞한 얼굴은 없었다. 그중 관심을 끈 사람은 일곱 살, 다섯 살

두 아이를 둔 여인이었다. 두 아이의 엄마라는 공통점 때문에 저절로 혀를 찼다. 아이를 두고 집을 떠나다니. 어떻게든 여기서 살길을 찾아야지, 어찌 그리 독할 수가.

토론이 시작되고 분위기가 고조되자 중간에서 연신 "사회주의를 지키자."라는 구호가 터졌다. 구호만이 아니라 토론도 미리 준비했다. 한 시간이 지나자 추위를 이기지 못해 분위기가 식어갔다. 두 손을 팔에 찌르고 듣는 둥 마는 둥 하던 사람들의 발 구르는 소리가 뒤에서부터 점점 높아졌다. 회의가 끝나자 시린 엉덩이와 감각이 없어진 손발에 허겁지겁 뒤도 돌아보지 않고 빠져나왔다. 장마당 언니와 앞서거니 뒤서거니 집으로 향하다 지향이와 한 약속이 떠올랐다.

"언니, 빵 있소? 애들이 집에서 기다려서."

"그럼. 아침에 받아놓고 왔지, 가자."

빵을 산다는 말에 금세 기분이 좋아진 언니가 팔을 끌었다.

"너 전번 미향이네 빵 많이 샀지, 그때 얼마나 배 아팠는지 알아?"

"아, 그거? 사정이 있소. 직장 심부름이요."

미향이 엄마 동생은 입갑 작업반, 남편과 같은 교대 조장이다. 현장에 들어간 빵을 그의 손을 통해 나눠주고 담배를 받으니 서로 공생관계다. 하지만 이런 사정을 그대로 말하기도 불편해 둘러댔다. 집에 도착하자 또 신을 벗고 올라오라 성화다. 동화 끈을 풀기 귀찮아서 손을 저었다.

"언니, 애들 둘만 있어 빨리 가야 하오."

"추운데 좀 앉았다 가. 빵 가져올게. 우리 집 두 놈 성화에 윗방에 넣고 열쇠를 걸었어."

소문난 장난꾼인 이 집 두 아들을 생각하니 웃음이 비죽 나왔다. 그 두 아들만큼이나 기가 센 언니가 넓적한 나무함을 들고나와 앞에 놓고 이것저것 보여준다. 과자, 사탕, 빵과 함께 한쪽에는 약, 빗, 거울, 장갑, 머리 고무줄, 띔 줄 등 없는 게 없었다. 이것저것 뒤적이다 방울 달린 동그라미 머리 고무줄과 크림을 찾아냈다. 돈을 치르고 나서는데 가만히 주시하던 언니가 물었다.
"얘, 너 지향이 아버지 돌아왔어?"
"아니, 시집에 갔소. 어제 오후에 갔으니 오늘 오겠지."
"그래?"
말꼬리를 늘이는 어조가 이상해 돌아섰다.
"그게 사실은, 어제 지향이 아버지가 뒤편 골목에서 찦차에 오르는 걸 누가 봤다고 해서. 뭐 별일은 아니겠지."
당혹감에 말문이 막혔다.
"아니 그게 무슨 말이요? 찦차? 언제? 직장에서 일하다 시집에 다녀온다 했는데 무슨 말이요?"
언니가 급히 머리를 끄덕여 긍정을 표시했다.
"그래? 그럼, 그렇겠지. 난 잘 모르지. 그래도 보위부 차라니 한번 알아봐."
따뜻한 집에서 나오자 찬 바람이 기다렸다는 듯 몰려왔다. 몰려오는 건 바람만이 아니었다. 언뜻 들린 보위부라는 말이 송곳처럼 박혀 불안감이 스멀스멀 커갔다. 남편에게 무슨 일이 생긴 건 아니겠지? 서둘러 집으로 달려갔다. 다급히 문을 열고 들어서자 기척을 듣고 두 아이가 뛰어나왔다.
"지향아, 지연아 아버지 안 왔지?"
머리를 저으며 봉지를 받아 든 아이들이 다시 아랫목으로 달려가고 나는 쭈그리고 앉아 동화 끈을 풀었다. 속이 후들거렸다. 무슨 일일까? 입었던 동복을 벗고 옷을 갈아입자 지연이가 빵을 뚝 잘라 손에

실종 59

쥐여주며 빤히 쳐다봤다.

황망하고 얼빠진 표정이 보이는 모양이다. 지연이 손에 끌려 앉으니 이불을 덮어놨던 아랫목에 아직 온기가 남아있다. 어떡하지? 어떡하지? 똑같은 물음을 되새기며 어제 아침 문을 나서던 남편을 생각했다.

올해는 기차도 잘 다니지 않고 추위도 심했다. 설이긴 하지만 두 아이와 함께 자전거로 세 시간을 가긴 고역이다. 네 식구가 고생하느니 남편 혼자 시집에 다녀오기로 했다. 출근하여 직장에서 반나절 일하고 떠나면 다음 날 돌아선다. 늦어도 오늘 저녁엔 올 거야. 기다려야 해. 괜히 유난 떨지 말고.

문득 오늘 아침이 떠올랐다. 골목에서 떠들썩 찾고 부르던 목소리가 약속이나 한 듯 사라지고 회의장에서 아는 얼굴을 볼 수 없었다. 모두 나를 피했구나. 분명 무슨 일이 생긴 거야. 생각이 거기 닿자 형체 없던 불안이 잡힐 듯 뚜렷해졌다. 소문의 진위를 알아야 했다. 누구한테 가지? 앞집 인민반장? 옆집 철이 엄마? 다급히 옷을 찾아 입었다. 끈을 매는 번거로움을 피하려 편리화를 신고 아이들에게 당부했다.

"할머니한테 갔다 올게."

평소 꼬리처럼 따라나서던 지연이도 얌전히 머리를 끄덕였다. 사택 마을을 막 빠져나오다 바삐 마주 오는 엄마를 발견했다.

"어머니."

"어디 가는 길이야?"

엄마를 뚫어지게 쳐다봤다. 무슨 일이 있구나. 수심에 잠긴 얼굴과 당황하고 서두르는 행동에서 내가 들은 말이 거짓이 아님을 알아차렸다.

"가자."

돌아서 나란히 걸었다. 집에 들어서자 달려온 아이들을 밀어놓으며 엄마 손을 끌었다.

"어머니, 지향이 아버지가… 혹시 들은 말 없습니까?"

머릿속이 백지장처럼 하얗게 변했다. 엄마라면 무슨 일이든 사실대로 말해줄 것이다.

"이상한 소문을 들었다만, 앉아. 지향이 애빈 어제 아침에 나갔냐?"

"네, 시간이 급해 들르지 않고 시집에 간 줄 알았는데."

말을 하다 이상한 점을 깨달았다. 남편이 시집에 가려면 집에서 이것저것 챙겨야 했다. 설 준비로 산 쌀도 가져가지 않았다. 그냥 늦어져 직장에서 떠났고 쌀이야 돈만 있으면 어디서든 살 수 있다고 가볍게 생각했다. 왈칵 눈물이 솟았다. 귀에 절박한 울음소리가 들리자 얼른 입을 막았다.

"소리 낮춰. 애들이 보고 있어."

입에 손가락을 대고 가만히 쳐다보는 엄마 얼굴엔 거역할 수 없는 뭔가가 있었다. 나를 따라 입을 삐죽이는 지연이와 지향이를 보는 순간 소리가 꺽 막혀 들었다. 윗방으로 아이들을 부른 엄마는 자리를 폈다. 지연이를 다독이는 엄마의 모습이 안개에 묻힌 것처럼 가까워지고 멀어졌다. 어느새 눈물도 말라버렸다. 아니야. 아닐 거야. 아니어야 했다.

"어머니, 시집에 다녀오겠습니다."

"지금?"

"시집에 있는지 봐야겠습니다. 자전거로 가겠습니다."

생각이 낳자 힘이 생겼다. 벌떡 일어나 서둘렀다.

"확인하고 오겠습니다. 3시간이면 갑니다."

동화 끈을 조이는 나를 보며 임마가 발했다.

실종

"정신 차려. 어떤 일은 아무도 모른다. 하늘이나 알지, 애들을 생각해."

시집은 80리 떨어진 탄광 마을이다. 얼굴을 아릿하게 때리는 매서운 바람을 맞으며 상체를 수굿하고 부지런히 페달을 밟았다. 팔려고 눈에 달이 뜬 사람들이 보퉁이 곳곳에 웅크리고 있어 그들을 피해 큰길을 따라갔다. 길 가녘에는 눈이 쌓였지만, 중심에는 포장도로 밑면이 꺼멓게 드러나 있었다. 역전을 에돌자 마사토를 깐 국도가 나타났다.

두만강과 나란히 북으로 향하는 국도에 들어서자 바람이 더 심해졌다. 하얀 띠를 이룬 강에서 터진 눈보라가 우우 파도처럼 밀려왔다. 소대가리도 얼어 터진다는 두만강 바람이다. 자동차 바퀴 무늬가 또렷하게 팬 두 가닥 길이 자전거 전용도로처럼 쭉 뻗어 있었다. 굳어져 거뭇해진 눈이 빠르게 다가오고 물러갔다.

간혹 남쪽으로 향하는 자동차가 오면 옆으로 비켜섰다 탄탄한 곳을 따라 달렸다. 얼마나 시간이 흘렀을까. 온몸에 땀이 솟았다. 사각 수건을 풀어 머리를 반쯤 내놓고 느슨하게 묶자 찬 바람이 달아오른 몸을 식혀주었다. 가끔 마주 오는 자전거를 만나면 혹시나 해서 바라보지만, 눈에 익은 모습은 아니다. 자전거를 탄 젊은 남자가 나란히 달리다 점점 사이가 벌어졌다. 오른쪽 멀리 가물거리던 마을이 커졌다 다시 작아졌다. 점차 다리에 힘이 빠져 속도가 늦춰질 무렵 강을 낀 도로가 갈라졌다. 샛길을 따라 어느새 산그림자가 드리우기 시작한 골짜기를 지나 언덕을 오르자 분지에 자리 잡은 탄광 마을이 나타났다.

사면이 산으로 막힌 오목한 평지와 산 경사면까지 빼곡하게 자리 잡은 집들, 거미줄처럼 뻗은 길, 한쪽에 솟은 탄광 버럭산과 철길이 손금 보듯이 내려다보였다. 높다란 버럭산 위와 지붕, 길은 온통 희슥

희슥하다. 눈과 석탄 먼지가 섞여 회색빛을 띤 지붕들이 난쟁이 집처럼 작았다.

　철길 건너 초입에 있는 시집 쪽을 바라보았다. 지금까지 바삐 달려오며 눌렀던 두려움이 되살아났다. 분명 남편이 있을 거라 믿었던 가슴이 요동쳤다. 1동 4세대가 사는 울타리에 들어서 재빨리 둘러보아도 낯익은 자전거는 보이지 않았다. 뻣뻣해진 다리를 끌고 급히 문을 두드렸다. 시어머니의 후덕한 모습이 보이자 다짜고짜 물었다.

　"어머님, 지향이 아버지 있습니까?"

　"안 왔는데. 언제 떠났냐?"

　시어머니의 말이 끝나기도 전에 하늘 땅이 핑 돌아 풀썩 주저앉았다. 허탈감과 허망함이 나를 쓰러뜨렸다.

　"얘가 왜 이러는 거요? 영감, 영감."

　그는 없었다. 마치 증발하듯이. 온몸에 축축하던 땀이 순식간에 등줄기를 싸늘하게 했다. 허리에서 시작된 찬 기운이 머리를 관통하는 순간, 펑 하는 소리와 함께 세상이 멎어버렸다.

2

　무기력해진 몸이 끝없이 잦아들었다. 애써 손가락을 움직였다. 감각이 느껴졌다. 다리에 힘을 줬다. 보이는 건 어둠뿐, 캄캄했다. 형체 없는 무언가가 온몸을 눌렀다. 터널인가. 본능처럼 빛을 찾았다. 돌덩이를 매단 듯 무거운 다리를 움직이려 애썼다. 어디선가 우릉우릉 소리가 들렸다. 희미한 빛이 느껴졌다. 눈을 감고 귀에 집중했다. 소리가 점점 커지자 혼자가 아니라는 안도감이 자올랐다.

"무슨 일이 생긴 게 분명한데……."

익숙한 목소리가 들렸다. 남편이다. 번쩍 눈을 떴다.

"나쁜 일이 아니길 바라야지. 어쩌겠소?"

구부정한 시아버지의 등이 보였다. 등잔불 심지가 그을음을 내며 타고, 시아버지와 어머니가 맷돌을 돌리며 한숨을 쉬고 있었다. 콩이 깨지며 우렛소리를 냈다. 뜨거운 구들 열기에 온몸은 땀이 흥건했다. 이불을 밀어내며 상반신을 일으켰다.

"어머니."

"그래, 일어났구나. 몸은 일 없냐?"

"일 없습니다."

시아버지가 맷돌 손잡이를 놓고 무릎걸음으로 다가앉았다.

"철호를 왜 여기서 찾냐?"

"아버님. 지향이 아버지가 없습니다."

마른 목을 긁으며 나온 몇 마디를 이해하지 못한 두 사람은 한동안 마주 봤다.

"없다니, 그게 무슨 말이냐?"

한참 만에 비명처럼 내지르는 시어머니의 목소리가 고막을 때렸다.

"어제 일 마치고 여기 온다고 아침에 나갔는데, 아는 사람이 말하길……."

"그래서 뭐라 했는데?"

"어제 아침 찝차에 오르는 걸 봤다고… 이상합니다. 출근하지 않으면 직장에서 올 텐데 아무도 오지 않았고. 우리 어머니도 들었답니다. 무슨 일일까요?"

방 안에는 침묵이 흘렀다. 숨소리조차 없었다.

"어떻게 이런 일이……."

"무슨 일이 있었던 거냐?"

두 목소리가 동시에 울렸다. 이 물음은 수백수천 번 소용돌이치던 생각이 튀어나온 것이다. 나야말로 묻고 싶었다.

"뭔가 짚이는 게 없냐?"

시아버지의 갈린 음성에도 머리를 저을 수밖에 없었다.

"모르겠습니다. 어디 물어보지도 못하고, 다들 피하기만 하니……."

막연함, 두려움, 억울함이 눈물이 되어 흘러내렸다.

"곰곰이 생각해 봐라. 혹 함부로 말을 옮기거나?"

"말이요?"

문득 한 생각이 번개처럼 스쳤다.

"아버님, 여기서 국군포로가 남쪽으로 간 일, 아십니까?"

"두 사람이 없어지고 후에 남은 가족도 실어 갔으니 그 일이야 다 알지."

급히 머리를 저었다. 아니야. 아니어야 했다.

"아닙니다. 친구와 이야기를 나누는 것 같았지만, 전 옆에 없었고… 그럴 사람이 아닙니다. 그 사람은 남편 동창으로 집에 자주 옵니다. 그거 말고는."

시아버지의 얼굴에 번쩍 빛이 스쳤다.

"그 철호와 같이 학교에 다니던, 우… 뭐였지?"

"우석이요, 같이 일하고, 아버님들 인연도 있다고 술도 자주 마십니다."

"으흠."

뭔가를 옮겨 넣는 듯, 아버님의 목소리가 신음처럼 울렸다. 넋을 놓고 있던 어머님이 그제야 울음을 터뜨렸다.

"아이구야, 이 일을 어째?"

깊은 밤 가슴을 후벼 파는 울음소리는 놀랄 만큼 컸다.
"당장 그치지 못해? 남들이 뛰어오라고 부르는 게야? 이 밤중에."
아버님이 낮은 소리로 윽박질렀다.
"어머님, 아직 아무것도 모릅니다."
커졌던 어머님의 울음소리가 쑥 잦아들었다. 이불 귀퉁이로 입을 막는 시어머니의 어깨가 들썩였다.
"며느리 보기 부끄럽지 않아? 애가 그걸 알고도 먼 길을 왔는데."
"아버님. 그게, 저는 그 사람이 여기 꼭 있을 거라 생각하고……."
말끝을 맺지 못하고 우물거렸다. 아니라고 목청껏 소리치며 울고 싶었다. 나를 둘러싼 현실이 꿈만 같았다. 이 밤이 지나면 다시 이전으로 돌아가지 않을까. 참았던 눈물이 둑이 터진 듯 흘러내렸다. 소리를 삼키려 끅끅 흐느꼈다. 고목등걸처럼 미동도 하지 않는 아버님을 흔들다 까무러치게 놀랐다. 나무토막처럼 흔들리는 몸이 뻣뻣했다.
"아버님! 아버님이 이상합니다."
영감을 피해 멀찍이 돌아앉았던 시어머니가 황급히 몸을 돌리며 허물어져 내리는 아버님을 받았다.
"불을 가져오거라."
벽에 걸렸던 칸드레(카바이트 등)를 찾았다. 손이 후들거려 성냥을 찾지 못하자 시어머니가 큰소리로 역정을 냈다.
"등잔을 가져와라, 빨리."
마지막 말은 울음소리가 삼켜버렸다. 큰소리에 조금 정신이 돌아왔다. 등잔을 들어 시아버지의 얼굴을 비췄다. 입가에 거품이 보였다. 다시 가슴이 무너졌다. 벽 한쪽에 걸린 칸드레를 당겨 불을 붙였다. 얼굴을 핥듯이 앞으로 다가온 불꽃을 피해 엉덩방아를 찧고 무릎으로 엉금엉금 시아버지에게 다가갔다. 훤한 불빛에 비친 거친 조각 같은 얼굴, 미약한 숨결이 새어 나오는 입술로 흰 거품이 부글부글 솟구쳤다.

"어머니, 어쩜 좋습니까?"

어느새 침착해진 어머니가 나에게 말했다.

"네 시누이를 오라고 해라. 의사를 데려와야겠다."

"지금 가겠습니다."

"그래 빨리 가거라. 아니, 약을 먹여야지."

중얼거리는 소리에 반색했다. 노인들이라 뭔가 준비가 있다는 생각에 가슴을 쓸어내렸다.

"어머님, 약이 있습니까?"

"있지."

시어머니는 두말없이 돌아서 윗방 구석 농짝 앞에 다가서더니 허리춤을 더듬었다. 손이 부들거려 꺼먼 끈에 매달린 열쇠가 바닥에 떨어졌다. 장문을 열고 이리저리 더듬더니 꽁꽁 싸맨 비닐 덩어리를 찾아냈다. 풀어내자 콩알 두 개만 한 검은 고약 덩어리가 나왔다. 이게 약이라고?

"아편이다. 이걸 먹으면 나을 거다. 그런데 얼마나 써야 할지 모르겠네. 절반은 괜찮겠지?"

하지만 처음 보는 아편에 나는 아무 도움이 되지 않았다. 중풍 환자에게 아편이라니? 머릿속이 혼란스러웠다.

"어머님, 저는, 저는 모르겠습니다. 약이 맞습니까?"

말이 끝나기도 전에 시어머니는 벌컥 화를 냈다.

"시간이 급해, 빨리 써야 효과가 있어. 저기 건넛마을 사람도 이걸 먹고 일어났어. 어서 더운물과 숟가락을 가져와."

마지막 어조엔 거절을 용납하지 않는 단호함이 묻어있었다. 등잔을

실종   67

들고 부엌에 내려갔다. 검은 덩어리 절반을 떼어낸 시어머니가 손을 떨더니 다시 절반을 갈라냈다. 마디진 손가락으로 꾹꾹 눌러 물에 풀어 황갈색 액체를 아버님 입에 조금씩 흘려 넣었다. 흘리는 게 더 많았지만, 숟가락으로 다시 긁어 넣고 턱을 꾹 눌렀다.

"어머님, 저는 형님 집에 갔다 오겠습니다."

바삐 움직이던 시어머니가 어서 가라 손짓했다. 새벽녘이었지만 마치 한밤중처럼 캄캄했다. 창백한 조각달이 마지막 빛을 잃어가고 있었다. 더듬거리며 꽁꽁 언 눈길을 걷는데 낯선 그림자를 발견한 개 한 마리가 뛰쳐나와 컹컹 짖었다. 넘어질까 조심하던 걸음이 개를 보고 질겁해 빨라졌다. 걸음을 재촉할수록 이쪽저쪽에서 개 짖는 소리가 커졌다. 다리가 후들거렸다. 그제야 점심부터 아무것도 먹지 않았다는 사실을 떠올렸다. 허기가 몰려왔다. 악을 쓰고 페달을 밟았던 다리도 걸음을 옮길 때마다 당겼다. 온몸이 욱신거려 절로 신음이 터졌다. 이보다 더 나빠질 수 없다고 생각했는데… 악몽을 꾸는 듯 혼미해도 몸은 기계처럼 골목을 올랐다. 산에 바짝 붙어 앉은 사택이 나타났다. 첫 줄 두 번째 창문을 올려다보니 다행히 불빛이 어려있다. 살짝 인기척을 내자 금방 문이 열렸다. 시누이의 놀란 목소리가 들렸다.

"아니 네가, 이 새벽에 무슨 일이야?"

"아버님이 쓰러졌습니다."

시누이가 미닫이문을 열자 아주버님도 자리에서 일어나 주섬주섬 이불을 밀어놓았다. 조금만 기다리라는 시누이 외침을 뒤로하고 급히 돌아섰다. 허겁지겁 걸었던 길을 천천히 내려오며 사위를 둘러보았다. 길고 긴 밤이 가고 하늘이 희붐해지고 있었다. 새로운 날의 시작이지만 두려움은 더 커졌다. 다리 힘이 풀려 주저앉았다.

남편에게 형제라곤 시누이뿐이다. 시누이는 남편보다 11살이 많다. 어린 시절 남편은 시누이 등에 업혀 자랐다. 친구와 싸우거나 선생님께 칭찬을 받으면 누나한테 먼저 달려갔다. 점심은 늘 죽이었다. 학교에서 먼저 돌아와 한 그릇을 게 눈 감추듯 하고 다른 그릇마저 욕심냈다. 죽 껍데기 밑으로 한술 한술 뜨다 푹 꺼져 내려 놀라고, 또 어느 날은 홀랑 먹어버리기도 했다. 덕분에 시누이는 물로 배를 채우는 날이 허다했다. 언젠가 남편은 내가 키가 큰 건 누이 점심을 훔쳐먹은 덕이라며 웃었다. 오누이는 각자 가정을 이루고도 사이가 좋았다. 시누이는 탄광에서 같이 일하던 청년에게 시집갔고 수시로 친정을 도왔다.

명절이면 우리는 늘 시집에 모였다. 식구가 많아 일도 많았다. 발 들일 틈 없이 복작복작 떠들썩하게 이틀을 보내면 녹초가 되었다. 즐겁고 힘들었던 그 시간이 지금은 한 세기 전처럼 아슴푸레하다. 지향이를 낳은 이듬해 설날이었다. 시어머니의 지휘로 부엌에서 떡을 빚고 상을 챙기느라 분주했다. 등에서 떨어지지 않는 지향이를 안고 겨우 한숨 돌려 상에 앉으니 또 울음을 터뜨렸다. 술을 입에 대지 않는 아버님이 먼저 숟가락을 물리고 손을 내밀었다.

"어서 먹어라. 애는 내가 보마."

시어머니도 남편도 어서 건네라 성화였다. 무뚝뚝한 시아버지가 어려워 거절하지 못하고 아이를 넘겨드리자 띠를 찾았다. 여자만 아이를 업는 줄 알던 내가 질색했지만, 안고 있기보다 업는 게 편하다는데 도리가 없었다. 아이를 업고 마당을 오가며 얼굴의 주름이 퍼지도록 흐뭇하게 웃음 짓던 아버님의 모습이 선하다. 또 어느 해 명절엔 혼자 윗방에서 줄담배를 피우는 아버님을 보았다. 술 몇 잔에 세계정세와 정의를 논하던 남편이 곯아떨어지고 다른 식구들은 편을 갈라 윷놀이를 하느라 시끌벅적했다. 홀로 표정이 좋지 않은 아버님을 보고 슬그머니 지향이 등을 떠밀었다. 손녀의 부름에 그제야 재가 수북한 재떨이에 급히 담배를 끄며 굳어진 얼굴을 풀었다. 무슨 걱정이 있냐고 시어머니께 물었더니 '영감은 저게 병이지, 새해가 되니 또 고향 생각나나 보다' 하고는 말꼬리를 흐렸다. 그런데 이제 무뚝뚝하고 정 많던 아버님도, 남편도 한순간에 무너졌다.

"아니, 너 왜 여기 앉았어? 얼굴색이 왜 이래?"

언제 다가왔는지 시누이가 언성을 높이며 어깨를 흔들었다. 땅속으로 기어드는 몸을 일으켰다.

3

시누이는 다급히 방으로 달려 들어가더니 총알처럼 뛰쳐나와 의사를 찾아 나섰다. 아주버님과 시어머니는 시아버지의 상태를 살폈다. 숨소리가 한결 고르롭다.

시어머니가 눈물을 훔치며 중얼거렸다.

"갑자기 픽 쓰러져서. 그래도 약을 넘기고 좀 나아졌소. 근데 어느만큼 먹여야 할지 몰라서. 이보게. 자네 좀 봐주게."

어머님은 지금도 계속 그 약을 드시면 일어난다고 믿고 있었다. 손에 들린 아편을 조금 더 먹이고 싶은 표정이 간절했다.

"어머니, 집사람이 의사를 데리고 오면 그때 물읍시다. 저도 모릅니다."

난처한 듯 아주버님이 모른다는 소리만 반복했다.

"의사야 이걸 쓰라고 하겠나, 자기 약을 쓰라 하지."

"아편은 어디서 구했습니까? 진짭니까?"

"진짤세, 저기 장풍골에서 농사짓는 사람한테 겨우 얻었네. 조금만 쓰라고 해서… 그래도 한결 기색이 좋아졌소."

시어머니의 확신에 찬 말이다.

"이전에도 써보셨습니까?"

"안 썼지. 급할 때 쓰려고."

방 안은 이미 훤했다. 나는 지치고 힘이 빠져 부엌에 주저앉았다. 목이 아파 큰 가마에서 더운물 한 바가지를 퍼 천천히 마셨다. 머리가 한결 맑아졌다. 작은 가마에는 옥수수죽 한 그릇이 있었다. 노랗고 거칠게 타갠 죽, 분명 어제저녁 나를 위해 남겨놓은 것일 터다. 터벅터벅 발소리가 들리더니 털모자를 눌러쓴 의사를 앞세우고 시누이가 들어섰다. 의사는 방 안에 앉아서도 한참이나 손을 비볐다.

"쓰러진 지 얼마나 됐습니까?"

"그게, 세 시간 아니 두 시간쯤. 시계를 보지 않아서, 잘 모르겠슴다."

오락가락하는 시어머니의 말을 들으며 들고 온 왕진 가방에서 주섬주섬 혈압계를 꺼내고 손목을 짚어본 의사가 말했다.

"뇌출혈인 것 같은데… 혈압이 아직 높습니다. 중풍이죠. 병원에 다른 약은 없고, 중풍에는 사향이 제일인데. 그게 좀 비싸서……."

의사는 말꼬리를 흐렸다. 사향 1g에 1,500원 정도인데, 농사로 겨우 입에 풀칠이나 하는 집에 그런 말이 무슨 소용인가 하는 눈치였다.

"선생님, 아편을 조금 먹였는데 처음보다 나아진 것 같슴다. 조금 더 써도 됨까?"

사향보다 만병통치라고 믿는 아편에 더 관심이 많은 시어머니가 물었다.

"글쎄, 그게 의사로서는 안 된다고 하고 싶은데, 병원은 그런 약을 쓰지 않아서, 뭐라 말씀드리기 곤란합니다."

말을 놓고 가족과 병자를 번갈아 보더니 한마디 보탰다.

"민간에서 그렇게 한다고 하니… 제가 써본 경험이 없어서 뭐라 해야 할지, 일단 잘 지켜보시고."

시어머니의 곡소리가 터졌다. 울음소리가 길어지자 시누이가 말했다.

"선생님, 약이 없으면 어쩝니까? 뭘 해야 하는지 알려주면."

시누이가 말끝을 얼버무렸다. 답답한지 아주버님이 나섰다.

"선생님, 아버님 현재 상태는 어떻습니까? 심각합니까?"

"지켜봐야죠. 지금 혈압, 맥박 같은 거로 봐서는 그리 심한 것 같진 않습니다. 아편을 드셨다니 그 때문일 수도 있고. 좀 늦게 깰 수도 있지만."

그는 허리춤을 더듬어 아편을 꺼내려는 시어머니를 막으며 주섬주섬 도구를 챙겨 넣었다.

"제가 봐도 모릅니다. 깨어나면 부드러운 죽을 들도록 해보시오. 안면 마비나 언어장애가 올 수 있고 심하면 반신을 못 쓰기도 하지만, 또 경하면 풀리기도 하니, 지켜보며 간호를 하는 수밖엔 없습니다."

시어머니가 다급히 물었다.

"선생님, 침이라도 놔주면 안 됩니까?"

"지금은 의식이 돌아오지 않아 그럴 수 없습니다. 상태가 어떤 봐야 결정할 수 있습니다."

의사가 가방을 더듬자, 시어머니가 무릎을 짚고 따라 일어서며 소심하게 변명했다.

"선생님, 경황이 없어서, 아직 아침 전일 텐데. 식사도 준비 못 하고."

"무슨 말씀을, 그럴 경황이 어디 있습니까. 후에 다시 와 보겠습니다."

마지막 말은 인사로 건네는 소리다. 약을 사지도 않고, 쌀이 생기지도 않는 집에 무상으로 다시 올 의사는 없었다. 오늘 한 번으로도 동네에서 함께 사는 의리를 지킨 셈이다. 의사가 나가자 그대로 부엌 바닥에 주저앉았다. 신발 끄는 소리와 함께 들어서던 시어머니의 눈길이 나에게 멎었다. 순간 얼굴에 절망이 떠올랐다.
"이 일을 어째, 아이구."
걷잡을 수 없이 터져버린 시어머니의 울음소리에 놀란 시누이와 아주버님이 황급히 시어머니를 붙잡고 방으로 끌었다.
"엄마, 도대체 왜 이러는데? 금방 울었으면 됐지. 아버지가 운다고 일어나요?"
"그게 아니고. 철호가, 철호가 없어졌단다."
"이건 또 무슨 말이요? 사람이 어떻게 없어져? 얘, 네가 좀 말해봐라."
성격 급한 시누이가 뒤에 선 나에게 재촉했다.
"나도 모르겠습니다. 이틀쨉니다."
죽을죄를 지은 듯 목소리가 기어들었다. 이게 죄가 아니면 뭘까.
"무슨 소리야? 철호가, 아니 걔가 얼마나 신중한 앤데. 나쁜 일을 할 사람이 따로 있지, 그걸 어떻게 믿어?"
끝나지 않는 시누이의 말을 끊으며 아주버님이 다급히 물었다.
"왜 잡혀갔는지 모르오? 주변에 알만한 사람도 없고?"
말없이 고개를 저었다. 이제 더 말할 힘도 없었다.
"그럼 너 왜 지금 여기 있어? 애들은, 너희는 누가 찾지 않아?"
물 밖으로 나온 고기처럼 헐떡거리며 시누이가 물었다.
"아직은……."
"가을에 여기서 몇 집이 없어졌어, 가족 모두. 그럼 아버지가 이 소식 때문에?"
두 눈에 공포가 어린 시누이의 얼굴이 거메지고 무릎에 올려놓은 손이 떨렸다.
"그야 내용에 따라 다르겠지. 당신은 잘 알지도 못하면서 겁주고 그래?"

아주버님이 내 얼굴색을 살피며 말하지만, 그의 목소리도 떨렸다.

"겁을 주다니, 당신은 겁이 안 납니까? 애들까지… 딸네든, 아들네든 싹 다 잡아갔잖소."

어느새 울음을 멈춘 시어머니도 입을 막고 귀를 기울였다. 시누이의 말은 창이 되어 가슴에 박혔다. 우리 가족만의 일이 아니야. 친척들까지…….

"저는 가겠습니다. 애들이 기다려서. 지금 형님 얘기 들으니 무슨 일인지는 몰라도, 같이 있어야겠습니다."

허둥거리며 벌떡 일어서다가 풀썩 주저앉았다. 다리에 쥐가 일어 힘이 들어가지 않아서다.

"혹시 잘못 알고 데려갈 수도 있잖소?"

아주버님의 말에 시어머니는 마른침을 삼켰고, 세 여자의 눈길이 방 안의 유일한 남자에게 모였다. 간절한 여섯 눈동자를 보며 아주버님이 말을 뗐다.

"기다려보는 수밖에. 나쁜 쪽으로만 생각하지 말고."

"기다려? 이게 기다리면 될 일일까?"

시누이가 아주버님에게 와락 성을 냈지만, 금세 머리를 숙였다. 자신의 동생에게 일어난 일이라는 현실을 자각한 듯.

"끄끄윽. 푸."

억눌린 소리가 들려왔다. 모두의 눈이 화등잔만 해졌다. 막혔던 숨이 트인 듯 시아버님이 크게 숨을 내쉬며 눈을 떴다. 시선이 모이고 시누이의 곡소리가 터져 나왔다. 설움과 걱정, 불안, 공포 온갖 감정이 뒤섞인 비통한 울음소리가 이어졌지만 아무도 만류하지 않았다.

"영감, 말 좀 해보소. 소리가 들리오?"

시어머니의 고함에 시아버지의 오른 손가락이 조금씩 움직였다. 입을 움직이지만 막히고 끊기는 소리만 반복되었다. 울던 시누이가 또 놀란 소리를 질렀다.

"이불이 젖었어. 엄마, 불 안 넣었지?"

"너는 내려가 불을 지펴라. 내가 옷을 갈아입히게. 자네가 좀 도와주게."

시어머니가 눈물을 훔치고 딸과 사위에게 말했다.

"조금만 기다리소. 먼저 옷을 찾아오고."

남편에게까지 말을 하고 일어나 윗방으로 올라갔다. 북북 천 찢는 소리가 나고 저마다 바삐 움직였지만 나는 그대로 앉아 있었다. 손가락 움직일 힘조차 없었다. 이제 남편의 실종이 기정사실로 다가왔다. 그는 없는 사람이다. 어쩌지! 어떻게 해야지? 눈앞이 아찔했다. 할 수 있는 일은 아무것도 없었다. 무기력과 체념이 몸을 휘감자 울음소리도, 시아버님의 변고도 남의 일처럼 느껴졌다. 어제와 오늘 일이 꿈처럼 눈앞을 떠돌았다. 누군가 어깨를 건드렸다.

"처남댁, 부엌에 내려가서……."

네? 네. 무의식적인 대답과 함께 벽을 짚으며 일어났다. 간신히 문턱을 넘었다. 벌써 김이 서리고 시누이는 작은 가마를 박박 씻고 있었다.

"거기 좀 앉아, 너 힘이 이렇게 없어서 어찌 가냐?"

당황하고 경황없는 중에도 걱정해 주는 마음이 고마웠다.

"나서면 가겠지요. 애들이 기다려서, 형님."

뒷말을 잇지 못했다. 무엇이 잘못됐는지는 모르지만, 죄스러웠다. 눈사태처럼 쏟아지는 억울함과 억장을 무너뜨리는 두려움도 죄스러운 마음을 덮지 못했다.

"미안합니다."

시누이가 행주를 쥔 채 물끄러미 바라봤다. 나보다 11년이나 위인 시누이는 늘 큰언니 같았다. 맏이인 내게 언니나 오빠가 없어서 더 그렇게 느꼈는지 모른다. 그녀는 내게 늘 마음을 썼다. 식구들이 모여 음식을 만들고 북적이면 애를 보라고 등을 떠밀었다. 시어머니가 이것도 할 줄 모르냐 혼을 내면 내 편에서 변명했다. 어느 해 추석, 내가 만든 감자 반찬을 보며 얼굴을 찌푸리는 시어머니 앞에서 시누이가 말했다.

"아버지가 무른 거 좋아한다고 애가 그랬나 보오. 집에서 먹는 건데 모양보다 먹기 좋으면 되지. 간이 잘 맞아 괜찮소."

무안해서 눈 둘 곳을 찾지 못했지만, 시누이가 고마웠다. 농사일, 집일에 험해진 시누이의 손을 보며 크림 하나 사드려야지 벼르기만 했다. 지금도 너희들 탓이라 성을 내도 할 말이 없었다. 시누이가 물독 옆에서 작은 밥상을 꺼내 주섬주섬 그릇을 올렸다.

"죽을 데웠어. 애들을 생각해서라도 먹고 얼른 기운 차려."

눈물이 핑 돌았다.

"형님… 애들 생각해서, 어떻게든 버티겠습니다."

죽을 삼켰다. 하루 만에 음식을 넘기니 식도가 좁아져 따끔따끔 아파왔다. 그래도 따뜻한 죽 덕분에 껍데기만 남은 것처럼 느껴지던 몸을 조금은 가눌 수 있었다.

"얘, 좀 들어와 봐라."

시어머니 목소리에 방으로 올라가니 퀴퀴한 냄새가 가셨다. 그러나 시아버님의 타고 남은 숯등걸처럼 검은 얼굴, 뿌연 눈동자에 생기라곤 찾아볼 수 없었다.

"영감이 너 얼굴 보자는 것 같구나."

아버님의 왼손은 미동도 하지 않았고 얼굴 근육도 움직이지 않았다. 어, 어, 하는 토막소리만이 말하고 싶은 걸 알려주었다.

시어머니가 안타까이 묻자 시누이가 나섰다. 나를 손으로 가리킨다. 그러자 시아버님이 눈을 깜빡이고 다시 어어 소리를 냈다.

"아버지. 애 가라고 하는 거요?"

힘줄이 불거진 목에서 다시 어, 어 소리가 나온다. 그 모습이 안쓰러워 서둘러 입을 열었다.

"아버님, 저희 때문에! 내려가서 어떻게든……."

말을 더듬으며 멈췄다. 내려가서 무엇을 하지? 무거운 공기 속에 침묵이 떠돌았다. 일어나 벽에 걸린 동복을 찾아 입었다. 시어머니와 시누이가 따라나섰다.

"엄마, 들어가소. 내가 바래주고 올 테니."

겨울치고 볕이 쨍쨍한 날이었다. 바람이 없어도 어깨가 옹송그려졌다. 세상의 무게가 중력에 더해져 나를 눌렀다. 얼마쯤 걸어 마을을 벗어나는 언덕 아래 발을 멈췄다.

"무슨 일인지는 모르지만… 혹시 소식이 있으면 알려줘. 너 정말 갈 수 있겠어? 애 아버지와 같이 가는 건 어때?"

"일 없습니다. 혹시 지향이 아버지가 집에 돌아오면 연락부터 하겠습니다."

그런 행운이 있으리라고 믿을 순 없지만, 잠시라도 서로를 위안하고 그러길 바라는 마음에 하는 말이었다.

"이제 가겠습니다."

"그래. 어서 가."

목멘 소리다. 다시 볼 수 있을까! 숨을 몰아쉬며 언덕을 올랐다. 돌아보니 시누이는 아직도 그 자리에 서 있었다. 작아진 모습이 땅에 뿌리라도 내린듯했다. 발이 시릴 텐데, 자전거를 돌려세웠다. 순식간에 시누이 앞에 도착해 품속에서 빨간 주머니를 꺼냈다. 백 원짜리 몇 장을 주머니에 찔러넣으며 당부했다.

"설이라 쌀을 준비했는데… 너무 경황이 없어서. 아버님 밥쌀이라도……."

급히 돌아서 다시 자전거에 올랐다.

4

큰길에 들어서자 두만강 바람이 등을 후려쳤다. 바람이 밀어주니 페달을 밟는 힘이 약해도 씽씽 앞으로 나갔다. 그사이 집에 별일 없겠지. 목탄차가 옆을 지나며 검은 연기를 풀썩풀썩 토해냈다. 얼어붙은 두만강은 여전히 은빛을 번쩍이며 따라왔다. 낯익은 길, 눈 감고도 찾을 수 있는 마을, 집이 가까워질수록 불안이 커졌다. 보이지 않는 손이 끌어당기는 것처럼 걸음이 느려졌다.

어찌할까, 누구를 찾아가지? 평소 남편과 그림자처럼 붙어 다니던 우석과 근수 아저씨를 떠올렸다. 우석을 찾아가자. 남편과 소꿉친구고 제일 친하니까. 그리고 세포비서니 뭐라도 알겠지. 지름길로 들어섰다. 역으로 이어진 이 길은 정문과 반대 방향으로 주로 화물을 실은 차들이 오갔다. 담배 노적장이 있고 인적이 드물어 평소 발길을 돌리지 않는다. 덕분에 아는 얼굴을 마주하지 않고 직장 문 앞에 자전거를 세웠다.

두려워 말자. 무작정 가슴 졸이는 것보다 무슨 일이 생긴 건지 알아야 했다. 마음을 정하고 큰 숨을 몰아쉬었다. 우석을 찾으려면 현장으로 올라가야 했다. 수많은 눈길을 받을 자신이 없어 직장 사무실로 걸음을 돌렸다. 직장장이나 비서를 만나면 뭐라도 알겠지. 남편이 집에 들어오지 않았는데, 물어보는 게 당연하다.

그렇게 용기를 내어 사무실에 닿았지만, 맥이 탁 풀렸다. 오동통한 얼굴의 통계원 처녀가 책상을 지키고 있었다. 생산이 멎어 모두 농장에 퇴비를 내러 갔고 현장에도 사람이 없다고 한다. 그제야 기계소음이 들리지 않는다는 걸 깨달았다. 남편 이야기를 꺼내기도 전에 "난 정말 모릅니다. 아무것도 듣지 못했습니다." 하고 머리를 저으니 더 말도 붙이지 못하고 발길을 돌렸다. 자전거에 올라 다시 페달을 밟았다.

아이들의 얼굴이 눈앞에 스쳤다. 가슴이 찌르르 아려왔다. 또 한 사람의 얼굴이 떠올랐다. 이 모든 것의 주범인 남편, 그는 대체 무슨 일을 저지른 걸까. 쓰러진 아버님, 어찌할 줄 모르던 시누이와 엄마의 얼굴이 스쳤다. 집 문고리를 잡을 용기가 나지 않았다.

큰길을 지나 강변에 들어섰다. 울퉁불퉁한 크고 작은 돌 사이로 외길이 나 있었다. 길목을 피해 강을 거스르니 인적이 끊겼다. 기슭엔 얼음이 두툼해도 중간은 한 줄기 물이 흘렀다. 물소리와 앉기 좋은 널찍한 돌 몇 개를 보고 깨달았다. 그래, 여기 이곳에서 남편은 사랑을 고백했다. 귀까지 빨개진 얼굴, 거친 숨을 몰아쉬던 가슴, 어깨 위 뜨거웠던 손의 감촉이 아직도 생생한데, 그는 어디로 갔단 말인가? 자전거를 눕히고 바퀴에 앉아 가만히 바위를 만졌다. 장갑을 뚫고 올라오는 찬 기운에 뼈마디가 시렸다.

얼마나 있었을까? 추위에 굳어진 몸을 가까스로 세우자 태양이 대지에 마지막 빛을 뿌리며 넘어가고 있었다. 자전거를 지지대 삼아 의지하고 마을 쪽을 바라봤다. 멀리 언제봐도 아담하고 정겹던 언덕이 무뚝뚝하게 내려다보고 있었다. 무거운 발을 옮겼다. 벌써 어두워지는 길을 더듬어 낯익은 문 앞에 섰을 때 다시 한번 가슴이 쿵 떨어졌다. 안에서 아무런 기척이 들리지 않았다. 와락 문을 당기니 쉽게 열렸다.

"어머니. 지향아, 지연아."

"왔구나. 애들 재우느라 불 안 켰어."

엄마 목소리가 들리자 안도의 숨이 나왔다. 등잔에 콩알만 한 불꽃이 피어올랐다.

"어머니, 별일 없습니까? 애들은?"

"그래, 애들 자니까 조용히 해. 몸이 꽁꽁 얼었네?"

자전거를 들여세우는 손을 만지며 엄마가 말한다. 지향이가 벌떡 일어났다.

"엄마, 엄마. 아버지는?"

가슴에서 주먹 같은 것이 올라와 목구멍을 쿡 막았다. 대답을 피했다. 아이들은 부모의 감정을 공유한다. 평소 문밖 발걸음 소리도 가려내는 아이가 집안에 감도는 무거운 분위기를 모를 리 없었다. 엄마가 지향이를 다독였다. 동화 끈을 푸느라 한참을 어물거리고 구들에 발을 들였다. 서둘러 수건을 풀고 윗방에 올라갔다. 지향이는 눈을 동그랗게 뜨고 동정을 살피고 지연이는 숨소리 없이 조용했다.

"네가 없어 애들도 불안한가 보더라. 어젯밤 번갈아 깼어. 퇴근하고 왔더니 다투지도 않고 기가 팍 죽었어. 너를 기다리다 좀 전에 밥 먹고 쓰러졌다."

긴장과 초조, 불안이 숨길 수 없이 아이들에게 전염된 것이다. 엄마는 남편 일을 묻지 않았다.

"국수 먹자. 뜨거운 게 들어가야 몸이 녹지."

상을 끌어오고 가마뚜껑을 열자 된장국 냄새가 시장기를 깨웠다. 우리는 말 없이 젓가락을 놀렸다. 포만감이 들고 상을 물리자 입을 열 수밖에 없었다.

"어머니, 지향이 아버지는 없습니다. 시집도 모릅니다. 이젠 어떡합니까? 소식을 듣고 아버님은 풍으로 쓰러졌습니다."

"누가 이런 일을 상상이나 했겠니. 쓰러질 만하지."

"어머니, 이제 우린 어떻게 될지… 난 무섭습니다."

엄마가 손가락을 입에 댔다. 지향이 때문이었다. 유치원도 하나의 사회다. 스스로 형편이 비슷한 애들끼리 친하고 직위가 있는 집은 그들대로 모였다. 지향이는 또래보다 티 나게 의젓하진 않지만, 언니라는 자각이 있어 지연이보다 어른스러웠다. 감추려 해도 시간이 지나면 알 수밖에 없었다. 등잔을 끄고 지향이 옆에 누워 끝없이 갈마드는 생각을 쫓았다. 얼마 지나지 않아 아이는 고른 숨소리를 뱉었다. 기다린 듯 어둠 속에서 엄마의 말소리가 들렸다.

"일이 어떻게 될지 모르지만, 없는 사람은 없어도 남은 사람은 살아야 한다. 살다 보니 이런 일을 몇 번 봤어. 마음을 독하게 먹어. 아이들을 지킬 수 있는 건 너뿐이야. 누가 찾든지 사실대로 말하고."

"엄마."

철들어 학교에 입학하며 어머니라 불렀다. 하지만 어릴 적 길 잃고 울던 그날처럼 '엄마' 소리가 저절로 터져 나왔다.

"우리 앞줄에 사는 영이네 알지? 인옥 아줌마. 지금과 같은 상황이었어. 30년 전 그때, 그래도 그 시간을 넘기고 잘살고 있잖니."

어릴 때부터 영이넨 아버지가 없었다. 인옥 아줌마는 어린 내가 보기에도 똑 부러지는 사람이었다. 키도 크고 옷도 잘 입고 얼굴도 예뻤지만, 무엇보다 영악했다. 주먹을 쥐고 이쁜 얼굴을 일그러뜨리며 고성을 지르는 아줌마와 마주 서면 누구든 슬슬 피했다. 아저씨든 아줌마든, 늙었든 젊었든 망신당하기 일쑤였다. 이악하고 하늘 아래 무서운 게 없는 인옥 아줌마에게 맞서는 동네 사람은 없었다. 애들도 괜히 부모가 난처한 상황을 만들지 말아야 한다는 걸 눈치로 알았다. 맏이는 남자애로 나와 같은 학년이었고 그 뒤로 두 여동생이 있었다.

　엄마 세대가 아닌 나는 그 집 내력에 밝지 못했다. 딱히 궁금하거나 알 필요를 느끼지 않았다. 뭔가 좋지 않은 일이 생겼고, 그들의 아버지가 영원히 돌아오지 않는다는 걸 귀동냥으로 들었지만 나와는 먼 일이었다. 그런데 오늘 엄마가 그 이야기를 꺼냈다. 세월에 묻힌 상흔, 그들의 불행이 내게 겹쳤기 때문이리라.

　"인옥이를 만났어. 사실 이 일 있기 전엔 남의 일이라 잘 알지 못하고, 그저 그런 일이 있었다는 정도밖에 몰랐어."

　"아줌마가 뭐래요?"

　"수철이 엄마 경옥이가 인옥이와 사촌인 건 알지?"

　"친척인 건 알고 있는데, 그렇게 가까운 건 몰랐습니다."

　"그 둘이 사이가 안 좋다고 알고 있지만, 사실은 어릴 때부터 같이 자라고 공업학교도 함께 나와 친자매 같았단다. 너무 사이가 좋아 떨어지지 말자고 한 공장에 배치받았대. 둘은 취향도 비슷해서 대학을 졸업하고 기술과에 배치된 한 남자를 좋아했어. 결국, 결혼한 건 인옥이고, 경옥이는 지금 수철이 아버지가 짓궂게 따라다녀 결혼하게 된 거야. 그래도 겉으로는 화기애애했대. 그런데 어느 날 인옥이 남편에게 지금 같은 일이 생겼어. 이유는 말하지 않더라. 같이 있던 한 사람 때문이라고만 했어. 그때 경옥이와 남편이 무엇을 어떻게 했는지는 당사자만 알겠지. 인옥이는 그 일로 지금도 그들과 담을 쌓고 있어. 믿는 사람이 제일 무섭다고만 하더라. 친척도 믿으면 안 된다고. 스스로 입조심하고. 지향이 애비 사건이 완전히 끝났다고 할 때까지 끝난 게 아니니까 정신 차려. 친절하게 대한다고 속을 훌렁 꺼내지 마. 좋은 말, 나쁜 말은 듣는 사람 마음에 달린 거 알지? 위에서는 우리 일

거수일투족 모두 거울 보듯 알아. 앞에서 하는 비판이나 비난은 큰일이 아니고 그런 건 괜찮은데, 큰일은……."
"뭐가 큰일입니까?"
엄마가 허리를 일으켜 앉았다.
"너와 애들이 살고 죽는 건 네 손에 달렸어. 어떻게 해야 할지 알지?"
마지막으로 속삭이듯 엄마가 말하자 나도 모르게 주위를 돌아봤다. 우리 이야기를 엿듣는 사람도 없는데, 귀가 곤두섰다. 속생각을 눈치챈 엄마가 손을 끌어당기다 놀란 목소리를 냈다.
"이런 열이 나네. 아랫목에 누워 땀을 내야겠다. 아스피린 있어?"
고개를 저었다. 머리만이 아니라 점점 몸까지 뜨거워졌다. 모든 생각이 그 속에서 뒤죽박죽 뭉쳐 한마디가 되었다. '다 네게 달렸어'. 반박하고 싶었다. 내가 뭘 할 수 있는데, 난 정말 할 수 있는 게 없다고. 어떻게 자리에 누웠는지 모른다. 머리끝까지 뒤집어쓴 이불이 푹 젖었다. 땀과 눈물, 온몸에서 물이 흘러나왔다.

비몽사몽 중 나는 벼랑 끝에 엎드려 있었다. 안개가 짙어 사위는 아무것도 보이지 않았다. 내가 잡은 두 손, 남편이 추락하고 있었다. 뒤에서 엄마가 힘껏 허리를 잡았다. 두 아이가 양옆에서 다리를 잡고 매달렸다.

'놓아라' 어디선가 소리가 들렸다. 남편 목소리 같기도, 시아버님 목소리 같기도 했다. '놓아라, 다 함께 죽자는 거냐?' 또 다른 소리도 들렸다. '애들을 봐, 애를 생각해'. '놓아라' '놓아라' 더 커진 목소리가 메아리가 되어 덮쳤다. 누군가 사정없이 허리를 잡아당겨 끊어질 듯했다. 통증이 몰려왔다. 손과 팔은 이미 감각이 없었다. 팔이 빠진 걸까. 불시에 아래에서 당기던 힘이 사라졌다. 이마가 시원했다. 전등 빛이 두 눈을 찔렀다. 엄마가 알약과 물을 내밀고 있었다.

"약 먹어, 악몽을 꿨니? 너무 끙끙거려서 깨웠어."

약을 먹고 다시 이불을 쓰자 금방 잠에 빠졌다. 시간이 얼마나 흘렀는지 눈을 번쩍 떴다. 방은 훤했고 머리도 한결 맑아졌다. 엄마는 옆에 앉아 있었다. 옷장에 기댄 채 이불로 무릎을 덮고, 머리가 한쪽으로 떨어질 듯 기울었다. 며칠 사이 십 년은 더 늙어 보였다. 훌쩍 꺼진 볼, 좁은 어깨, 삐져나온 흰머리가 유달리 눈에 거슬렸다. 풀썩 늙어버린 엄마를 보니 마음이 조여들었다.

그때 엄마 말을 들을걸. 남편은 엄마가 바라던 사위의 이상형이 아니었다. 당연히 결혼을 반대했다. 딸 가진 엄마의 사위 기준은 우선 성분이 좋아야 했다. 오늘에 이르러 세속적이고 이기적이라 여겼던 세상 부모의 마음이 그럴만한 가치가 있다는 걸 부인할 수 없었다.

군대에서 입당도 못 했고, 가족은 탄광에 살고, 뭐 하나 볼 데가 있냐? 키가 커서 뭐 하냐? 싱겁게. 작은 고추 맵다는 말 못 들었냐. 조기 제대라니, 지금 멀쩡해 보여도 속은 싹 곯았을 터니, 사는데 남정네가 건강해야지. 너의 아버지도 사회보장을 받고 빨리 돌아가셨는데, 그걸 잊은 거야? 불만은 끝이 없었다. 합숙에서 일하는 엄마는 합숙생 모두를 알았다. 인사를 잘하더라. 남자답게 진중하더라 칭찬하더니 순간에 얼굴을 바꿨다. 우리 관계를 알자마자 찬바람이 일었다. 남편은 엄마를 설득하긴 고사하고 피해 다녔다.

내 생각은 엄마와 달랐다. 담배 직장에는 백여 명의 처녀들이 있었다. 그중 좋은 집안과 번듯한 직업을 가진 남자와 맺어지는 경우는 적었다. 부모의 직위가 있어야 상대방도 그럴듯했다. 군대에서 입당하고 대학 졸업을 앞두고 있거나, 군관이 된 남자가 처녀들의 로망이었지만 그런 상대에게 시집간 친구는 흔치 않았다. 주변 몇 안 되는 친구엔 춘실이가 있었다. 부럽지 않다면 거짓이지만, 애초에 선택의 여지가 다르니 질투도 나지 않았다.

　직장에는 가끔 결혼한 친구들이 찾아왔다. 군관에게 시집간 막역한 친구를 만났다. 꽃다운 23살에 시집가 3년밖에 지나지 않았지만, 훌쩍 늙고 아줌마티가 줄줄 흘렀다. 아이 키우며 심심산골에서 농사짓고 산다는 하소연을 들으며 군관도 빛 좋은 개살구라 생각했다. '앞쪽에 가면 살기 쉬운 줄 알았더니 아니더라. 사람이라곤 군복밖에 없고 남편의 별이 곧 내 위치야, 위로라곤 모르는 무뚝뚝한 남편이 어쩌다 하는 말은 명령 같더라.' 내리퍼붓는 말속에 배인 고단함을 느끼며 군복에 대한 환상이 깨졌다.

　책을 좋아하던 나는 현실감각이 무딘 편이었다. 남들의 기준인 직업이나 집안보다는 본인의 인품과 능력을 중시했다. 스스로 세운 기준이 참신하다 생각해 회심의 미소를 지었다. 이상과 현실의 차이를 모르던 시절, 내 동경의 대상은 책 속의 주인공이었다. 서로의 성격이나 취미를 알고 공동의 이상을 향해 가는 동반자, 세상 어딘가에 있을 그를 찾았다.

　담배 직장에는 매년 중학교를 졸업하고 앳된 처녀들이 들어왔다. 결혼 적령기의 처녀들이 득실득실했고 내 나이는 점점 한쪽으로 추를 기울이고 있었다. 한 해 두 해 나이를 먹어 25살이 되던 봄. 공장 구내 가로수인 백살구나무에 꽃이 흐드러지게 피었다. 바람에 떨어진 하얀 꽃잎이 눈 닿는 곳마다 소복이 쌓였다. 도서관에서 빈손으로 나오다 옆구리에 책을 끼고 오는 그를 만났다. 궁금하여 물었다.

　"제목이 뭡니까?"

　"몽떼끄리스또 백작이오."

　급기야 호기심이 사라졌다. 읽었냐는 물음에 머리만 끄떡였다.

　"빌릴 책이 없어서 아줌마가 다음 주에 오라고 합니다. 새 책 가져간 비서 동지가 아직 안 가져왔다고."

 사실 도서관에 오는 사람은 정해져 있었다. 새 책이 오면 당비서나 간부가 먼저 읽고 열성 독자에게 순서가 왔다. 며칠째 별렀건만 빈손이니 시들했다.

 "그럼, 나는 1부를 읽을 테니, 2부를 읽는 건 어떻소?"

 그가 두꺼운 책 하나를 골라 내밀었다. 별로 흥미는 일지 않았지만, 한 주가 무료하여 받아들었다. 우리는 취미가 같아 빨리 친해졌다. 남편은 세심하고 상냥했다. 도서관뿐 아니라 친구에게 빌려 온 책도 곧잘 보여주었다. 책을 읽고 흥분하여 서로의 주장을 양보하지 않고 다투기도 했지만, 그 시간을 통해 상대를 이해하고 가까워졌다. 그는 보슬비처럼, 봄바람처럼 소리 없이 내 삶에 스며들었다.

 매일같이 내려오는 사로청(조선사회주의로동청년동맹)과제는 남편이 있어 쉬워졌다. 같은 교대 일을 하면 시간이 빨리 흘렀고 늦은 밤 출근이 지겹지 않았다. 산 같은 담배 더미 아래 기계가 멎어 그가 빨리 수리하지 못하면 공연히 주위를 서성였다. 2년이라는 시간이 흐르자 우리는 서로를 속속들이 알게 되었고 마음이 통하는 친구를 넘어 뗄 수 없는 사이가 되었다.

 석양이 불타던 강변에서 그가 결혼하자 말했을 때, 나는 이미 혼자만의 삶을 생각할 수 없었다. 요란한 물소리에 내 심장 소리가 삼켜지기만을 바랐다. 어느 책에서처럼 툭툭 울리는 열띤 가슴에 얼굴을 묻으며, 우리의 미래도 아름답고 행복하리라 믿었다.

 현실적인 고민도 해보았다. 남편이 입당을 못 한 건 불가피한 사정 때문이니, 내조를 잘하면 되리라. 시집이 있는 탄광 마을은 외지고 다녀오기도 힘들지만, 시집에 살 것도 아니고, 나도 성분 덕을 본 일은 없었다. 외할아버지, 친할아버지 족보를 따지면 행방불명으로 혜택

대상에서 일찍감치 밀려났다. 학교를 졸업하며 별다른 희망을 품지 않고 공장에 들어간 이유도, 대학에 진학한 친구를 부러워하지 않는 이유도 거기 있었다.

애초에 남의 성분을 왈가왈부할 처지가 아니었다. 남편의 성분도 비슷할 거라 짐작했다. 아버님이 탄부라는 직업을 가졌고 태어난 곳에서 뼈를 묻고 대대손손 살아야 하니, 운 나쁘게 산골에 태를 묻은 선조 탓이라 여겼다. 훗날 말씨가 남다른 아버님을 만나 남쪽 출신임을 알았지만 망설임은 잠시였다.

남편은 내 편이었다. 말이 통하고 눈빛만 봐도 이해할 수 있는 사람. 그와 함께라면 먼 길도 두렵지 않고 지겨운 날도 살아낼 의미를 찾을 수 있었다. 내가 좋아하는 책 속의 주인공은 글자 속에 살지만, 그는 잡을 수도 기댈 수도 있었다.

사랑은 쟁취해야 했다. 부모의 반대나 주변의 곱지 않은 시선은 사랑을 위해 넘어야 할 고비라 생각했기에 꿋꿋할 수 있었다. 결혼 말이 나오자 하루도 바람 잘 날 없었지만, 서로에 대한 믿음과 미래에 대한 꿈으로 우리 세계는 달콤했다. 오히려 사랑을 이해하지 못하는 고집스럽고 안목 없는 엄마가 답답했다.

그렇게 아껴주고 사랑받으며 서로의 흰머리와 주름진 얼굴을 언제까지 바라볼 줄 알았다. 모두의 반대를 물리치고 고집스럽게 강행한 결혼이 이렇게 허무하게 끝나다니…….

사랑은 잡을 수 없는 뜬구름이었던가? 그때 한 번만 엄마 말을 새겼더라면……. 이제는 후회보다 결과를 책임져야 했다. 이 비극의 시작점은 어디일까. 아무리 곱씹어도 알 수 없었다. 쌀알처럼 많은 사람 중 왜 남편인지? 직장에서 남편은 평판이 좋았다. 말보다 행동이 앞서고 친구나 직장 일이라면 수고를 마다하지 않았다. 그런데 왜…….

무엇이 부족했을까? 정신을 차리자. 뭘 해야 할지 알 것 같다. 그러나 어떻게 해야 할지는 암담했다.

5

앉아서 자는 엄마를 깨워 불을 끄고 자리에 누웠다. 내 체온으로 데워진 이불이 끈적거려 불쾌감을 주었다. 방풍용으로 문에 덧댄 비닐 박막이 붕붕 울며 겨울밤을 흔들었다. 날이 밝았다. 절망과 무기력이 온몸을 누르고 시간은 느리게 흘렀다.

초저녁부터 잠자리에 들었던 두 아이는 벌써 일어나 배고프다 칭얼거렸다. 손가락 하나 까딱하기 싫어도 그것조차 맘대로 할 수 없었다. 아이들의 밥을 챙기니 다시 두통이 밀려왔다. 몸도 지쳤지만, 마음은 더 괴로웠다. 며칠이 지나자 열이 내렸다.

예민해진 귀에 인기척이 잡히면 깜짝깜짝 놀랐다. 누군가 오기를 바라면서도 오지 않기를 간절히 빌었다. 좋은 일은 홀로 오고 화는 쌍으로 온다 했는데, 남편의 실종과 시아버지의 중풍만으로 부족한가.

낮에도 밤에도 불안으로 심장이 두근거렸다. 선고를 기다리는 죄수의 마음이지만 애들 앞에서는 태연함을 가장했다. 지연이는 때로 아버지를 찾았다. 그때마다 지향이가 내 기색을 살피며 슬그머니 동생을 윗방으로 떠밀었다.

며칠 동안 문밖을 나서지 않았다. 그렇다고 고립과 중압감이 줄어든 건 아니다. 보지 않고, 누가 말하지 않아도 느꼈다. 아무도 우리 집 문을 두드리지 않았다. 담배를 사러 오거나 팔러 오던 이들은 약속이나 한 듯 발길을 끊었다. 하다못해 물건이나 돈을 내라고 뻔질

나게 찾아오던 인민반장도 문을 두드리지 않았다. 초조와 불안, 두려움에 쌓인 모진 해가 가고, 예측할 수 없는 새로운 해가 오고 있었다.

엄마는 출근했다. 어디든 찾아가야 한다고 생각했지만, 아직은 좀 더 기다리자고 만류했다. 조사든, 해명이든 시간이 필요하며 적어도 설밑에 긁어 부스럼을 만들지 말자고 타일렀다. 이 상황에서 믿을 수 있고, 나만큼 가슴 터지는 사람은 엄마다. 엄마는 매일 퇴근하고 집에 들러 밥 한술을 뜨고는 다시 올라갔다. 엄마도 나도 혼자서는 밥술이 넘어가지 않았다. 친정집도 비울 수 없었다. 겨울 집은 하루만 불을 넣지 않아도 얼어든다.

우물 속에 빠진 듯한 고립은 달리 보면 하루하루 평화를 의미했다. 우리는 없는 듯, 말 그대로 죽은 듯 살았다. 설이라고 다를 건 없었다. 35년을 통틀어 가장 최악의 설이었다. 설 준비로 일찌감치 쌀을 사놓아 그나마 다행이었다. 1일부터 3일까지는 빨간날이라 낮에도 전기가 왔다. 아이들은 TV 앞에서 하루를 보냈다. 명절이 지나자 억지로 붙잡던 인내심도 바닥났다.

늦은 아침, 옷을 챙겨입고 공장으로 갔다. 엄마가 일하는 합숙 옆 건물에 보위원실이 있었다. 아무런 답을 할 수 없는 직장이나 당위원회가 아닌 보위원을 찾아가기로 마음먹었다. 보통 사람은 평생 보위원을 모르고 살아야 평안 무사하다. 보위부나 보위원은 실로 내 삶과는 무관했다. 가끔 지나치는 50대의 배가 나온 담당 보위원을 보긴 했지만, 사무실이 어딘지도 몰랐다.

한 걸음 또 한 걸음 옮기는 발걸음이 느려졌다. 절박함에 나서긴 했지만, 사무실이 가까워질수록 자신이 없어졌다. 과연 제대로 알려주긴 할까. 만나주지 않을 가능성도 컸다. 통보를 기다리라고 하면 그 의미가 무엇일지 생각만 해도 무서웠다. 떨리는 다리에 힘을 주고 단층 건물 복도에서 '보위원실'이란 팻말을 찾았다.

문을 두드리자 남자의 묵직한 응답 소리가 들렸다. 온몸으로 문을 밀었다. 앞으로 딛는 다리가 호랑이 굴에 들어서듯 달달 떨렸다. 책상에 앉아 글을 쓰던 남자가 머리를 들고 바라보았다. 넓적한 얼굴과 짙은 눈썹, 말없이 쳐다보는 눈길이 상상처럼 위협적이진 않았으나 서늘한 위압감이 느껴졌다. 입술이 마르고 목이 조여들어 갈린 소리를 냈다.

"저, 입갑 직장 신철호 아냅니다."

곧게 쳐다보더니 작게 머리를 끄떡였다. 뚝뚝 만년필 뒷등이 책상을 두드렸다. 침묵이 답답해 숨이 가빠졌다.

"앉소, 무슨 일로 왔소?"

다행히 상대해 주는구나. 죽든 까무러치든 물어야 했다. 어머니, 동생들, 그리고 아이들의 얼굴이 눈앞을 스쳤다.

"알고 싶습니다. 남편이 죄를 지었다면 어떤 죄를 지었는지, 그 죄를 씻기 위하여 제가 무엇을 해야 할지, 그것이 알고 싶어 수백 번 생각하고 왔습니다."

뚝, 뚝, 뚝. 남자는 습관처럼 다시 만년필을 두드렸다. 드륵, 걸상 밀리는 소리가 나고 발끝만 내려다보는 눈앞에 검은 구두코가 다가왔다. 잠시 멈췄다가 책상 쪽으로 돌아갔다.

"죄를 씻는다, 알고 싶다. 무엇을 알고 있소?"

"모릅니다, 아무것도. 빵 파는 언니가 남편이 공장 뒷길에서 찦차에 실렸다고 했습니다. 그리고 돌아오지 못했습니다. 무슨 일인지, 아무리 생각해도 모르겠습니다."

"그럼 왜 죄를 지었다고 생각하오?"

"잘 모르지만 돌아오지 않으니, 알려주는 사람도 없고. 시집에 가도 없습니다. 아무도 모릅니다. 직장에서 찾으러 오지도 않고, 그래서 그렇게 생각했습니다."

"음. 애가 있지?"

남자의 말투는 높낮이 없이 침착했고 아무런 감정도 실려 있지 않았다. 대답을 기다리지 않고 잠시 뜸을 들이더니 말했다.

"남편은 분명 죄를 지었소. 그 죄는 조사를 할 것이오. 하지만 당은 관대하오. 죄가 없는 사람에겐 억울함이 없을 것이오."

이로써 남편은 확정판결을 받은 것이나 다름없었다. 죄가 없는 사람은 누구인가? 남편은 죄가 있다고 했으니 죄가 없는 사람은 나와 아이들인가? 당은 관대하니 너희는 죄가 없으면 떨지 않아도 된다는 소린가? 멍하니 그 말을 곱씹다 다시 한번 용기를 냈다.

"저 혹시 어떤 죄를 지었는지… 제가 도울 수 있는 건 없는지요?"

내가 돕겠다는 건 분명히 남편의 반대, 즉 관대한 당을 돕겠다는 것이다. 이는 명백히 죄를 지은 남편과 선을 긋고 충성심을 보여 아이들과 나의 안전을 지키겠다는 말이다.

"음, 도움이 필요하면 부를 것이오. 언제든지 솔직하게 털어놓고, 법은 모든 걸 알고 있다는 걸 잊지 마시오. 가보시오."

그러니까 나를 불러 물어보겠다는 건가? 진실로 아는 건 하나도 없는데. 차라리 뱃속을 훌렁 드러내 보일 수 있다면 얼마나 좋을까? 가라는 말이 어슴푸레 들려왔다. 비척비척 걸음을 뗐다. 문을 열다가 다시 돌아서 허리를 깊숙이 숙였다. 눈을 드니 남자가 실눈을 하고 바라보고 있었다. 건물을 나와 땅만 보며 발을 옮기는데 앞에 그림자가 늘어졌다. 걸음걸이가 위태로웠는지 팔을 잡아주며 물었다.

"괜찮아?"

아무래도 마음이 놓이지 않아 길에서 기다리던 엄마였다.

실종

"네."

"그럼 좀 앉았다 가. 뭐라고 했어? 아니, 됐다. 가자."

"일 없습니다. 집에서 점심에 이야기하겠습니다."

걸음을 옮기며 생각했다. 쓸데없는 말을 하진 않았는지, 얻은 건 뭔지, 명확히 입장을 표했는지, 보위원은 남편이 죄를 지었다고 했다. 이것은 혹시나 하던 기대가 완전히 끝났다는 것을 의미했다. 공장 담당 보위원이니 누구보다 잘 알 것이다. 혹시 그가 남편의 죄를 밝혀낸 걸까?

보위부에 잡혀갔으니 남편은 이제 죽은 사람이었다. 결국, 우리는 죄인의 식솔인 셈이다. 주위를 둘러보았다. 출퇴근 시간이 아니어서 인적이 드물었다. 오가는 사람들이 흘끔거린다. 정문에 선 보위대 처녀의 얼굴이 눈에 들어왔다. 집에 가끔 담배 팔러 문을 두드려 낯설지 않았다. 얼마 전까지 길에서 보면 웃음 지으며 인사를 건네더니 지금은 눈길이 마주치자 얼른 딴 곳을 바라본다.

"휴."

많은 이들과 다를 바 없는 반응이었다. 쓸쓸했으나 그보다 현실적인 생각이 머리를 채웠다. 남편이 없는 세상에 남겨진 우리는 계속 살아야 했다. 아이들은 학교에 가고 아버지 없이 자랄 것이다. 남편이 없다는 건 세상의 외면과 고립을 나 홀로 견뎌야 한다는 말이다. 삶의 무게가 오롯이 두 어깨에 놓였다. 큰 숨을 몰아쉬고 걸음을 옮겼다.

무수히 오가던 회색빛 공장 담도, 앙상한 가로수 사이로 다져진 눈길도, 동복 주머니에 두 손을 찌르고 바삐 걷는 사람도 낯설었다. 눈길을 들어 마주하는 하나하나가 처음 보는 듯 생경했다. 아침까지의 두렵고 익숙하며 냉혹하던 세계가 무심하고, 냉정하게 변했다. 보이는 세상보다 심연처럼 끝을 가늠할 수 없는 이면이 더 무서웠다. 불투

명하여 보이지 않던 경계와 넘을 수 없는 선이 분명해졌다.
 집까지 멀지 않은 거리였다. 십 분이 채 걸리지 않는 길이 고무줄처럼 늘어나 아득해졌다. 비닐로 막아 손잡이만 드러낸 문 앞에서 잠시 걸음을 멈추었다. 초겨울, 못을 입에 물고 비닐 박막을 접어 뚝뚝 망치를 두드리던 남편의 모습이 선했다. 여름이면 친구들과 술을 마셔 마당이 떠들썩했다. 옆집 눈치가 보여 너무 늦지 않게 자리를 거두라고 남편을 타박했다. 이제 여름이 몇 번이고 다시 와도 그런 날은 오지 않겠지… 가슴이 시큰거렸다.
 그는 없었다. 다시는 이 문을 마주하지 못한다. 돌아오지 못하는 그로 하여 아이들은 떳떳하지 못할 것이다. 친구가 희망을 논할 때 암울한 절망을 견뎌야 할 것이다. 그를 증오해야 하는가? 가엾게 여겨야 할까. 살길을 찾는 나를 부끄러워해야 할까. 그는 과연 무엇을 했을까. 지금은 알 수 없지만, 영원한 비밀은 없었다. 언젠가는 조금이라도 내막을 알 수 있겠지. 지금은 할 수 있는 일을 할 뿐이다. 넘어져도, 주저앉아도 안 된다. 두 발에 힘을 주고 하늘을 떠받쳐 아이들을 보듬어야 했다.
 지향이와 지연이의 말소리가 흘러나왔다. 지연이의 해맑은 웃음소리, 지향이의 앳된 목소리가 욱신거리던 가슴에 한 줄기 온기를 불어넣었다. 그는 흔적조차 없지만, 우리는 살아야 했다. 문을 더듬는 인기척을 감지한 지연이가 뛰어나왔다.
 "저기 그릇 좀 줘봐."
 작은 양재기를 받아 들고 돌아서자 어디 가느냐고 물었다.
 "응, 두부 사러."
 "좋아, 근데 엄마 빨리 와."
 한옆에서 눈치를 살피던 지향이가 당부했다. 열두 시가 되자 엄마가 급히 들어섰다. 아이들은 사탕 알만 한 돌로 공기놀이를 하고 나는 밥상 위에 공책 하나를 놓고 끄적이고 있었다. 엄마는 앉지도 않고 어찌 되었느냐고 다급히 물었다.

"어머니, 죄가 없는 사람은 억울하게 하지 않는답니다."

"그게 무슨 말이지? 철호가 죄가 없다는 거야?"

"어머니 애들이 듣는데… 남편은 죄가 있다고 그랬습니다. 그렇지만 죄가 없는 사람은 억울하게 하지 않는답니다."

"그럼. 철호는 죄가 있고, 가족은 죄가 없으니 억울하게 하지 않겠다?"

"다른 가족에게 피해가 있겠지만, 우선 아이들은 무사합니다."

내 눈길을 따라 윗방을 바라보는 엄마의 얼굴에서 눈물이 떨어졌다.

"그래. 그 말을 믿어도 될지 모르지만, 죽을 날 기다리는 것보다야 낫겠지."

눈물이 쿡 솟았다. 엄마가 내 얼굴을 뚫어지게 바라봤다.

"어머니, 정신 차리겠습니다."

"그래, 잘 생각했다. 네가 무너지면 애들은 어쩌냐? 애들을 봐서 마음을 굳게 먹어."

책을 내리고 가마뚜껑을 열었다. 쌀밥에 두부탕을 꺼내 상 위에 올렸다. 김치만 오르던 상이 흰밥으로 풍성해졌다.

"제가 문밖에 못 나갈 이유가 없습니다. 앞집에 가서 두부 사 오고, 남들이 뭐라 하든 상관없습니다. 산 사람이 죽을 수도 없잖습니까? 이젠 살 생각만 하겠습니다."

엄마의 얼굴에 한 줄기 생기가 떠올랐다. 숟가락을 놓은 엄마가 직장으로 향하자 다시 공책을 들고 앉았다. 집에 있는 식량과 돈으로 버틸 수 있는 날을 계산했다. 공장에 매달리는 일은 깨끗이 포기했다. 이제까지 밥줄이었던 공장은 바라보기도 싫었다. 아니 더 매달릴 길이 끊겼다는 것이 정확했다. 아무리 후하게 값을 쳐줘도 이 집에 발을 들일 사람은 없을 것이다.

남편이 있어도 지연이가 어려 집에서 하는 일을 찾았다. 하지만 이젠 물불을 가릴 형편이 아니다. 두 아이는 해를 넘겨 다섯 살, 일곱 살이다. 둘만 집에 남기려니 걱정이 많지만 다른 길이 없었다. 결심을 굳히고 장사를 생각했다. 장에는 수많은 장사 품목이 있지만 쉽게 결정할 순 없었다. 공업품, 중고, 쌀, 신발, 잡화, 빵, 두부밥 이것저것 내리쓰고 하나하나 따져서 다시 줄을 그어버렸다.

공업품은 돈이 많이 들고 단속에 잘못 걸리면 순간에 밑천마저 날아간다. 중고 옷이나 잡화는 종잣돈은 적게 들지만 받을 수 있는 줄이 없었다. 쌀값은 너무 비싸 내 손안에 있는 돈으로 어림도 없었다. 신발, 생필품 등은 생소했다.

빵이나 두부밥 등 음식은 만드는 것도 문제지만 그날 팔아야 하루 밥벌이가 가능했다. 팔리지 않으면 본전마저 까먹겠지. 얼마 안 되는 원금을 고수하고 이익을 봐야 한다는 원칙을 따지면 할 수 있는 일이 점점 줄었다. 그나마 회전이 빠르고 본전을 깎아 먹지 않는 건 낟알을 되파는 일이다. 식량이 부족한 시대니 주식인 옥수수는 팔리지 않을 리 없었다. 이윤이 얼마나 될지 알 수 없지만… 겪어보면 알겠지.

촌에서 내려오는 길목을 막고 낟알을 사 장마당에 조금 붙여 되파는 일은 비교적 적은 돈을 들이고 또 회전이 빨랐다. 내 손에 남은 돈은 담배를 사 며칠 안에 되파는 데는 부족하지 않지만, 장사 밑천으로 삼기엔 적었다. 장사란 원래 밑돈을 굴리는 일이 아닌가.

시장에는 사는 이보다 파는 사람이 훨씬 많았다. 바글바글 가마솥처럼 끓어 무질서해 보이지만 나름대로 질서가 있었다. 돈을 만지는 진짜 장사꾼은 거칠고 추운 장보다 물건을 차로 운반하여 도매로 넘

실종

긴다. 장마당에서 목 터지게 자리를 다투고, 몸싸움도 불사하며 속고 속이는 이유는 하나였다. 생존. 하루의 결전으로 다음 하루를 이어가기 위해, 자신이 없다고 망설이면 죽도 이을 수 없고, 결국 기다리는 건 죽음이다. 일단 시작하자… 몸으로 겪고 터득할 수밖에.

6

대한이 놀러 와 얼어 죽는다는 소한 무렵, 날은 여전히 꽁꽁 얼었다. 겨울 해는 느지막이 얼굴을 내밀어 어설픈 빛을 뿌렸다. 매서운 추위가 얼굴을 찔러 얼얼했다. 그나마 바람이 잔잔해 다행이었다. 저울대를 꽂은 묵직한 배낭을 메고 수건, 장갑에 동화를 신고 여덟 시에 집을 나섰다. 논밭을 지나 강변을 가로지를 즈음이면 배낭을 메고, 혹은 자전거에 짐을 실은 여자들로 좁은 길은 행렬을 이루었다. 앞에서 무거운 짐을 진 여인의 발걸음이 늦춰지자 뒤에서 좀 빨리 걸으라는 짜증 섞인 목소리가 터져 나왔다. 장마당은 목청 좋고 기가 센 아줌마들이 득실거리니 이 정도는 예사였다.

울퉁불퉁한 돌들 사이로 난 좁은 외길을 따라 장마당에 도착하여 자리를 잡고 짐을 풀었다. 매장이 있는 사람은 느긋하다. 좀 늦어도 자기 자리가 있으니 서두를 필요가 없었다. 하루의 사투로 다음 하루를 사는 이들은 장마당 안에도, 밖에도 장사진을 이루었다. 매장 밖으로 사람 두엇 지날만한 공간을 두고 줄이 늘어섰다. 잡화 줄, 크고 작은 바께쓰, 물통, 양재기를 쌓은 곳을 넘어 식량을 파는 줄에 이르렀다. 아직 사람이 많지 않았다.

식량 장사는 두 부류였다. 촌에서 들고 온 잡다한 낟알을 사 되팔거나, 아예 시장에 진을 치고 입쌀, 옥수수쌀, 두부콩 등을 고정하여 파는 것이다. 오늘은 옥수수쌀을 팔려고 아침부터 자리를 잡았다.

촌에서 일 년 열두 달 농사만 짓는 사람은 돈 대신 식량을 메고 장에 왔다. 도착하여 무거운 짐을 펼치면 십중팔구 손해였다. 집에서 측정한 양과 맞지 않아 억울해도, 들이민 저울 눈금 앞에서 할 말을 잃는다. 침을 발라 센 돈을 주머니에 단단히 움켜쥐고 나서지만 조금만 어수룩하면 눈독을 들인 소매치기, 꽃제비가 슬쩍해 버렸다. 장이 클수록 눈 뜨고 코 베인다. 한 번씩 함정에 빠지고 정신을 차린 촌사람은 차라리 골목에서 배낭을 넘겨버렸다. 결국 콩, 강냉이, 기장 등 농사지은 낟알은 시장까지 오지 못했다.

며칠을 골목에서 낟알을 받아 팔고, 저녁이면 국수 하나를 사 들고 집으로 왔다. 시장에서 돌아오는 길은 한 시간 가까이 걸렸다. 애들이 기다리니 서둘지만, 집에 도착하면 어둠이 덮쳤다. 다섯 시면 집 안은 벌써 캄캄했다. 지향이는 등잔을 내려 불을 켜고 싶어 했다.

"엄마, 식장 문 안에 성냥과 등잔을 두면 내가 할 수 있어. 불만 있으면 지연이도 울지 않을 텐데."

"안 돼, 등잔이 쏟아지면 불이 나, 잘못하면 집을 태워. 그럼 우리 집만 아니고 옆집도 다 타. 무서워도 엄마가 올 때까지 기다려."

무슨 일이 또 생길까 봐 조심스러웠다. 오늘 아침도 집을 나서기 전 신신당부했다.

"열두 시면 가마에서 밥 꺼내 먹어. 놀 땐 윗방 이불 위에서 놀고, 밥 먹고 오후에는 같이 자. 지연이는 언니 말 잘 들어야 해. 엄마가 없으면 언니가 엄마야. 문은 안으로 걸고, 누가 와도 열면 안 돼. 불러도 대답하지 마."

"응. 나 말 잘 들어. 진짜야. 그 대신 엄마 빨리 와야 돼."

실종

지연이가 다짐했다.

"엄마가 늦더라도 울면 안 돼."

울음바다가 된 집에 들어서면 가슴이 철렁 내려앉았다. 처음에는 밖으로 자물쇠를 잠그지 않았지만 누가 문을 두드려 무섭다고 하기에 열쇠를 걸었다. 아침부터 저녁까지 갇혀있는 아이들이 가엾지만 다른 수가 없었다. 엄마도 여섯 시가 넘어 퇴근이라 내가 먼저 들어가야 했다. 열흘 남짓 시장으로 나갔다. 하루에 한 번, 잘한 날은 두 번 낟알을 되팔았다.

그런데 어찌 된 건지 주머니 사정은 늘지 않고 자꾸 줄어들었다. 이것저것 원인을 생각하다 오늘은 옥수수쌀 10kg을 들고 나왔다. 낟알 값이 매일 변하니 집에 있는 쌀을 파는 건 바보짓이었다. 차라리 옥수수를 사 되팔아야 하지만 매일같이 본전을 건지거나 손해니 궁리 끝에 찾아낸 방도다. 옥수수쌀은 1kg, 2kg 나눠야 팔렸다. 저울 실력을 연마하려면 옥수수쌀이 적당했다. 옆에 앉은 여인의 쌀은 노랗고 굵기도 일정했다.

"언니 쌀은 진짜 좋아 보이오. 어찌 이리 좋은 쌀이 있소?"

얼마나 껴입었는지 뾰족한 얼굴과 다르게 둔해 보이는 몸을 한 40대 여인이 흘깃 내 자루를 보더니 말했다.

"장사한 지 며칠 안 됐지?"

"어떻게 알았소?"

"얼굴에 씌어있지. 여기 오래 있으면 보여. 강낭쌀이라고 다 같은 게 아니야. 팔려면 남과 달라야지. 사러 오는 사람도 좋아야 산다고."

아니나 다를까 그 여인은 쉽게 개장을 하고 팔기 시작했다.

"강낭쌀도 좋은 거 밥하면 다르다니까. 1원 더 붙어도 좋은 걸 사야해. 비싼 게 왜 비싸겠소? 좋은 쌀은 밥도 불어나. 속았다 하고 한번 사보오. 그럼 담에도 여기 오게 된다니까."

손으로 쌀을 쳐올려 산을 쌓으며 묻고 답하더니 지나는 젊은 여자를 붙잡았다.

"2kg 주시오."

"알았어. 뭐 좀 아네. 요즘은 많이 안 사. 2kg 사는 게 딱 좋아. 그래야 좋은지 금방 알지. 살림 잘하고 현명하구만. 보는 눈이 있어. 값이 오를 수도 있고 내릴 수도 있으니 조금씩 사야 해. 그냥 파는 내가 오르면 오르는 대로 내리면 내리는 대로지."

말을 일사천리로 쏟아내며 검은 비닐봉지에 쌀을 담았다. 그러고는 저울 고리에 주머니를 매달고 한 손으로 추를 꺼냈다. 저울대가 딱 수평이 되자 눈금을 보여주며 다시 시작했다.

"이것 봐. 봤지? 요즘이야 사는 사람도 파는 사람도 정확해야지. 내가 이렇게 확실하니 한번 산 사람이 또 오지. 아지미도 먹어보구 또 오오. 내 자리 여기요. 낼모레 또 보기오."

단골을 만든 데다 자기 자리를 똑 부러지게 각인시키는 모습에 감탄했다. 옥수수쌀 2kg을 사면서 온갖 칭찬을 받은 젊은 여자는 기분 좋게 돈을 건네고 갔다.

"가격이 같으면 보기 좋아야 사는 거야. 다 비결이 있지."

이미 그녀의 장사 기술에 감복하여 우러러보일 지경이었다. 옥수수쌀 2kg을 말로 쉽게 팔고, 다음 약속까지 받아냈으니 말이다.

"그냥 채에 한 번 더 걸러서 좋은 것만 가져온 기 이닙니까."

하오가 어느새 경어체로 바뀌었다.

"그리 잘 알면 내일부터 그렇게 하면 되겠네."

내가 알고 싶은 건 그렇게 해서 이윤이 남느냐였다. 보나 마나 집에선 그 나머지만 먹고 살겠지. 값을 묻는 몇 사람에게 답하며 발을 굴렀다. 내 쌀은 옆의 쌀이 돋보이는 역할만 했다. 나보다 배로 높았던 여인의 쌀자루는 점점 눈에 띄게 줄어갔다. 점심시간이 가까워질 무렵 머리가 까치집처럼 헝클어지고 기름때에 찌든 동복을 입은 중년 남자가 두 손을 주머니에 찌르고 다가왔다.

"얼른 내놓소. 잘 쳐줄 테니. 딴 데 가야 그렇다이. 괜히 안까이에게 들켜 내똘기면 어쩌우."

여인은 다그치더니 저울대를 뽑아 들었다.

"딴 사람은 그 집 마누라 무서워 사라 해도 안 사오. 그러니 꿈질대지 말고 얼른 하고 가소."

남자가 동복 안에서 닭 염통만 한 자루를 꺼내 들었다. 여인이 저울에 달더니 1kg이라고 한다.

"조금 모자라는데, 담에는 한 줌 더 넣고 오. 그래도 오늘은 그대로 돈을 줄 테니."

주섬주섬 빈 자루를 찾더니 쏟았다. 노랗고 검은 얼룩이 있는 두부콩이었다.

"이거 알면 정말 쫓겨나니 부탁하오."

남자는 비굴한 웃음을 지으며 돈을 받고 빈 주머니를 품속에 찌르고 돌아섰다. 그가 멀어지자 "어휴 저런 쌍놈 먹여 살리는 네편네가 불쌍하지. 저런 놈은 빨리 죽어야 입 하나 덜고 좋은데."

하더니 다시 코웃음을 치며 덧붙였다.

"나 같으면 일찌감치 쫓아냈지."

옆에서 이 촌극을 구경하다 말했다.

"그럼 언니도 사지 말아야지. 사 주니 계속 훔치잖습니까?"

"이런, 생각 없기는, 그러니까 너 장사가 그 모양이지."

장사는 못 하지만 이치와 도리는 안다고 반박했다.

"결국, 언니가 그 사람 사주하는 거 아닙니까?"

"사주는 무슨, 내가 사지 않아도 저놈은 매일 저 짓이지. 마누라가 두부를 해 파는데 그 콩을 졸곰졸곰 훔쳐서 술 먹어. 근데 동네에서 다 아니 누가 바꿔주나. 몇 번 싸움 나고는 누구도 술을 안 줘. 그렇다고 저놈이 술을 끊나. 죽어야 끊지. 그러니 또 시작이고. 내가 받아주지 않고 마누라에게 일러바쳐도 그 모양 그 꼴이야. 싸움이나 나고 마누라 화병이 폭발하지. 그냥 눈에 뵈지 않게 해주는 거야. 내가 저 집 평화를 지켜주는 거라고."

어처구니없는 논리지만 그럴 듯도 했다.

"언니, 꼬리 길면 밟힌다는데 그러다 그 집 마누라 알면 어쩌려고요?"

"흥, 알면 아는 거지. 오히려 나한테 고마워할걸. 남편 그 버릇 남한테 말하지 않고, 부부간에 쌈 나지 않게 해줬다고."

당할 수 없는 입심이었다. 이쯤 되니 장마당에서 버티는구나. 오늘 아침부터 서두른 덕에 자리 하나는 잘 잡았다. 여인은 소량도 팔았다. 조금씩 나누어 팔면 손해라고 생각하는 나와는 달랐다. 오히려 조금 사가는 사람에게 더 입담을 펼쳐 꽃이 벌을 유인하듯 끌어들였다. 참지 못하고 물었다.

"언니, 조금씩 팔면 손해 아닙니까?"

"아, 그렇게 생각하고 있구나."

머리를 끄덕이며 실눈을 짓고 비죽이 입술을 올렸다.

"공짜로 남의 기술 알려고? 안 되지."

두 손 들고 말았다. 기어이 알아내리라 마음먹었다. 이번에는 온몸이 석탄 막장에서 나온 듯한 꽃제비 하나가 다가왔다. 키는 작았지만, 슬렁슬렁 걸어오는 발걸음은 주저 없었다. 눈치도 보지 않고 곧장 여인 옆에 섰다. 그동안 경험으로 꽃제비의 위험을 깨달은 나는 슬그머니 긴장했다.

"아줌마, 오늘 괜찮아 보이네."

"흥, 괜찮지 않으면 네가 어쩔 건데?"

"내가 쉬 붙여줄지 아우? 여기 조용한 거 내 덕인 줄 알면서."

웃음을 지으니 이빨이 드러나며 물어뜯을 것 같이 사나워 보였다. 꽃제비에게 걸리면 좋은 일이 없었다. 우르르 밀려들어 엎치고 덮쳐 자루를 쏟고 순식간에 깨끗이 처리해 버렸다. 손으로 아구리를 잡아 만일에 대비하며 두 사람에게서 눈을 떼지 않았다. 흘깃 이쪽을 보던 언니가 불룩한 동복 주머니에서 종이 뭉치를 꺼내 건넸다. 종이를 받아 헤쳐본 아이의 표정이 부드러워졌다. 얼핏 노란 누룽지가 보였다.

"이거면 점심은 넘길 거야. 추우니 잘 때 조심하고."

아이는 누룽지를 씹으며 나를 흘끔 쳐다본다.

"그 아줌마는 초보야. 내가 알려줄 테니 내일 와."

의미심장한 눈길이 오가더니 마지막으로 쓱 나를 훑은 아이가 멀어졌다. 또 한 수 배운 셈이다. 손을 다시 주머니에 찌르고 발을 굴렀다. 볕이 따뜻하게 느껴져 하늘을 올려다보니 벌써 태양이 중천을 넘은 지 오래다. 점심시간이 많이 지났는지 배에서 꼬르륵 소리가 났다.

"언니, 좀 봐주소. 갔다 오겠습니다."

저쪽 구석에서 국밥 냄새가 솔솔 풍겨왔다. 따끈한 국밥을 먹으면 언 속이 풀리겠지만 그쪽으로 향하는 이는 많지 않았다. 매장 장사꾼이 아니면 빵이나 떡으로 때웠다. 빵 두 개를 샀다. 종이에 하나씩 싸 들고 오니 여인은 할머니를 붙잡고 설득 중이었다.

"할머니, 국수 죽은 진기가 없소. 쌀알이 들어가야 힘이 나지. 기왕 죽을 쑬 바엔 이 쌀로 해보오. 나도 이 쌀을 씁니다. 요것 좀 보소. 요렇게 여문 강냉이쌀은 죽을 쑤면 두 배로 불어나오. 조금씩 팔면 사실 손해라니까요. 저 아줌만 1kg은 안 파오. 나니까 이렇게 팔지. 한번 해보고 아니면 담부터 국수 죽만 하시오. 이것저것 해 봐야 뭐가 좋은지 알지. 이런 거 누가 알려주오? 딴 사람은 그냥 팔려고 하지 남의 사정은 보지도 듣지도 않소."

나와 비교한 후 남과 다른 자기를 내세우고 마지막으로 자신의 좋은 인간성까지 들먹였다. 한번 속는 셈 치고 사볼 마음이 들 언변이었다. 갈고닦은 장마당 실력 앞에 감탄이 나왔다.

"그래도 국수보다 비싸잖나?"

"할머니, 국수는 1kg이 한 끼지만, 이건 1kg이면 두 끼는 때웁니다. 비싼 이유가 있는 거요. 한번 해보고 내일 다시 와보라니까. 손해 봤다고 하면 내가 물어낼 테니."

머뭇거리던 할머니가 1kg을 사 들고 무릎을 짚으며 일어나 멀어져 갔다.

"언니, 배 안 고픕니까? 그렇게 말 많이 하고."

"고프지, 근데 아까 봤지? 꽃제비가 내 점심 가져갔으니."

"언니. 이거라도."

빵 한 개를 내밀자 머리를 젓는다.

"넌 개장도 못 하고 빵이 넘어가냐. 거기다 인심까지 쓰려고?"

"오늘 언니 보면서 배운 게 많아서 그럽니다. 수업료 내는 거니까 받으소."

"배우긴 뭘 배워? 하다 부면 저절로 알게 되지."

하면서도 슬그머니 손을 내밀었다.

"추우니 물은 안 마시는 게 좋아. 조금씩 천천히 꼭꼭 씹어. 그래야 속탈이 안 나."

이것도 일 년 365일 장마당에서 사는 또 하나의 비결이었다.

"장은 이제부터야. 오후가 돼야 하루살이들이 땟거리 사러 오니까."
"근데, 언니 수십 번 저울질하고 그거 어떻게 맞춥니까?"
"다 봤잖아. 알면서 묻긴."
빵을 쥐지 않은 손으로 주머니를 열자 저울추가 보였다. 빵을 다 먹고 종이를 던지더니 이번엔 반대쪽 주머니를 슬쩍 연다. 거기에도 추가 보였다. 아하, 짐작은 했지만······.
"장마당 여편네들 주머니 다 들여다봐라. 하나만 들고 있는 년 있나. 네가 그러니 돈을 벌긴 고사하고 꼬라박기나 하는 거다."
그러더니 덧붙였다. 내가 무슨 생각을 하는지 다 안다는 듯.
"양심 있는 년은 봐가며 하고, 없는 년은 마구잡이지. 추 안에 은이 약간만 손대도 달라지거든."
빵 하나로 사기에는 대단한 발견이었다. 해가 서쪽으로 기울수록 쌀 사러 오는 사람도 늘었다. 찬찬히 살피며 오기도 했지만, 곧장 오는 단골도 많았다. 여인의 자루는 내 것보다 더 작아졌다.
"너 그거 배급 쌀이지?"
"그건 또 어떻게 알았습니까?"
"양정사업소에서 만든 쌀과 개인 건 달라. 껍질 벗겨지는 거며 굵기, 윤기도 다르지. 그리고 중요한 건 파는 사람 태도. 절박해도 감출 줄 아는 거와 절박하지 않은 사람은 다르거든."
두손 두발 다 들었다. 사실 나는 팔아야 할지, 말지 사이에서 갈등하고 있었다. 손해 보고 팔 바엔 그냥 허탕이 낫지 않을까 망설였는데 그게 고수의 눈에 훤히 보였던 모양이다.
"오늘 많이 배웠소. 집에 애들만 두고 와서 먼저 가겠습니다. 담에 보면 언니 곁에 자리나 주십시오."
등에 진 배낭이 무거웠지만, 마음은 아니었다. 쌀장사는 포기다. 열심히 익힌다 해도 조건이 맞지 않았다. 시장으로 오가는 거리도 불리하고, 가장 정점인 저녁 시간을 놓치고 팔지 못하면 다시 메고 오는 부담도 있었다. 쌀은 중량이 나가니 육체로 버텨야 했다. 집으로 갈 즈음이면 손발이 후들거렸다. 얼마나 견딜지 자신이 없었다. 남편의 도움이나, 아니면 조를 이뤄야 하는데 어느 하나도 내 상황엔 무리였다. 가장 중요한 건 이 모든 걸 극복해도 하루 벌이 신세다. 남부럽지 않게 애들을 키우려면 하루살이로는 안 된다. 장사란 돈을 벌자고 하는 게 아닌가!

제3장

길

1

집 밖에서 들리는 발걸음 소리에도 신경이 곤두섰다. 뭔가에 몰두하여 벗어나야 했다. 저울대를 빼버린 빈 배낭을 메고 아침마다 시장으로 향했다. 매 구역을 서성였다. 소한, 대한을 넘기니 추위가 한결 덜했다. 한낮이면 햇볕이 잘 드는 모퉁이마다 까만 아이들이 모여들었다. 코끝은 여전히 시렸지만, 한곳에 머물지 않으니 사지가 얼어드는 괴로움도 덜했다.

시장에서 배회하던 어느 날, 잡화 매대에서 시집 동네 아줌마를 만나 아버님 소식을 들었다. 아직도 말은 못 하시고 정신은 똑똑하시더라고 한다. 약이나 치료야 엄두를 못 내지만 하루 세끼 따뜻한 구들에 있으니 더 바랄 게 없지. 혀를 차는 여인을 보며 나를 겨냥한 말이라 짐작했다. 옆집, 뒷집 숟가락 개수까지 훤한 동네에서 건강하던 아버님이 쓰러진 이유를 모를 리 없었다. 가족이야 입 다물고 있다지만, 뻔한 골 안에 시내에서 일하는 자식을 둔 집이 한둘이 아니다. 입에서 입으로 소문이 퍼지는 건 시간문제였다. 공개처형만큼은 아니겠지만 갈수록 말이 보태지고 더해져 아이, 어른 모두 알고 있을 터였다.

시집은 식량이 부족하지 않더냐고 물으니 작년에 농사를 지었으니 죽이라도 있을 거라고 한다. 올해가 문제지, 영감이 누웠으니 노친 혼자 산을 파야 하는데 환자 수발은 누가 하고 농사는 거저 되나. 돈 먹고, 힘 먹어야 낟알이 나오지. 갈수록 태산이야. 혀를 차며 물 쏟듯 쏟아내는 말을 넋 놓고 들었다. 시장 경력자인 이 아줌마 역시 말이 청산유수다. 내가 장사한다고 전해달라 하니 그뿐이냐 되물으며 집요한 눈길이 따라왔다. 모르는 척 머리를 끄떡였다.

어느 날은 중고 옷을 파는 매장에서 서성이다 직장 친구를 만났다. 중고품을 높이 쌓아놓고, 맵시 있는 옷으로 무장하고 화장도 진했다. 옷차림도, 얼굴도 제법 기름기가 흘렀다. 개장으로 아이 옷 하나를 사고 옆에 주저앉았다. 친구는 열 손가락 끝을 잘라낸 장갑을 끼고 열심히 대바늘로 코를 잡아내는 한편 손님 주머니를 타진하느라 바빴다. 옷더미에서 실올이 풀린 뜨개옷 하나를 찾아주자 좋아하며 자리를 내주고 이야기보따리를 풀었다.

이때다 싶어 이것저것 물었다. 물건은 어디서 받고 얼마나 버냐가 관심사였다. 그의 장사 비결은 집이 두만강 가까이에 있어 경비대 병사들과 친한 데 있었다. 그들에게서 강을 넘다 몰수된 짐을 헐값에 넘겨받았다. 집에서 종류별로 나누고 상태에 따라 상, 중, 하로 분류한다. 다리고 눈에 띄지 않게 꿰매 하품을 중품, 상품으로 만들었다. 밀수품을 받을 수 있으면 파는 건 어렵지 않고 싸게 받을수록 이윤이 늘지 않겠냐고 소곤댔다. 이 비방도 따라 하지 못하리라 생각되어 반나절 만에 엉덩이를 털고 일어났다. 비법(祕法)이란 말만 들어도 소름이 돋았다. 법을 어기지 않고 하는 장사는 없을까? 이로써 장사는 환경과 조건에 맞아야 한다는 생각만 굳어졌다.

근처에 잘 차려입은 여자들이 홀로 혹은 두어 명씩 서 있었다. 뭐 하는 이들이냐 물으니 돈 장사꾼이라고 한다. 인민폐를 우리 돈으로 바꿔준단다. 종일 고객을 기다려 한 명이라도 낚아채는 것이 일이다. 인민폐라, 밀수 못지않게 위험해 보였고 저건 밑돈이 두둑한 사람들이다. 법에 저촉되는 건 무엇이든 사양이었다. 법의 울타리를 넘지 않는 장사를 하고 싶은데 눈에 띄지 않았다. 내 말을 들은 친구가 조언했다.

"지금 시절에 돈 벌려면 국가가 하라는 반대로 해야 해. 그렇지 않으면 굶어 죽어. 이 장마당에 돈깨나 있는 사람, 빼고 다니는 사람은 다 그렇게 부자가 된 거야. 너처럼 생각하면 빨리 죽든가, 천천히 죽든가 둘 중 하나야."

오늘도 터덜터덜 집으로 향했다. 시장 밖 널따란 강변에 늘어선 자전거가 햇볕에 반짝였다. 중국제, 일본제 중고가 시집가는 처녀처럼 공을 들여 화장하고 끝도 없이 서 있었다. 불량한 부품을 교체하고, 색칠하고 광을 내니 하나같이 겉은 말끔하고 미끈했다. 핸들의 모양도 둥근 것, 반듯한 것 여러 가지고 색깔도 파랑, 검정, 빨강 등 다양했다. 여자 목소리가 판을 치는 장에서 이곳만은 굵직한 남자 목소리가 들린다. 그 속에서 뜻밖에 낯익은 얼굴을 보았다. 근수 아저씨였다. 직장에 출근하던 때보다 쌩쌩했다. 번들번들한 검은 잠바와 목도리, 가죽장갑을 끼고 얼굴에 화색이 돌았다. 아저씨가 다가왔다.

"괜찮소? 어디 가서 얘기라도 좀 하기요."

앞장서 걸으니 따라가긴 해도 어떻게 입을 떼야 할지 망설여졌다. 사실 물어볼 말이 있었다. 남편의 일을 전혀 모르는지, 어느 만큼 알고 있는지 궁금했다. 하지만 상대가 부담을 느낀다면 아무리 물어도 소용이 없었다. 말없이 얼마쯤 걷던 아저씨가 입을 열었다.

"난 출근 안 하오. 우리 집 사정이야 알잖소. 뭐라도 해야 입에 풀칠하니… 처음엔 남의 자전거를 수리해 주다 이젠 팔기도 하고, 사기도 하오. 그건 그렇고……."

말끝을 흐리고 묵묵히 걸음을 옮겼다. 아마 자신의 이야기보다 다른 것을 바라는 내 마음을 알아차린 듯. 예전에도 우리 집 자전거를 도맡아 정비해 주고 허물없이 드나들던 아저씨였다. 적성에 맞는 장사를 골랐구나.

"뜨끈하게 한 그릇 주오. 아주머니."

아저씨가 돼지고기 국밥 파는 곳에서 발을 멈추고 털썩 쪽걸상을 찾아 앉았다. 그리고 나를 향해 말했다.

"애들은 앓지 않고? 추우니 뜨끈한 국 좀 마시고 가오. 집이 가깝지 않은데."

사양하지 않았다. 말없이 국밥을 먹었다. 뜨거운 국물이 넘어가자 따뜻한 기운이 온몸에 퍼졌다. 국그릇을 두 손으로 감싸 몇 모금 마시고 머리를 들다 섬찟했다. 저쪽 모퉁이에서 뚫어지게 바라보는 눈길이 느껴져서다. 지향이 또래 소녀였다. 수건도 없이 본색을 알아볼 수 없는 동복만 걸치고 낡은 운동화를 신은 채 쭈그리고 앉은 아이는 눈이 마주치자 얼른 머리를 숙였다. 둘러보니 석탄 굴에서 갓 빠져나온 것처럼 남루하고 까만 얼굴의 사내애들이 하나같이 이쪽을 바라보며 침을 삼키고 있었다.

"야, 너들 저리 못가?, 남의 장사 방해하면 앞으로 국물도 없을 줄 알아. 장사할 때 오지 말라고, 꼭 손님 오면 모여든다니까."

플라스틱 바가지를 소리 나게 가마뚜껑에 엎어놓은 국밥 주인이 푸념했다.

"허구한 날 어찌 살아, 저놈들 때문에 장사도 못 해먹겠소. 한둘도 아니고, 아이고. 세월이 왜 이러지."

보지도 듣지도 못한 듯 숟가락을 내려놓은 아저씨가 값을 치르고 돌아섰다. 뒤에서 삽시간에 달려온 아이들이 서로 다투며 국물 마시는 소리가 들렸다. 지향이 또래 여자애를 찾으니 남자애들 틈에서 손으로 밥 덩이를 건져 입안에 넣고는 뒤로 밀려나 땟국이 흐르는 손가락을 빨고 있었다. 쫓기듯 걸음을 뗴었다. 차라리 보지 말걸.

"매일 보는 터라 이젠 무심해졌소. 집에 있는 식구 입도 챙기기 힘든 세상이니."

근수 아저씨가 말했다. 어깨를 나란히 하자 꾹 밀어 넣었던 말을 건넸다.

"아저씨, 지향이 아버지가 왜 그렇게 됐는지 혹시 모릅니까?"

근수 아저씨 걸음이 뚝 멎었다.

"아무것도 못 들었소?"

"네, 아무것도, 그래서 속이 터집니다."

다시 걸음을 뗀 근수 아저씨는 말이 없었다. 저만치 자전거 줄이 보이자 한마디 했다.

"제일 가까운 사람에게 물어보오. 그라면 알고 있을 거요. 몸조심하고."

그 자리에 박힌 듯 서버렸다. 제일 가까운 사람? 우석이. 같이 일하고 늘 붙어 다녔으니까. 생각을 안 한 건 아니다. 다만 신중하게 처신해야 한다는 엄마 당부가 걸리고 남의 눈이 무서워 주저했다. 저만치 멀어지는 아저씨를 쫓지 않았다. 더 물은들 해줄 말은 없으리라. 몸조심하고, 마지막 말의 의미를 되새겼다. 말조심으로 들렸다. 지금 묻지 말고 시간이 지나길 기다리라는 암시일까.

어스름이 깃든 집에 돌아오니 아침에 걸었던 열쇠가 보이지 않았다. 엄마가 왔나? 문을 열고 굳어졌다. 구들에 난 커다란 신발 자국, TV와 변압기 자리가 휑했다. 창문 짬으로 내려온 안테나선이 잘려 덜렁거렸다. 아이들은 울지도 못하고 이불 속에 있었다.

"지향아. 지연아."

두 아이가 와락 달려 나와 울음을 터뜨렸다.

"엄마, 누가 와서 텔레비 가져갔어, 이불을 덮어서 못 봤어. 벗으면 죽인다고…….."

도적이었구나. 법에서 온 게 아니라는 생각에 몰래 한숨을 내쉬었다.

"됐어, 괜찮아. 이젠 괜찮아."

"엄마, 무서워. 가지 마. 장에 가지 않음 안 돼?"

지향이가 울음을 멈추고 하소연했다.

"엄마, 아버지 언제 와?"

지연이가 눈물이 그렁그렁한 얼굴로 팔을 흔들었다.

"알았어. 뚝 그쳐. 이젠 장에 안 갈 거야."

지연이의 눈물을 닦아주고 꼭 그러안았다. 아이의 심장박동이 작은 새의 날갯짓처럼 가냘프다. 처량한 슬픔이 파도처럼 밀려와 몸과 마음을 두드렸다. 어둠 속에 셋이 한 덩어리가 되었다. 흑흑 느끼는 애들을 껴안고 꼼짝할 수 없었다. 내가 버틸 수 있을까? 내가 무너지면 아이들은?

"이게 무슨 일이니?"

엄마 목소리에 머리를 들었다.

"도적이 들었습니다."

"가져간 건 텔레비 뿐이야? 등잔을 켜야지. 애들이 무서워하는데."

그제야 애들을 풀어놓고 성냥을 찾았다.

"텔레비야 안 보면 되지만 쌀이 더 큰 일이다."

벌떡 일어나 아랫목 장을 열고 망연자실했다. 옥수수쌀을 담아두던 독은 뚜껑이 열려 바닥이 휑 보였다. 아끼며 보기만 하던 작은 쌀자루도 없었다. 기가 막혔다. 도적에게 양심을 바랄 수는 없지만, 너무했다. 당장 우리는 어떻게 살라고? 이거야말로 산돼지 잡으려다 집돼지 놓친 격 아닌가.

길 113

"돈은 어디에 뒀어?"

허리를 짚어 보이자 엄마가 한숨을 내쉬었다. 옷을 벗어 던진 엄마가 바닥을 훔치고 아궁이에 불을 지폈다. 배낭에 국수 한 사리를 넣어 와 그나마 다행이었다.

"지향아, 언제 그랬어? 점심은 먹었어?"

"응, 점심 먹고 지연이가 자고 싶다고 했어. 그래서 같이 누워 잤는데."

"그래, 괜찮아. 엄마가 있으니까 이젠 괜찮아. 한 명이었어?"

"응……. 아냐 두 명이야."

"왜 그렇게 생각해?"

"그 사람이 내 옆에서 말했는데, 저기서 장문 여는 소리가 났어."

"그랬구나. 무서워서 어쨌어? 그 사람들 간 다음 울지 않았어?"

"울긴 했는데, 큰 소리로 울진 않았어. 엄마가 집에서 소리 내지 말라고 해서."

가슴이 쓰렸다. 아이들이 얼마나 무서웠을까.

"너 장엔 왜 계속 가? 낟알 장사는 안 한다며? 그럼 집에서 뭐라도 해보지. 애들이 이렇게 어린데, 애들 생각은 안 해?"

엄마의 추궁에 수많은 변명거리를 꿀꺽 삼켰다.

"알겠습니다. 어머니, 내일부터 안 나가겠습니다."

그 말에 아이들의 기분이 훨씬 나아졌다. 서둘러 덧붙였다.

"어머니, 김치죽은 손도 안 가고 빠릅니다. 김치 넣고 국수 반 사리만 넣으면 되니."

"집에 강낭쌀이 좀 있으니 가져다 밥을 하자."

"아닙니다. 국수 죽이 좋습니다. 지연이도 이제 다섯 살입니다. 앞으로 더 나빠질지도 모르니."

사실 오늘 저녁 끼니보다 내일이 더 걱정이다.

"그래, 점점 형편이 어려워질 것 같다."

불 보듯 뻔한 사실이지만 엄마 목소리에 담긴 걱정을 읽고 마음이 불안해졌다.

"어머니, 직장에서 뭔 일 있습니까?"

"오늘 창고를 인계하라고 하더라. 점점 합숙생이 적어 주방장이 다 맡는다고."

"그럼 어머니는 뭐 합니까?"

"합숙에 할 일이 없음 경리과 소속이니, 거기서 무슨 일을 주겠지."

이건 분명 남편 때문이다. 한 공장에서 불똥이 튀리라 생각은 했지만 이렇게 빨리 오다니. 창고를 쥐고 있으면 죽이라도 끓길 걱정은 없었다. 한두 번 배급소 덕을 볼 수도 있겠지… 하지만 믿었던 마지막 숨구멍마저 막혀버렸다.

"괜찮아, 이 나이 되도록 그 일만 하니 지긋지긋해. 연로보장이 낼모렌데."

엄마가 가볍게 말했다. 딱딱 칼도마 소리가 들리고 지향이가 옆에서 종알거렸다.

"할머니, 올라가지 말고 우리랑 같이 살아."

아이의 작은 머리를 가만히 쓸어주며 장마당에서 눈길이 마주쳤던 꽃제비 소녀를 떠올랐다. 그 애는 오늘 밤을 어떻게 보낼까. 부모가 없을까? 그 어린 소녀도 살자고 모질음을 쓰는데 도적이 민 대수라고. 아이들이 있고 몸 누일 집도 있고, 엄마도 계시는데. 오늘을 살았으니 내일 살 생각이나 하자.

가마가 들썩이며 씩씩 김이 새어 나오고 금방 죽이 되자 상을 차리면서 엄마가 태연한 어조로 말했다.

"이 겨울만 잘 넘기면 또 수가 나겠지. 오르막이 있으면 내리막도 있는 법. 오늘은 일찍 자자."

온돌이 데워지자 얼었던 몸도 녹았다. 지연이를 안고 자리에 누웠다. 인색하고 창백한 달빛이 엄마 얼굴을 비췄다.

"어머니, 우리 함께 살면 좋겠습니다."

큰동생은 지향이가 막달일 무렵 군대에 갔다. 뒤뚱거리며 나팔 소리, 북소리가 울리고 꽃보라가 날리던 역전에서 동생을 배웅했다. 지향이가 12살이 되어야 돌아온다. 둘째 동생은 지연이가 들어선 해 군대에 갔으니 아직 돌아오려면 7년은 있어야 했다.

중학교를 졸업한 남자는 장애가 없으면 모두 군대에 갔다. 그러니 나이가 지긋한 중년 가정이라면 너나없이 아들은 군대에 있었다. 솜털이 보시시한 소년이 13년이라는 세월을 덧입고 풍상을 견뎌 남자가 되어 돌아온다. 처음 몇 년은 가끔 편지가 날아오던 두 동생은 이젠 감감 무소식이다. 무소식이 희소식이라는 말을 믿었다.

큰동생은 주먹도 세고 남자다웠다. 아침마다 집 앞은 남자애들의 집합 장소였다. 모여와 함께 등교하고 공부가 끝나면 무리 지어 놀았다. 큰동생이 군대에 나가자 그 풍경도 없어졌다. 막냇동생은 응석받이로 여자처럼 가냘픈 몸에 성격이 명랑했다. 어딜 봐도 남자다운 구석이 없어 엄마의 걱정거리였다. 처음 초모 되어 평양에 간다고 좋아하던 동생은 곧 절망했다. 그가 간 곳은 공병국으로 십여 년 삽질만 하게 생겼다. 지금도 어느 공사장에 있을 것이다.

"글쎄. 애들만 집에 두는 건 못 할 짓이다. 네가 아니면 나라도 교대로 애들을 봐야겠다. 8월이면 연로보장이니, 그때까진 버텨야지. 그리고 네 동생들이 올 날이 까마득하긴 하지만 집은 있어야지."

대꾸할 말이 없었다. 엄마 생각이 옳다는 건 스스로도 알고 있었다.

"오늘 시장에서 근수 아저씨를 만났습니다. 장에서 자전거를 팔고 있었습니다."

"잘됐네. 애들이 한창 먹을 나이니, 뭐라도 해서 가정을 지켜야지."

"지향이 아버지 일을 물어봤더니, 가장 친한 사람에게 물어보라고 합니다."

"내 생각엔 지금은 물어도 소용없어. 네가 지금 그 일을 들고 다니면 사람들이 더 피할 게다. 지금은 그저 집 구들에 있는 거로 만족하고 애들을 잘 키우자."

"네, 그래도 너무합니다. 애들이 우는데 들여다보는 사람 하나 없다니."

"남 탓할 거 없다. 누군들 쉽게 문턱을 넘겠니? 아마 그동안 너희가 공장 덕으로 밥 먹고 산다고 고깝게 생각하는 사람도 있었을 게고, 돌을 던져도 어쩌겠냐?"

"담배 직장 사람이야 다 그렇게 사는데……."

"오늘 춘실이 엄마를 만났다. 춘실이 남편도 집에서 함께 산다고 하더라. 너 시간 되면 오라고."

선생님이 오라고 했다면 못 갈 이유도 없었다. 춘실이가 보고 싶었다.

2

장에 나가지 않으니 온몸의 뼈마디가 저리고 아팠다. 엄마가 사두었던 아스피린을 두어 번 먹고서야 나아졌다. 손 놓고 집에 있으니 마음이 불안해 무슨 일이든 잡았다. 그동안 밀렸던 빨래를 하고 아이들의 겨울옷을 손질했다. 낮에 밖에 널었던 빨래들이 저녁엔 꾸들꾸들

명태처럼 말랐지만, 집 안에 들이면 다시 축축해졌다. 아랫목에 빨래를 말리고 옷장에서 남편의 옷을 걷어냈다. 차곡차곡 보자기에 싸 궤짝 바닥에 넣고 보이지 않게 아이들의 옷가지들을 올려 두었다.

배급소에서 고함이 들렸다. 명절 전야라 며칠 분을 주려나 보다. 그러나 남편과 함께 배급표도 사라져 그림의 떡이었다. 아무리 미공급으로 직장 출근이 엉망일지라도 직장이 없으면 배급표를 받을 수 없었다. 배급 사건으로 또 하나 중요한 사실을 깨달았다. 지금까지 나에게 직장에 나가라는 지시가 없는 건 아직 남편의 처리가 끝나지 않았다는 의미였다.

보통 직장이 없으면 소속 안전부에서 추궁한다. 그런데 아무런 소식이 없다는 건, 등골이 오싹했다. 언제까지 마음 졸여야 할까? 걱정은 그뿐이 아니었다. 몇 푼 안 되는 돈이 떨어지면 어떻게 하지? 가만히 기다리면 법이 아니어도 기아로 죽는다. 앞도 뒤도 막막했다. 속 시원히 하소연이라도 하고 싶다는 생각이 들자 한 사람의 얼굴이 떠올랐다.

지향이는 학습장에 자기 이름을 쓰고 가갸거겨를 써나갔다. 내년이면 학교에 입학하니 이름이라도 배워야 했다. 원래 유치원에서 가르쳐 주지만, 봄이 와도 나갈 수 있을지 장담할 수 없었다. 아이에게 쏟아질 비난과 질시, 그리고 외면도 있을 것이다. 그게 무엇이든 조금이나마 막아주고 싶었다. 집에서 가르치면 될 일이라고 스스로를 위안했다.

연필을 쥐고 힘을 주어 획을 그리니 툭하면 심이 부러졌다. 옥수수 껍질로 만든 종이는 누렇고 꺼칠꺼칠했다.

"지향아. 손에 힘을 빼, 너무 힘주면 연필도 부러지고 종이도 찢어져."
"엄마, 나도 공부하고 싶어."

지연이가 언니 책을 먹거니 건너다보더니 심통을 냈다. 아이를 달래는데 밖에서 인기척이 들렸다.
"지향아, 지연아."
반가운 목소리에 지연이를 밀어놓고 벌떡 일어났다.
"이심전심이라더니. 방금 생각하고 있었는데 정말 왔구나."
춘실이가 아이를 업고 머리엔 자루를 올려놓고 양손엔 천 가방을 들고 있었다. 짐을 받고 업은 아이를 풀어 내리며 한참 부산을 떨었다. 아이들은 춘실이 가져온 네모 줄이 간 학습장과 스케치북, 크레용을 받고 윗방으로 몰려갔다. 그제야 춘실이가 현경이를 안고 있는 내게 눈을 돌렸다.
"너 괜찮아? 밥은 먹고 사니?"
"안 괜찮으면 어째? 애들도 있는데. 엄마 얼굴 보기 괴로워. 아버님은 사정을 듣고 중풍이 왔어."
그동안 누구에게도 터놓을 수 없던 억울함이 왈칵 밀려 나왔다. 영문도 모른 채 한순간 나라는 물론, 집안에도 죄인이 되었고 살길도 막혔다.
"어쩌다 이런 일이 생겼니? 세상사 요지경이라고 하지만, 듣는 내 속도 이런데, 넌 오죽하겠니? 그래도 얼굴 보니 걱정만 하기보다 낫다."
"사는 게 고통이야. 아무것도 보이지 않고. 이젠 알겠어. 살지도 죽지도 못한다는 말."
"무슨 소리니? 제발 죽는다는 말은 하지 마."
몇 해 전, 옆 동네에 살던 공장 적위 대장이 총으로 자살했다. 경위는 확실히 모르지만, 자신의 권총으로 머리를 쏘아 죽은 건 확실했다. 탕 하는 소리가 울린 후 얼마 지나지 않아 상부인 시 적위대부에서 나와 시제를 거적에 말아 뒷산에 묻어버렸다. 한창 무더위가 시작되던 초여름이었다. 겨울과 달리 땅을 파는 일도 어렵지 않을 터지만, 그렇게 던져둔 이유는 따로 있었다. 자살은 민족 반역이라는 조항이 있는 줄 그때 알았다. 며칠이 지나 개들이 큰 뼈를 물고 다녔다. 사람 뼈라고 수군거렸지만, 가족은 물론이고 누구도 그곳을 다시 찾지 않았다. 한동네 사람이라는 인정이나 의리는 민족 반역이라는 어마어마한 죄명 앞에서 봄눈 녹듯 사라졌다. 춘실의 책망에 잊었던 사건을 떠올리고 말을 고쳤다.

"그래, 맞아. 스스로 죽는 건 반역이지. 애들 봐서도 살아야지. 내 목숨은 혼자의 것이 아니야. 근데 찾는 곳이 없어. 마치 살아도 죽은 사람이 된 기분이야. 통제 밖에서 살고 싶었는데, 정작 아무도 찾지 않으니 뭘 해야 할지 모르겠어. 또 보위지도원을 찾아가기도 그래. 1월에 가고 한 달이 지났어. 아직 결정이 나지 않았으면 가봐야 소용없을 테니 역시 기다려야겠지. 그 그림이 떠올라. 도끼 밑에 있던 사형수. 그 사람에게 도끼날이 떨어지길 기다리는 시간은 얼마나 길었을까? 한 달 동안 시내 장마당을 헤맸어. 그래도 뭐 해야 할지 아직 감이 안 와. 도적이 식량을 다 들어가고, 와중에 엄마도 창고를 내놨어. 그러니 이 길도 저 길도 다 막혀 버린 거야."

춘실이 한숨을 내쉬었다.

"엎친 데 덮치는구나. 너무 많이 생각하지 마. 산을 오르는데 뭐가 있는지 어떻게 아냐? 한 걸음씩 그때그때 상황에 따라야지. 산 사람은 살길이 열려. 너 이번 배급도 못 탔지? 여기 쌀이야. 조금밖에 안 되지만 지연이 밥쌀이라도 보태."

머리에 이고 온 자루를 끌어오며 춘실이가 말했다.

"고마워. 형편이 이러니 얘들도 철들어. 지연이도 강낭밥 잘 먹고, 지향이는 내 앞에서 아버지 말을 하지 않아. 지연이가 아버지 말을 하면 눈치 주고."

무거운 침묵이 흘렀다.

"난 사실 남편이 왜 잡혀갔는지 몰라. 보위지도원에게서 죄를 지었다는 말을 들었어. 그리고 지금까지 오지 못하니. 이젠 아마 영영 오지 못하겠지? 사실 처음엔 우리까지 모두 잡아가지 않을까 전전긍긍했는데……. 그래도 죄를 짓지 않는 사람은 잡아가지 않는다는 말을 듣고 무사할 거라 짐작만 하고 있어. 아직도 마음을 완전히 놓지 못해."

"사실 남편이 시 보위부에 배치받아 새해부터 출근해. 너 일 알아봐 달라 부탁했지. 올해 새로 들어갔으니 아는 게 없어. 결과가 나오지 않았다고 하더라. 보위부 예심 중이래. 어제야 가족은 괜찮을 거라는 거야. 지향이 아버지는 네 예상대로겠지. 예심이 완전히 끝나 판결받는 데 6개월이나 8개월쯤 걸리고 가벼워야 보위부 교화소야. 문제는 거기서 걸어 나온 사람이 없다는 거지."

슬픔과 안도감, 뭐라 형언할 수 없는 감정이 밀려들었다. 아이들이 무사하다. 지금은 그것만 생각하자. 남편은? 예상했지만 충격이 없는 건 아니었다. 가슴에서 올라오는 통곡을 꾹 눌러 참았다.

"남편은? 남편은 대체 무슨 죄를 지었을까? 난 정말 어떤 순간엔 그놈이 원망스러워. 어떻게 나와 아이들에게 이럴 수 있어? 이혼할 수 있다면 당장 그러고 싶어. 이 말은 엄마에게도 하지 못했어. 너 앞이니까 하는 거야."

"사실은, 나 때문인 것 같아 엄청 편안치 않아. 네게 죄스럽고."

뜻하지 않은 춘실이 말에 어안이 벙벙해졌다.

"네가 왜? 무슨 말이야?"

"내가 너한테 언젠가 입 빠르게 말했지."

길

"뭘? 난 모르겠어. 무슨 말?"

"이건 너도 기억할 거야. 국군포로가 남쪽으로 넘어갔다고. 너 그 말 남편에게 전했지? 네 남편이 누군지는 모르지만, 국군포로를 이제라도 고향으로 보내야 한다고 말했대. 비전향 장기수가 돌아온 것처럼. 그런데 그 말을 들은 사람이 보위부에 밀고한 거야. 너희 시아버지가 국군포로고 그 지역에서 남쪽으로 넘어간 사건이 터져 보위부가 노심초사하고 있는데……. 그걸 알았으니 싹을 자른 거지."

춘실이가 입을 손가락에 대고 머리를 저었다. 절대 말하면 안 된다는 표시. 순간 사고가 정지되었다. 시간이 흐르고서야 떠듬떠듬 입을 열었다.

"난 말 안 했어."

문득 눈앞에 어떤 장면이 스쳤다. 술을 마셨어. 우석과 함께. 장에서 만난 근수 아저씨도 말했지. 가장 가까운 사람한테 물어보라고. 아니야. 둘이 술을 마신 게 한두 번도 아니고. 그럴 수 없어. 애써 머리를 흔들었다.

"너 왜 그래?"

춘실의 물음이 윙 하는 소리를 뚫고 들렸다.

"얘, 너 정신 차려. 네가 이러면 난 다신 못 와."

그 말에 간신히 정신 줄을 붙잡았다.

"미안해. 한 사람이 생각났는데, 근데 아니야. 그럴 이유가 없어."

"너 짚이는 게 있어도 넣어둬. 깊숙이. 섣불리 티 내면 안 돼. 잘못하면 이건 또 다른 문제를 낳을 수 있다고."

잠시 후 마음이 놓이지 않는 듯 춘실이 덧붙였다.

"난 네가 전처럼 살았으면 좋겠어. 그래서 아무것도 숨기지 않았어. 내 마음 알지?"

삼월이 왔다. 꽃피는 춘삼월이라는 말은 이곳 북방에 어울리지 않았다. 앙상한 나무는 여전히 찬 바람에 떨었다. 얼음이 녹아 물굽이 넓어졌고 사람들은 껴입었던 내의 하나를 벗어 던졌다. 동복과 머릿수건, 장갑은 여전하지만 봄은 오고 있었다. 무거운 군대 동화를 벗고 아끼는 부츠를 신었다.

결혼한 그해 겨울, 시집에 오가느라 통근차에서 발을 구르는 나를 위해 남편이 산 겨울 부츠였다. 발목에 털이 달린 신발은 몇 번 신지 않아 새것이나 다름없었다. 겨울을 나면 구두약으로 잘 닦아 윤기가 반들거렸다.

군 노동과에 다녀오는 길이었다. 고양이 담배 보루를 받아 책상 밑에 넣은 노동 과장은 숱이 없어 반질거리는 머리를 쓸어 올리며 가고 싶은 곳을 물었다. 원하는 배치장을 받으려면 빈손으론 어림도 없었다. 춘실이 학부형이던 답사 숙영소 소장은 8.3(돈을 내고 직장에 출근하지 않는 노동자)으로 매달 돈을 내겠다는 말에 흔쾌히 머리를 끄떡였다.

답사 숙영소는 군부대 소속으로 이 도시로 관광 오는 부대 군인들에게 숙식을 제공했다. 소장과 시설을 관리하는 인력 몇 명이 상주하고 있었다. 몇 년 전에야 경리, 청소는 물론 주방, 창고 등 필수 인원이 많았지만, 지금은 시설을 관리하고 유지보수 하는 인력 두어 명만 남았다. 먹고살 길이 바쁜 군부대에서 이곳까지 돌볼 여유가 없고 유지보수도 자력갱생이다. 생산물이 없는 곳에서 자력갱생은 각종 비상한 방법을 만들어냈다. 요즘 어디나 8.3이라는 이름이 날개 단 듯이 팔려나갔다. 돈을 내고 출근하지 않아도 되는 합법적 방법이다.

답사 숙영소 역시 군부대라는 이름을 이용하여 인력을 채용하고 돈을 받기 시작했다. 꼭 필요한 인원만 남기고 나머지는 이름만 걸고 돈을 낼 사람을 찾았다. 이곳을 직장으로 택한 가장 큰 이유는 소속이 군부대라는 데 있었다. 일반 기업소보다 통제가 적고 동원이나 회의도 없었다.

고양이 담배 한 보루는 시 노동 과장이 배치장에 흔쾌히 서명하도록 만들었다. 빽도, 돈도 없어 입 한번 뻥긋하지 못하고 배치 현장으로 가야 했던 십여 년 전과 확실히 달라진 분위기였다. 어쩌면 지금이 백성이 살기엔 더 편한지도 모른다. 권력과 관계없는 이들도 돈으로 약간의 숨을 틔우니 말이다.

강변에서 물살을 바라보다 걸음을 시장 쪽으로 돌렸다. 시장 앞길 건너엔 오늘도 나란히 늘어선 자전거가 팔리길 기다리고 있었다. 얼마 지나지 않아 근수 아저씨를 찾아냈다. 아저씨는 그전처럼 놀라지도 머뭇거리지도 않았다. 마치 기다리고 있었던 듯 침착했다.

"잠깐 이야기할 수 있습니까?"

말을 떼자 옆 사람에게 자전거를 부탁하고 뒤쪽으로 향했다.

"반장은 다른 소식이 없소?"

"없습니다. 남편이 무슨 일로 그렇게 됐는지 모릅니까?"

"짐작이지, 정확히는 모르오."

아저씨가 부스럭거리며 담뱃갑을 열었다. 여과 담배였다. 얼핏 보고 나는 그것이 정품이 아닌 걸 알았다. 아저씨는 천천히 불을 붙이더니 연기를 깊이 빨아들였다.

"어떻게 생각할지 모르지만 나도 양심은 있는 놈이오. 내가 어려울 때 반장이 여러 번 도와줬지. 공장 담배로 한 일이라는 건 알고 있소. 그래서 너 돈도 아닌데 하며 입 싹 씻고 모른척하는 놈들도 있고, 나도 별반 다를 건 없소. 그러나 이것만은 도저히 혼자 넘길 수 없더라고."

아저씨는 다시 깊이 연기를 들이켰다.

"믿지 않을 수도 있지만, 그래도 말은 해야겠소."

아저씨가 결심한 듯 말을 이었다.

"하루는 자전거를 끌고 왔습데, 팔아달라고. 어떻게 그 자전거를 모르겠소? 나를 아주 멍청이로 봤던가, 아니면 알아도 상관없다고 생각했든지, 둘 중 하나요. 직장 다닐 때 몇 년이나 반장 자전거는 내가 정비했지. 한번은 자전거를 해체해 손잡이를 풀고 축을 두드리다 망치 자리가 났소. 설마설마하면서 그 흔적을 보고 기가 막혔지만, 말을 못했소. 그 자전거가 왜 그에게 갔는지는 하늘이나 알겠지. 내 생각엔."

그는 잠깐 내 기색을 살피고 말을 이었다.

"그날, 마지막 순간에 반장과 함께 있었다고 생각할 수밖에, 반장이 가고 자전거만 남았겠지. 이건 내 추측이오. 해줄 수 있는 말은 이게 다요."

믿었던 도끼 발등 찍는다는 말 그대로구나. 마음속 의심이 굳어지는 순간이었다. 하지만 왜? 친구를 팔아 그가 얻을 수 있는 건 뭘까. 갈마드는 생각에 눈을 떨구고 발끝만 내려다봤다. 침묵이 길어졌다. 휴 한숨을 토하고 새 담배를 찾는 부스럭 소리에 눈길을 들었다.

"사실대로 말해줘 고맙습니다. 아저씨를 난처하게 하지 않겠습니다."

"혹시라도 내 손이 필요하면 언제든지 이야기하고."

등 뒤에서 울리는 소리에도 고개를 돌리지 못했다. 복잡한 심정을 가누기 힘들었다. 누구라는 말이 필요 없었다. 우석이의 표정 없는 얼굴, 앞쪽 말투가 섞인 목소리가 들리는 듯했다. 남편의 둘도 없는 소꿉친구, 공장에 처음 배치받은 이후로 그림자처럼 붙어 다니던 두 사람. 늦은 밤에도 남편은 우석을 끌고 집으로 들어서길 주저하지 않았다. 친구와의 의리를 지켜 억지스럽게 비밀을 고수하던 일도 손에 꼽을 수 있다. 남편이 자신처럼 믿는 친구였는데. 아냐, 자전거는 욕심에 그렇다지만 정말 고발했는지 단언할 순 없어. 신중해야 해. 그러지 않아도 누구도 믿을 수 없는데, 그러나 만약 정말이라면. 아니 정말 그렇다고 하면…….

3

 답사 숙영소는 가운데 오각별을 오려 붙인 검은 철 대문 안에 있었다. 대문 옆 작은 쪽문이 벙싯 열려있었다. 오가며 바라봤지만, 내부는 처음이었다. 두리번거리며 1층에 들어서니 어디선가 고동색 얼굴에 낡은 군복 상의를 걸친 늙수그레한 남자가 나타났다.
 "어떻게 왔소?"
 "소장 동지를 만나러 왔습니다."
 "약속했소?"
 소장은 50대가 훨씬 지난 중좌였다. 군복에 감춰진 몸은 군인이라기보다 일반 기업소의 간부처럼 넉넉했고 말투는 짧고 명확했다.
 "아주머니 사정은 알고 있소. 알다시피 군부대 소속은 사회와 관계없소. 그러니 우리 서로 약속만 지킨다면 각자 바라는 바를 얻을 거요. 잘해 봅시다."
 짧은 말속에 군인다운 결단이 은연중 느껴졌다.
 "네. 소장 동지 기대를 저버리지 않겠습니다. 매월 입금 날짜와 금액을 말씀해 주십시오."
 "날짜는 입사하는 오늘로 하지. 그리고 금액은 오천, 어떻소?"
 헉 소리가 나왔다. 내 전 재산으로는 한 달 버티기도 빠듯했다.
 "소장 동지, 금액을 좀 조정해 주시면 안 되겠습니까? 제가 아직 수

입이… 안정되면 다시 조정해도 의견이 없습니다."

"음. 조정이라……."

"소장 동지, 제가 흥정하려는 게 아닙니다. 소개한 선생님을 봐서라도 신의는 꼭 지키겠습니다. 다만 대답만 앞세우고 실속이 없으면 안 되기에, 저도 부담이 됩니다. 어차피 제가 세대주고 아이들이 어려 8.3에 목맬 수밖에 없습니다. 이곳에서 오래 일하고 싶습니다."

"아이들은 몇 살이오?"

"일곱 살, 다섯 살입니다."

"아직 어리군, 좋소. 얼마면 좋겠소?"

훗날 소장은 국정 가격 전표에 익숙한 자기에게 오천 원은 아주 큰 돈이었다고 털어놓았다. 오천 원을 국가전표로 처리하면 수백 명이 몇 달은 먹고 살 수 있다고 한다. 그러니 그도 크게 부른 셈이다. 그러나 처음 만난 자리에서 깎아달라는 말을 꺼낸 나는 진땀이 흘렀다. 편리한 만큼 치르는 대가도 만만치 않았다.

"저 삼천 원이면…."

목소리가 기어들어 갔다. 여기서 소장이 거부하면 다른 일자리를 찾아야 했다. 사실 일자리가 없어서보다는 군부대 소속이면 회의, 학습은 물론 동원에서도 제외다. 이 계산 때문에 비싼 돈을 내면서 찾아낸 자리다. 인원도 적고 여자는 더 적었다. 제대군인 남자들 몇 명은 나이도 지긋하고 당원이니 당최 만날 일도 없었다. 남의 말밥에 오르거나 눈치 봐야 할 일도 적으리라.

"좋소. 삼천 원으로 하기오."

뜻밖에도 소장이 별다른 말 없이 허락했다.

"돈은 경리에게 입금하면 됩니까?"

"그렇소. 경리는 일주일에 삼 일 출근하니 월요일에나 만날 거요.

그에게 인계해 주시오. 여자는 경리와 둘뿐이오."

소장의 말은 군더더기 없이 깔끔했다. 인사를 건네고 나오는 발걸음이 가벼웠다. 적을 걸었으니 이젠 돈을 벌어야 했다. 돈이 없으면 애써 만들어낸 모든 계획이 허상에 지나지 않았다. 근수 아저씨의 여과 담배가 떠올랐다.

다른 일은 자신이 없지만, 담배는 십여 년을 만졌다. 담배라면 몇 번 보기만 해도 자신 있다. 또한, 집에서 일하니 아이들 걱정도 놓을 수 있을 터였다.

그래, 담배야. 단가가 높으니 잘만 하면 돈을 벌 수 있을 거야. 업은 아이 삼 년 찾는다는 속담처럼 가깝고 익숙한 일을 놓고 먼 곳을 찾아다녔다. 담배와는 담을 쌓으리라 결심한 탓이기도 했다. 공장에서 생산하지 않는 여과 담배를 만들면 담배긴 하지만 생산물과 다르니 통제도 없으리라. 생각이 돌고 돌아 다시 담배에 멎었다. 그래, 우리 운명이 꼬인 건 담배 탓이 아니야.

다음 날 아이들에게 아침밥을 먹이고 늦은 아침 장마당으로 향했다. 가품 담배가 얼마나 잘 팔리는지 볼 생각이었다. 그동안 장에서 보낸 시간이 있어 잡화 매대에서 담배만 파는 장사꾼을 쉽게 가려냈다. 반나절을 지켜보니 담배 장사도 종류가 달랐다. 고양이 담배 등 비교적 비싼 담배를 파는 사람은 가품을 취급하지 않았다. 젊은 처녀도, 나이든 아줌마도 매대 아래 담배를 넣어 두고 우물틀처럼 네모난 나무통에 한 갑씩 쭉 보이게 전시했다. 그중 말 붙이기 쉬운 사람을 찾다 한곳에 시선을 멈췄다. 허리가 땅에 닿을 듯 굽은 할매의 담배가 가장 잘 나갔다. 별이 어지럽게 그려진 중국 담배도 있고, 비싼 담배도 저가인 공장 담배도 보였다. 그리고 내가 찾던 가품도 있었다. 할매는 뭐든 다 파는 종합 담배상인 셈이다. 하나씩 값을 물어보니 사지 않을 거면 묻지 말라고 버럭 화를 낸다.

"살 거예요. 담배를 잘 몰라서요. 알아보고 사겠습니다."

여전히 이것저것 주물럭거렸다. 그다지 비싸지 않은 담배도 정품은 쌀 1kg 값이다. 가품이 옥수수쌀 1kg보다 비싸니 담배는 참 몹쓸 물건이었다. 비싸고 싼 기준은 옥수수 가격이다. 옥수수만 있으면 굶어 죽을 걱정은 없으니 물가의 기준은 옥수수였다. 오래도록 정품과 가품을 비교하다 각각 한 갑씩을 골랐다. 뜯어봐야 다른 점을 알 수 있었다.

"할머니 조금만 싸게 줄 수 없습니까?"

대뜸 눈을 흘기며 빨리 비키라고 손짓한다.

"아니, 살 사람도 없는데 왜 그럽니까?"

"너 뒤엔 사람이 아니고?"

돌아보니 40대 여인이 빙긋이 웃고 있었다.

"미안합니다. 고르느라 못 봤습니다."

"아니요. 먼저 사세요, 나는 할머니 좀 보려고 왔어요."

크지 않은 천 가방을 든 여인은 부티가 났다. 여유 있는 웃음, 흰 얼굴, 조곤조곤하고 상냥한 앞쪽 말씨였다. 돈을 치르고 물러섰다. 매대 끝으로 걸어가 여인을 지켜보았다. 혹시나 해서다. 몇 마디 하지 않은 여인이 담배 두어 보루를 넘겨주고 돈을 받더니 떠났다. 가는 방향이 시내 쪽이라 슬그머니 따라 섰다. 밑져야 본전이지.

여인을 부르자 상냥한 얼굴이 돌아본다.

"날 불렀어요?"

"저 혹시 담배 팝니까? 만든 담배 넘겨주는 겁니까?"

내 눈이 틀리지 않는다면 방금 그 담배는 내가 산 가품이었다.

"이유도 말하지 않고 그렇게 무턱대고 물으면 좀 곤란한데……."

길 129

하지만 입가에는 여전히 웃음이 매달려 있었다. 표정 하나 바뀌지 않고 호기심 어린 눈으로 바라본다.

"제가 담배를 만듭니다. 자재 사기가 힘들어서, 혹시 앞에서 오셨으면 담배 자재를 살 수 없을까 해서 물었습니다."

"가면서 이야기해요. 집이 어디예요?"

"저기 건너편요. 좀 멉니다."

"담배공장 마을이죠? 그 마을 처녀 의사 알아요?"

"잘 압니다. 한동네에서 사는데."

"그래요? 나도 그 선생 잘 알아요."

일이 슬슬 풀린다는 생각이 들었다. 아는 사람이란 서로를 증명해 주고 초면도 구면으로 만든다.

"그 선생 담배 만드는 데… 알아요?"

"네, 한번은 가서 보고 결점이 뭔지도 같이 고민했습니다. 제가 집에 일이 생기는 바람에."

"그래요? 그럼 정남이 엄마를 아느냐 물어봐요. 담배 자재를 사고 싶다면 우리 집에 들렀다 갈래요?"

급작스러운 질문에 갑자기 말문이 턱 막혔다.

"그게 제가 오늘 돈을 가져오지 않아서……."

여인이 스스럼없이 물었지만 당황한 기색을 감추지 못했다. 당장 자재를 사기엔 무리였다. 어떤 자재가 얼마만큼 드는지도 모르고 돈도 부족한데, 괜히 자재를 산다고 큰소리치고 바로 당사자를 만날 줄 어찌 알았겠는가. 갑절 친절해진 여인이 손을 끌었다.

"괜찮아요. 담배 자재는 큰돈 드는 거라 천천히 사요. 당장 걱정하지 않아도 돼요."

그래, 백문이 불여일견이라는데, 가보기나 하자. 여인의 집은 시내 중심 구역에 있었다. 큰길가의 아파트 뒤로 옛날식 처마 그대로인 기와집이 나타났다. 처마는 조선식이었지만 문은 부엌으로만 통하고 창문을 막아버린 벽은 모두 하얀 회칠을 했다. 집에 들어서니 한눈에도 돈 냄새가 났다.

식장 옆에 놓인 냉장고와 반들반들한 알루미늄 가마가 햇볕에 반짝였다. 부엌을 지나자 초상화가 걸린 아랫방 정면에 컬러텔레비전이, 그리고 벽에 밤색 소파가 있었다. 방 안은 중국 향기가 물씬 풍겼다. 중국 물품을 많이 다루는 집은 이색적인 향이 나는데 이를 흔히 중국 냄새라고 불렀다. 우리 집에 담배 냄새가 배여 몸에서 담배 향이 나는 것과 같은 이치다. 얼핏 보이는 윗방엔 커다란 옷장과 이불장이 나란히 있고 한쪽에 상자가 쌓여 그득한 느낌을 주었다.

"편히 앉아요. 수건 좀 풀고 담배 포갑지 보여줄게요."

코트를 벗은 여인이 상냥하게 말하고 윗방으로 가더니 두꺼운 포갑지 묶음 몇 개를 들고 나왔다. 종이가 두껍고 인쇄도 잘되어 언뜻 보기엔 정품과 차이가 없었다.

"이건 요즘 포갑지예요. 보고 마음에 들면 가져가요."

"이 포갑지는 얼맙니까?"

"장당 3원. 한 묶음에 삼백 원이에요."

"그렇게 비쌉니까?"

초보 티를 내지 말아야겠다고 단단히 마음먹었지만, 너무 비싼 가격에 깜짝 놀랐다.

"이게 비싸요? 아까 봤죠. 30원에 파는 담배는 못 받아도 십오 원에 넘겨요. 잘 받으면 이십 원도 받고요. 자재는 고정거래예요. 그러니 신용이 생명이거든요. 담배 만드는 사람이 몇 없는데 거짓말하면 단박 들통나요. 담배 자재 중에서 포갑지가 가장 비싸고 나머진 얼마 안

하는데… 가자마자 그 의사 찾아갈 거잖아요. 그럼 다 아는데 내가 왜 거짓말을 해요? 친하다면서…….”

"네. 앞 뒷집에서 오래 같이 살았습니다. 거기 갈 걸 어떻게 알았습니까?"

어리숙하게 물었다가 또 후회했다. 마지막 말은 붙이지 말걸. 내가 아무것도 모른다는 걸 스스로 까놓다니.

"이 지방에서 담배는 지금 막 시작이에요. 아까 담배 사는 거 봤어요. 비교하려 그러죠? 그때 알았죠. 진짜 담배 만들 사람이라는 거. 나도 아무나 막 데리고 오지 않아요."

고수라는 말이 어울리는 사람이구나. 허심한 태도로 터놓고 도움을 받아야겠다.

"담배 하는 우리끼리야 다 알고 있지만, 여긴 나만 포갑지나 자재 들여와요. 혹 가져와도 밑천이 많이 들고 소비하는 데 시간이 걸려서 금방 포기해요. 참, 애 이름이 뭐예요?"

"딸만 둘인데 큰애 이름이 지향입니다."

"이름 참 이쁘다. 지향이 엄마, 담배는 좀 할 줄 알아요?"

"담배공장에 다녔습니다. 보면 그대로 할 자신은 있습니다."

여인이 또 십년지기를 만난 듯 반색했다.

"정남이 엄마라고 불러요. 나보다 십 년은 어린듯하니 내가 언니예요. 자기 오늘 진짜 운수 대통한 거예요. 나를 이렇게 딱 만났으니……. 그러지 않음 그 의사와 함께 왔겠지."

"네. 처음이라 자재 가격도 알아보고, 돈이 많지 않으니 조금씩 사려고 합니다."

"미덥지 않으면 오늘은 그냥 보고 가도 좋아요. 의사 선생에게 물어보고 정남이 엄마 만났다고 얘기해요. 운이 좋았다고 부러워할걸요."

기분이 좋아졌다. 이제까지 몰리기만 하다가 좋은 운이라니. 말이라도 고마웠다. 삼천 원에 눌렸던 가슴이 좀 개운해졌다.

"그럼 다른 것도 좀 볼 수 있습니까?"

"그럼요. 중요한 게 포장하는 은지, 포갑지, 그리고 쎄루지와 개봉 줄이죠."

윗방으로 올라간 여인이 두 손 가득 이것저것 들고 내려왔다.

"이거 은지요. 장당 50전이에요. 쎄루지와 개봉 줄은 이렇게 퉁구리예요. 개봉 줄 한 장에 10전이고 감긴 건 300g. 정 안되면 장으로 사도 되고, 아니면 이 하나가 천팔백 원이니 외상으로 가져가서 담배 팔고 돈 줘도 돼요. 봉도 있어요."

하나씩 자른 것만 보다가 실타래처럼 감긴 걸 보니 신기했다. 하나하나 들어보고 손맛이 어떤지 만져보았다. 정남이 엄마 손에 담뱃대처럼 길쭉하고 하얀 것이 들려있었다.

"이게 봉이에요. 여과봉, 이걸 넣고 노랑지를 붙여야죠."

"그런데 이거 다 중국산입니까? 이렇게 비싼 거 외상 줘도 됩니까?"

"담배만 잘 만들 자신 있으면 외상도 괜찮아요. 담배가 나가면 금방 돈 갚죠. 담배 자재가 있어야 돈이 되니, 우리가 서로 돕는 거죠. 상부상조. 내가 가지고 있다고 돈이 되는 건 아니잖아요? 자기도 진짜 후에 나한테 감사하다고 할 거예요."

거리낌 없는 말에 머리를 끄떡였다. 자재가 저절로 돈이 될 수 없으니 일단 소비하도록 유도하는구나.

"전 조금씩 사고 싶습니다. 외상이 무서워서……."

"아직 잘 몰라서 그래요. 통짜로 사는 게 좋아요. 하나씩 사면 원가가 달라져요. 처음 하는데 원가를 낮춰야죠. 그리고 지향이 엄마를 믿어서 가져가라는 거 아니에요. 나는 나를 믿어요. 내 안목을 믿는다고

길 133

요."

 감탄이 나왔다. 이렇게 대범하고 자신감 넘치는 여인을 만나다니, 하루를 위해 시장에서 온갖 그악을 떠는 인간상이 눈에 익은 나에게 정남이 엄마는 신선함 그 자체였다. 그날 처음 보았다. 돈이 아닌 자본을 다루는 사람, 예리하고 자신감 넘치는 여인이 시대의 표상으로 다가왔다. 가까이하고 싶지만, 바람일 뿐이라고 스스로 선을 그었다.

 "저 진짜 빨리 돈을 뽑을 수 있습니까?"

 "담배만 잘 만들어요. 맛 좋고 모양도 정품과 비슷하게요. 피우는 사람들이 딱 알아요. 누구네 집 거라고, 잘 만들면 내가 팔아줄게요. 넘기는 값에 주면 자재로 퉁 칠 수도 있고요."

 담배를 잘 만들려면 맛을 결정하는 요소들을 잘 결합해야겠지. 두어 시간이 지나 대문을 나설 무렵, 자재도 처음 만져보고 긴가민가 망설이던 주저함에서 완전히 벗어났다. 죽을 먹으면서도 풀지 않았던 주머니를 열어 삼천 원을 남겨 두고 탈탈 털어 자재를 샀다. 조금씩 소분하여 50개 분량을 맞췄다. 외상이라는 객기를 부려 모처럼 차려진 좋은 운에 먹을 뿌리지 않을 요량이었다.

4

 돌아오니 두 아이가 오도카니 앉아 기다리고 있었다. 집에는 이전의 생기와 활기가 사라져 버렸다. 사람도 물건도 줄어 썰렁했다. 집 안이 좁다고 뛰어다니며 의기양양하던 지연이도 풀이 팍 죽어 밥 타박도 하지 않고 내 표정을 살폈다.

 "왜 밥을 안 먹었어? 반찬이 없어서?"

"언니가 엄마 오면 먹자고 했어. 엄마가 금방 올 거라고, 우리가 먹으면 엄만 밥 없대."

몇 달 사이에 지향이는 하루에 한 살씩 나이를 먹은 듯 어른스러워졌다.

"엄만 시장에서 먹었어. 담엔 그러지 마. 지연이 배고프잖아."

"엄마, 나 강낭밥 잘 먹어. 언니가 이젠 죽도 잘 먹어야 한다고 했어."

"아냐. 엄마가 돈 많이 벌어서 쌀밥 해줄게. 언니가 그런 건 어떻게 알았대?"

수입이 생길 동안 허리띠를 졸라야 했다. 세끼는 사치였다. 내 한 끼를 아끼면 애들의 한 끼가 생겼다. 그렇게 며칠이 지나자 지향이가 눈치를 챘다. 일곱 살이면 걱정 따위 모를 나이인데 벌써 철이 들었다.

"지향아, 걱정하지 마. 동생과 잘 놀고 빨리 크면 돼, 그게 엄마를 도와주는 거야. 전기 왔나 볼래?"

"엄마, 불 왔어."

"그래, 우리 국 데워 밥 먹자."

그동안 치워두었던 히터(전기곤로)를 찾아 국을 올렸다. 국에 밥을 쏟아 넣고 끓이자 죽이 되었다.

지향이는 예민하고 민감했다. 천방지축인 동생을 타일렀다. 상황을 다 아는 듯 어른스러우니 더 측은했다. 그때마다 남편에 대한 원망이 솟구쳤다. 원망은 증오가 되어 가슴을 태웠다. 훗날 남편의 불행에 통탄을 금할 수 없었지만, 당시엔 생존에 모든 힘과 감정을 소모했다. 남편은 마음 한구석에 깊숙이 묻었다. 그에 대한 사랑과 연민, 비난과 증오, 아물 수 없는 비통함을 봉분처럼 쌓고 흙을 눌렀다. 날마다 그 위에 흙 한 삽을 더 얹었다.

남편의 실종은 내 삶을 전생과 현생처럼 나누었다. 함께 울고 웃었던 날들은 이제 꿈처럼 아련했다. 사랑과 웃음, 희망과 기대로 충만했던 시간은 기억의 저 너머로 멀어졌고 현재는 암담했다. 미래는 고사하고 오늘도 짙은 운무에 가려져 있었다. 한 걸음을 옮기고 다음 걸음을 내디딜 뿐이다.

담배의 주원료는 각초(刻草)다. 잎담배를 고압 증기에 찌고 당분과 알코올을 첨가하여 발효시킨 후 줄기를 제거하고 가늘게 썬다. 각초가 상등품이 되려면 잎담배가 좋아야 했다. 크기는 물론 색깔도 중요했다.

농장에서 자란 잎담배는 비를 맞지 않고 바람이 잘 통하는 곳에서 건조해야 갈색을 띠고 잡냄새도 적었다. 공장 한구석에는 산더미처럼 잎담배가 쌓여 있었다. 어떤 순서로 발효 직장에 들어가는지 모르지만 몇 년씩 자연 발효과정을 거쳤다. 각초는 아직 원료 상태여서 여러 생산물 중 가장 가격이 낮았다.

각초와 함께 수입 권지(담배 마는 종이)가 필수다. 공장에서 쓰는 권지는 수입품과 국산이 있었다. 수입 권지는 한눈에도 국산 권지에 비해 얇고 부드러웠다. 담배가 탈 때 맛에 영향을 주지 않고 기계에서 고장도 덜했다. 대신 수입 권지는 국산 권지보다 두 배 비쌌다.

동네에서 각초와 권지를 사는 건 어렵지 않았다. 공장에서 나온 각초와 시장의 독초를 섞어 비율을 정하고 알코올 대신 도수 높은 술과 당분으로 흉내를 냈다. 그러나 향은 난제였다. 어떤 향을 어떻게 써야 할지 난감했다. 이리저리 생각을 굴리다 선영이를 찾아 나섰다. 그동안 담배를 만들었으니 경험이 있을 것이다.

아침 일찍 병원으로 찾아갔다. 선영이는 막 출근하여 진료실에 있었다. 차트가 꽂힌 책장을 뒤에 두고 널찍한 나무 책상 위에 놓인 혈압계와 진료 가방이 보였다. 흰 가운을 걸치고 청진기를 목에 두른 선영이는 어릴 때 내 뒤를 졸졸 따르던 꼬맹이가 아닌 의젓한 의사 선생님이었다.

 "언니, 어디 아파서 온 거요?"

 "아니야. 너 보려고 왔어. 집에 가면 머리하러 온 사람도 많고 해서."

 "언니, 괜찮은 거요?"

 "응. 괜찮아. 너 도움 받고 싶어서."

 "내가 언니를 도울 일 있어?"

 선영이의 물음에 불안이 실렸다. 표정도 굳어졌다. 경계심과 불편한 심기가 고스란히 드러났다.

 "다른 건 아니고, 네가 만들던 여과 담배를 하려고."

 안심시키듯 서둘러 입을 뗐다.

 "네? 여과 담배요?"

 "정남이 엄마한테서 필요한 자재들은 준비했어. 담배 마는 기계가 필요해. 너 만든 데 좀 알려줘."

 선영이의 얼굴에 난처한 기색이 떠올랐다. 각초 배합이나 향에 대한 문제는 꺼내지도 못했다.

 "그게, 사실은 나도 잘 모르오. 나야 그냥 일이나 했지. 기계나 자재 같은 건 다 엄마가 알아서……."

 말끝을 맺지 못하고 미간을 찡그렸다.

 "언니 뒤에 환자 기다리오."

 슬쩍 엄마에게 밀며 일어섰다. 서운함을 넘어 배신감마저 들었다. 세상인심이 바람 따라 변하는 건 알지만, 믿었던 사람의 외면을 마주하니 씁쓸함을 넘어 무인도에 혼자 남은 것 같은 고독감이 밀려왔다. 가족도 아니잖아. 무슨 자신감으로 선영이가 도와줄 거라 확신했는데? 애써 평정심을 유지했다.

길

"알았어. 난 이만 갈게. 근데 담배는 잘 팔려?"

"뭐 그리 잘 팔린다고 할 순 없소. 내가 직장에 다니며 조금씩 하니 찾는 사람도 적고. 밑돈은 크게 들고 파는 건 조금씩이니. 동네서야 다들 독초 피우잖소."

결국 팔리지 않는다는 소리다. 함경도에서는 독초를 즐겨 피웠다. 머리가 핑 돌 정도로 강한 마라초를 노동신문지에 큼직하게 말아 깊이 흡입했다. 니코틴에 중독된 이들은 갈수록 독초의 매력에 빠졌고 그럴수록 값이 올랐다.

독초는 텃밭에 모종을 심어 가꾸어 시장에 나왔다. 얼마나 독하냐에 따라 가격이 결정되었다. 독초가 유행하면서 몇 년 사이 텃밭이 있는 농장원이나 노동자도 봄이면 모를 심어 애지중지 키웠다. 모종부터 돈이 들고, 질 좋은 독초가 되려면 햇볕에 땀을 아끼지 말아야 했다. 적절한 햇빛과 수분은 물론 건조 시에도 경험이 필요했다. 하지만 그 수입으로 살림에 톡톡히 보탬이 되니 가치가 충분했다.

선영이 말은 노동자 일반이 독초를 태우는데 누가 여과 담배를 사냐는 것이다. 자잿값을 따지면 결과가 만족스럽지 않다는 말도 그럴듯했다. 빠르게 돈을 회수할 수 있다던 말에 미혹되었던 어제를 돌아봤다. 선영이 말도 일리가 있어. 처음 보는 아줌마에게 홀딱 넘어가 주머니를 탈탈 털다니. 사람이 무섭다고 날마다 뇌이면서… 실수한 건가?

병원을 나서는 마음이 돌덩이를 매단 듯 무거웠다. 아냐, 반대로 생각하자. 장사가 안되면 담배 기계를 어디서 만들었다는 말을 망설일 이유가 없었다. 알려주지 않는 건 경계하는 거야. 마음속에 자리 잡았던 확신이 이리저리 흔들렸다. 감추고 싶은 것이 없다면 터놓고 이야기했을 테지. 앞뒷집에서 함께 자랐는데 설마? 설마가 사람 잡는다는 말 몰라? 인옥 아줌마 말을 생각해 봐. 걸음마다 서로 다른 생각이 떠올라 밀고 당겼다.

정남이 엄마 얼굴을 떠올렸다. 나는 나를 믿어. 남을 믿고 외상 주는 게 아니야. 확신에 찬 목소리가 귀를 울리자 어깨에 힘을 주었다. 나도 나를 믿어야 해. 세상을 믿지 말고 누구에게 의지하지 말고. 하루라도 빨리 담배를 만들자. 길고 짧은 건 대봐야 알지.

엄마 집을 지나면 동네에 하나뿐인 2층 아파트가 있었다. 언젠가 연회색이었을 오래된 벽은 세월에 그을려 거무스름했다. 서넛이 발 뻗고 누우면 꽉 찰 단칸방에 부엌이 딸린 이름만 아파트인 이곳에 수십 세대가 살았다. 그러니 식구가 많거나 형편이 좀 나은 사람은 온갖 수단을 부려 이사했다. 옛날 비행장을 건설하던 일본군의 숙소라고 하니 1940년대 지어진 건물이리라. 아무도 욕심내지 않는 아파트 앞에 서자 병약하던 반 친구가 생각났다.

2층 계단을 올라 첫 번째 집에 엄마와 둘이 살던 친구. 선생님의 부탁으로 자주 결석하던 그를 찾곤 했다. 2층엔 원형으로 된 키 높은 창문이 이쪽과 저쪽에 뚫려 바람이 관통했다. 수건이 벗겨질 만큼 세찬 바람이었다. 유리는 애초부터 없었다. 커다란 둥근 창문으로 몰려온 바람은 반대로 빠져나가며 집집의 문 앞에 놓인 빈 재 바께쓰며 쓰레받기를 흔들었다. 으스스한 분위기에 기겁해 이름을 부르는 동시에 벌컥 문을 열고 뛰어들었다. 그 친구는 아직도 2층에 산다고 들었지만 만날 엄두가 나지 않았다. 1층 복도에서 두 번째 문을 두드리자 허리가 굽은 할머니가 나왔다.

"누굴 찾아왔소? 며느리는 수도에 갔는데."

찾아온 사람이 여자라 며느리를 찾거니 하고 알려준다. 돌아서 100m쯤 떨어진 공동수도로 갔다. 공동수도는 수도꼭지가 고장 나

길

늘 물이 콸콸 쏟아졌고 대신 겨울에도 얼지 않았다. 가운데 홈이 있어 퇴수가 빠지고 옆으로 바닥을 포장한 빨래터다. 양쪽에 마주 앉아 대야에 담은 빨래를 주무르는 여인 두어 명이 보였다. 찬물에 젖은 손이 빨간데 춥지도 않은지 방망이 소리가 야무지다.

"안녕하십니까?"

인사를 건네자 두 사람이 동시에 얼굴을 돌렸다. 중년을 넘긴, 나보다 연배가 훨씬 많아 엄마 또래인 여인들은 친숙하진 않지만 낯설지도 않았다.

"오랜만이오. 요 밑에 사는 합숙 창고장 딸이네."

빤히 바라보더니 한쪽이 대답했다. 짓궂게 따라오는 두 여인의 눈길을 받으며 말을 걸었다.

"박 목수 아저씨는 언제 옵니까?"

"글쎄, 점심시간이니 들어오긴 하겠지."

이 동네에서 박 목수를 찾는 사정은 거의 비슷하다. 시집가는 딸의 가구를 맞추거나 돈 좀 있어 집에 장을 만들려는 사람이다. 이도 저도 아니고 요즘 무성한 소문의 주인공이 찾아왔으니 궁금할 만도 했다.

"뭔 일로 박 목수를 찾소? 박 목수 손 빌리기 얼마나 힘든데?"

정작 말머리를 뗀 여인은 박 목수의 처가 아닌 맞은편 여인이다. 남편이 발효 직장에 다니는 아주머니는 동네에서 말을 퍼 나르는 말돌이 아줌마였다. 콩알만 한 일도 이 아줌마를 거치면 주먹만 해져 수돗가에서 일어난 말로 집집에 분란을 일으켰다. 맞서고 싶지 않아도 마주칠 일을 만드는 이 여인은 동네에 모르는 일이 없었다. 지금 내겐 가장 무서운 사람이기도 했다.

"좀 필요한 게 있습니다."

얼굴이 굳어 얼버무렸다.

"그 집에 시집갈 처녀가 있는 것도 아니고 웬일이래? 박 목수 손탄 거야 믿음직하지. 그만큼 다른 사람보다 비싸고. 어구, 남편 재간으로 사니 얼마나 좋소."

슬쩍 박 목수댁을 쳐다보며 칭찬인지, 부러움인지 한마디 건네고 이어 나를 보며 손짓했다. 대체 무슨 말을 하려고?

"말 들었소. 어찌 이런 일이 생겼을까? 다른 집도 아니고 창고장 사위야 나도 잘 알지. 입 무겁고 사람이 젊잖은데. 세상사란 모른다니까."

능청스러운 표정으로 칭찬을 연발하다 갑자기 소리를 낮추고 속삭였다.

"근데 무슨 말을 잘못했다 들었는데……. 혹시 모르오? 모두 불똥 튈까 슬슬 피하고 나니 이리 말하오. 곧 오겠지. 언제 온다는 소린 없소?"

친근하게 바짝 몸을 기울여 비밀을 토로하듯 소곤소곤하지만, 귀가 먹은 듯 나도 박 목수댁도 눈길을 들지 않았다.

"전 저쪽에서 기다리겠습니다. 아저씨 들어오는지."

"집에서 기다리지. 뭐 하러 길에서 기다리나."

뒤늦게 박 목수댁의 목소리가 등 뒤에서 들렸다. 서둘러 박 목수가 돌아올 길로 가 수도에서 멀찌감치 물러났다. 얼마 지나지 않아 구부정한 어깨의 박 목수가 땅만 내려다보며 걸어왔다.

"아저씨. 안녕하십니까?"

"어, 나 찾아왔나?"

"네, 요 아래 합숙 창고장 딸입니다. 아저씨께 부탁이 있습니다."

동네에서 손재간 좋은 사람은 박 목수를 따를 사람이 없었다. 잘 안다고는 못하지만, 한동네에서 사니 모르는 것도 아니었다. 박 목수는 흘끔 눈길을 줄 뿐 대답이 없었다. 서둘러 뒤를 따라 집으로 들어섰다. 부엌을 터서인지 친구 집보다 넓어 보였다. 높은 공간을 이용하여 만든 2층이 보였다. 집 한쪽 면에 방의 삼분의 일쯤 되는 2층을 만들어 동네 여인들이 부러워했지만 아무도 따라 하진 못했다. 할머니는 아랫목에서 뭔가를 꿰매고, 아저씨는 구석에서 신문지에 마라초를 말기 시작했다.

"저, 담배 만드는 기계가 필요합니다. 정확하게 만들어야 해서 아저씨 찾아왔습니다. 만들어보셨죠? 담배 기계 두 개와 필요한 거 여기 규격을 적었습니다."

주머니에서 접은 종이를 꺼내 내밀어도 아저씨는 들은 척 않고 담배만 태웠다.

"빨리 만들어 주시면 좋겠지만, 시간이 없으면 언제까지 가능할지 알려주십시오. 가격은 제가 잘 몰라서, 값을 알려주면 그렇게 하겠습니다."

거무스레하고 수염이 듬성듬성한 주름진 얼굴을 빤히 바라봐도 표정 변화를 가늠하기 어렵다. 나하고 말하기 싫은 건가? 점점 안달이 났다.

"된다, 안 된다, 말 좀 하소. 젊은 사람이 답답해하는데."

빨래 대야를 안고 2층 계단을 오르는 아주머니의 목소리였다. 어떻게 할지 난감했다.

"아저씨. 제가 이게 꼭 필요합니다. 물에 빠진 사람 건지는 셈 치고 도와주십시오."

간절한 마음에 말끝을 더듬었다. 더 할 말이 없어 일어서는데 담배 연기를 내뿜는 소리와 함께 깡마른 음성이 들렸다.

"내일 저녁에 오오. 어려운 거 아니니 빠르오."

"값은 어떻게?"
다시 한번 문자 담뱃재를 턴 재떨이를 휙 밀며 손을 저었다.
"재료도 들지 않고 대패질 몇 번 하는데, 값은 무슨? 술이나 들고 오오."
가슴을 쓸며 허리를 숙이고 돌아서다가 흠칫했다. 아랫목에 기척도 없이 앉았던 할머니가 유심히 바라보고 있었다.
"추운데 잘 챙기고 다녀야지. 왜 이렇게 얇게 입고 다니나? 감기 걸리면 저 손해지."
할머니의 핀잔에 머리를 꾸벅 숙이고 돌아섰다. 눈물이 핑 돌았다. 왜 이러지? 내가 요새 눈에 이상이 생긴 건가? 일단 첫 번째 큰 문제는 해결했다. 각초를 어떻게 가공하고 맛을 낼지는 한순간에 되는 일이 아니니 계속 연구해야 했다.

5

기계와 각초가 준비되자 일을 시작했다. 권지를 규격에 맞춰 자르고 도장 새기는 집을 수소문했다. 정품과 비슷해야 했기에 도장을 만드는 데 며칠이 걸렸다. 도장은 인쇄잉크가 살짝 묻어야 하고 일정한 자리에 찍어야 하는 세심한 작업이다. 공정 하나하나에 집중과 숙련이 요구되었다. 십여 번의 과정을 거쳐 완성품이 만들어졌다. 장인정신이 필요한 수공업이다.
아침 5시에 시작하여 자정까지 앉아 일하니 허리가 휘었다. 처음 며칠은 몇 시간이 지나면 허리를 펴지 못했다. 드러누워 신음하다 다시 일어나면 이번엔 굽혀지지 않았다. 그렇게 시일이 지나자 점점 자세가 고정되었다.

마음이 조급할수록 불량품만 늘어갔다. 담뱃대를 만드는 공정은 손에 익어야 했다. 각초 양이 너무 많아 막대기처럼 꼿꼿해지거나, 적게 들어가 훌쭉하지 않고 적절해도 봉의 굵기와 다르면 불량품이다. 한 공정을 처리하면 다음 공정이 말썽이었다. 10년간 담배와 함께했지만 직접 만들기는 처음이다. 완성품은 내 눈에도 엉성했다. 선영이의 고심이 이해되었다. 맛과 포장이라는 두 개의 과정은 어느 하나도 쉽지 않았다.

담배 맛을 알려면 피워봐야 했다. 시장에서 샀던 정품과 가품을 한 대씩 피워보니 머리가 술에 취한 듯 핑 돌았다. 쓰고 텁텁한 연기가 목젖을 아프게 긁었다. 무엇이 부드러운 맛인지, 독이 어떤 건지 가늠이 되지 않았다. 가품은 정품에 비해 더 쓰고 텁텁해 확연한 차이가 났다. 연기에 눈물을 흘리며 기침을 해대자 지연이가 눈을 동그랗게 치켜떴다. 고양이 손도 빌리고 싶어 안달복달하는 모습을 지켜보던 지향이가 어느 날 자기도 해본다고 나섰다.

"엄마, 나도 봉인표 정도는 붙일 수 있어."

"안 돼. 넌 너무 어려. 좀 더 크면 도와줘. 지금은 엄마도 손에 익지 않아 힘들어."

마음이 따뜻해졌다. 두 아이는 집에만 있다 보니 어느새 재료 이름도 외우고 일하다 놓은 기계도 만져보았다. 때로는 제법 담뱃대를 밀어보기도 했는데 그럴듯하게 만들기도 했다. 이렇게 몇 년만 지나면 아이들이 다른 건 몰라도 담배 만드는 일에서만은 장인이 될듯했다. 어느 날 진짜 아이들의 일거리를 찾아냈다. 불량품과 자르고 남은 담배꼬투리를 까는 일이다.

"자, 이제부터 이 일은 너희 몫이야. 각초를 다시 만들어야지. 종이는 한쪽에 모으고."

두 아이는 처음엔 신이 나서 앉더니 얼마 지나지 않아 싫증을 냈다. 지연이는 입이 한발 나왔고 지향이는 양재기 앞에 영혼 없는 표정으로 앉아 있었다.

"알았어. 놀아도 되지만 매일 자기 몫은 해야 해. 지향이는 이만큼, 지연이는 조금 적게. 이렇게 해야 돈을 벌어. 돈은 살아가는 데 아주 중요한 거야. 지연아, 죽을 먹는 건 돈이 없어서야. 돈을 벌면 간식도 사주고 고깃국도 먹을 수 있어. 그러려면 일을 해야 해."

작은 양재기 하나를 내려 지연이는 언니보다 적게 몫을 나눠주었다. 돈은 있어도 되고 없어도 된다는 말을 듣고 자란 나와는 다른 교육을 할 참이었다. 시대가 변하니 돈에 대한 인식도 달라져야 했다. 아이들은 내 전철을 밟게 하고 싶지 않았다. 돈이 있으면 살고 없으면 죽는다는 걸 일깨워 주고 싶었다. 시간은 쏜살같이 흐르고 엄마가 도와줬지만, 쌀독은 바닥을 드러냈다. 아무리 아껴도 멀건 죽으로 끼니를 때우는 날이 늘어갔다. 하루하루 시간이 흐를수록 등잔불 심지처럼 속이 바싹바싹 타들었다. 엄마가 창고를 맡으면 한두 번 배급에 희망을 걸었으련만, 그런 꿈도 일찌감치 날아갔다.

엄마도 별다른 저축은 없었다. 돈 욕심을 부리지 말아야 한다는 건 엄마의 지론이었으니 배급을 타던 타성으로 그달을 사는 데 그쳤다. 평생 그렇게 살았으니 다른 세상을 예측하지 못했다 탓할 수도 없었다. 엄마의 돈에 대한 가치관은 삶에 고스란히 녹아있었다. 죽으면 지고 갈 것도 아닌 돈을 밝히면 '욕신이 과오를 부른다'가 좌우명이다. 이런 철칙이 십여 년간 물자를 다루는 창고 열쇠를 맡는 비결이 되긴 했으나 오늘에 이르고 보니 부질없었다. 최소한 입 하나는 걱정 없던 직장이 없어진 엄마에게 미안함과 책임감을 동시에 느꼈다.

나뭇잎이 진한 녹색을 띠고 볕이 짱짱해 두꺼운 옷을 벗어 던지니 농촌 동원이 시작되었다. 벌써 5월이었다. 농장원은 물론이고 학생도, 직장원도, 여맹원도 모두 논에 들어섰다. 한낮이면 마을과 길에 사람이 보이지 않았다. 흐린 날, 갠 날 가리지 않고 늘어서던 장마당 줄도 연로보장이 지난 노인들만 남았다. 젊은 사람은 모두 농촌 동원에 매인 것이다.

일찌감치 없는 돈을 아낌없이 털어 군부대에 적을 둔 덕을 톡톡히 보았다. 농촌 동원이나 회의에 빠지니 딴 세상에 사는 것처럼 마음이 편했다. 돈이 이렇게 깔끔하게 해결해 주는구나. 새롭게 알게 된 돈의 힘이었다. 또 한 달이 갔으니 직장에 돈을 내야 했다. 삼천 원이 아깝지 않았다. 굶어도 이 돈만큼은 미룰 수 없었다.

완제품 포장을 마친 담배를 세어보았다. 30개가 좀 넘었다. 이 담배를 팔아 당장 급한 식량과 돈을 만들고 직장에 약속된 금액을 내고 자재도 보충해야 하는데… 만들면 돈이 될 줄만 생각하고 정작 어떻게 팔 것인가를 놓치고 있었다. 파는 게 관건이다. 이때까지는 돈이 들어가는 과정이었고 이제야말로 그것이 굴러 알을 낳을 시기였다.

다섯 개를 가방에 넣고 시내 장으로 향했다. 강변을 건너자 급히 걸어 얼굴에 땀이 솟았다. 담배 줄을 둘러보니 여기도 젊은 사람은 보이지 않았다. 담배 팔기 고수인 할머니는 오늘도 자리에 있었다.

"담배 팔려고 왔어?"

머뭇거리는 자세와 가방을 보고 척 봐도 안다는 듯 물었다.

"네. 한번 보겠습니까?"

내민 손 위에 한 보루를 올렸다. 할머니는 마디가 비어진 손으로 포장을 풀고 한 갑을 들어 꼼꼼히 훑더니 손으로 꾹꾹 눌러보고, 흠흠 냄새를 맡았다.

"외상이면 놓고 가. 삼 일 있다 오고."

"몇 개를요?"

"서너 개, 몇 개 있는데?"

"다섯 개요. 얼마를 주시려고요?"

할머니가 피식 웃었다.

"외상이 아니면, 얼마야?"

"150원입니다. 할머니, 그냥 돈 주시면 좋은데."

"안에 든 걸 어찌 알아? 먹어보지도 않고. 처음이니까 속는 셈 치고 받는 거야. 딴 사람한테 가려면 가. 내가 안 받으면 누구도 안 받아."

할머니의 자신감이 부러웠다. 처음 보는 사람의 물건을 받는데 이 정도 의심은 합리적이라 하겠다. 맛도 못 보고 잘 팔릴지도 모르니 말이다.

"할머니, 그럼 그렇게 하겠습니다. 대신 가격은?"

"140."

내 말이 끝나기도 전에 할머니가 딱 잘라 말했다.

"그 이상은 안 돼, 싫으면 도로 가져가."

단호하니 더 흥정을 할 용기도 사라졌다. 담배에 자신이 없어 우기지도 못했다. 빈 가방을 들고나오는 마음이 허탈했다. 가격이야 그렇다지만 돈을 못 받고 오다니. 목을 늘이고 기다릴 아이들의 여윈 얼굴이 떠올라 발길이 떨어지지 않았다.

며칠째 오늘만 기다렸는데. 빈손으로 돌아서려니 기운이 쭉 빠졌다. 터벅터벅 걸음을 옮겼다. 왔던 길에 정남이 엄마한테 들러보자. 아차 하나는 남겼을걸, 그래도 맛보기로 들고 왔던 한 갑이 있으니 다행이다. 잘 만들면 팔아주겠다고 했는데. 실오리 같은 희망을 걸어보지만, 일이 꼬이려고 작정한 듯 대문은 걸려 있었다. 두드려도 답이 없는 대문 앞에서 발길을 돌렸다. 집에 다다르니 두 아이가 눈을 반짝

길 147

이며 뛰어나왔다. 빈 주머니를 뒤져본 지연이가 실망했다.

"엄마, 사탕. 오늘 맛있는 거 사준다고 했잖아."

입을 삐쭉이더니 당장 울상이 되었다. 지향이가 얼른 입을 열었다.

"엄마, 괜찮아. 돈이 생기면 사줘. 지연아, 알겠지?"

제법 건네는 위로에 마음이 더 처연해졌다.

"그래, 지연아. 엄마가 담배 팔면 사탕도 사고 맛있는 거 해줄게."

아이에게 웃는 얼굴을 지어내며 한편 이 생각 저 생각을 굴렸다. 계속 이러면 큰돈 들여 잔돈 만드는 식이다. 단번에 팔 방법이 없을까? 그래, 더 큰 시장을 찾아가자. 분명 큰 시장은 다를 것이다. 모두 청진에서 물건을 들여오니 그곳에 가보자. 사람이 많으면 소비가 늘고 담배도 더 팔리겠지.

청진엔 고모가 살고 있었다. 학교 경리인 고모는 몰라도 청진 토박이인 두 사촌 언니는 십중팔구 시장에 있을 것이다. 연고가 있다는 생각에 용기를 냈다. 퇴근 시간을 기다려 지향이를 엄마 집으로 보냈다. 마당에서 놀다가 할머니와 함께 오라고, 길어진 해가 저물어 어둠이 내려앉을 무렵 엄마 혼자 들어섰다.

"어머니, 왜 혼잡니까? 지향이가 갔는데?"

"난 농장에서 오는 길에 곧장 왔지……."

급히 지향이를 찾아 나섰다. 큰길을 건너려는데 언덕길을 타박타박 내려오는 지향이가 보였다. 멀리서도 나를 보고 깡충거리며 뛰어왔다. 먹은 것도 없는데 뛰어다닐 힘은 있는 모양이다.

"엄마가 낼 청진에 갔다 올게, 할머니 말 잘 듣고 지연이 봐줘. 밖으로 나가지 말고 집에서 놀고. 늦어도 두 밤 자면 올게."

다짐하듯 말했다. 등잔 심지를 돋우고 상 앞에 마주 앉았다. 어른도 아이도 죽 한 그릇이다. 죽이라 필요 없을 듯했으나 그래도 된장찌개를 끓였다. 죽만으로 삐쭉 마른 아이들이 쓰러질까 걱정이었다.

"엄마, 나 사카린 줘."

지연이 죽그릇에 사카린 한 알을 떨어뜨려 저었다. 어른도 맛없는데 아이가 쉽게 넘어갈 리 없었다. 지향이 죽그릇에도 사카린을 넣었다. 사카린이 몸에 좋지 않다는 건 알지만 당장 끼를 넘겨야 했다. 내일은 우거지를 잘게 썰어 된장을 풀어 죽을 쑤어야겠다.

"어머니, 죽이 더 있습니다."

"난 이거면 돼. 너 오늘 담배 팔러 간다더니 어땠어? 지연이 말로는 빈 가방으로 왔다며?"

엄마도 그게 궁금한 것이다. 저녁에 곧바로 오신 걸 보면. 그간의 사정을 말하며 결심을 굳혔다.

"이렇게는 아무것도 못 건지니, 청진에 갔다 오겠습니다. 단번에 돈을 받아야 다음 일을 합니다. 그리고 고모네 언니들도 무슨 장사하는지 보고, 혹시 잘되면 우리도 따라 해도 좋고요."

"청진에 가는 건 나쁘지 않지만, 장사는 밑천이 있어야 하지."

엄마 말이 옳지만, 손 놓고 가만있을 수 없었다. 우선 새로운 뭔가를 봐야 길도 생기지 않겠는가.

"어머니. 청진에 가려면 차비가 있어야 하는데……."

말끝을 맺지 못했다. 엄마가 허리를 주섬주섬 더듬었다.

"청진까지 차비가 이백 원입니다. 고모 집에 들어가면 되고, 어떻게든 담배는 팔고 오겠습니다."

엄마 전 재산일 돈을 바라기 염치없지만 다른 방도가 없었다.

"삼백 원은 가져가. 필요하면 써야지."

"어머니, 이틀만 기다려 주십시오. 팔고 금방 돌아오겠습니다."

입에 가시가 걸린 것처럼 말이 나오지 않았다. 엄마와 함께 나란히 누웠다. 내일 일찌감치 떠나야 했다.

"지향아, 내일만 너희끼리 있어. 할머니가 저녁에 일찍 오실 거야. 그렇게 할 수 있지?"

다음 날, 길을 떠났다. 이른 아침 날씨는 싸늘했다. 나무 타는 냄새가 옅게 섞인 상쾌한 공기가 폐부로 밀려들었다. 푸르스름한 짙은 안개가 논밭이며 큰길에 늘어선 가로수를 감싸고 있었다. 사각사각 발밑에 석비레가 밟혔다.

얼마 전 남편과 함께 자전거를 달렸던 길이다. 그날이 까마득하다. 그땐 혼자 사는 세상을 상상도 못 했다. 평생 그림자처럼 함께할 줄 알았다. 남편의 실종을 받아들이고 아무 일 없는 듯 살아가는 자신이 낯설다. 누에는 고치가 되려 자신을 가두고 다시 나비가 되려 그것을 찢는데, 나는 무엇이 되려 하는가! 무성한 잎사귀에 맺혔던 굵은 이슬방울 하나가 이마에 툭 떨어졌다.

엄마가 우겨서 동복을 입고 큼직한 비닐 박막으로 배낭 입구를 막았다. 담배는 비를 맞으면 끝이다. 점심 걱정을 하는 엄마에게 발길 닿는 곳마다 음식을 파는데 걱정은 왜 하냐고 안심시켰다. 한 시간 가까이 걸어 국도에 나섰다.

한 무더기 사람들이 보였다. 슬금슬금 그곳으로 다가갔다. 묻지 않아도 먼 거리 장사에 나선 사람들이다. 다수가 여인들이다. 젊은 여인도, 엄마 또래도 적지 않다. 중학생으로 보이는 까무잡잡한 아이들도 보였다. 언뜻 봐도 옥수수인 수십 개의 자루를 모아놓고 몇 사람이 둘러서 있다. 짝이 있는 사람을 피해 혼자인 젊은 여인에게 말을 붙였다.

"저, 여기서 청진 가는 차를 기다리는 거 맞소?"

"그럼 왜 있겠소?"

쌀쌀맞은 대답엔 경계심이 가득했다. 귀동냥한 말이 있다. 처음 보는 얼굴에 친절한 사람을 조심하라고. 목적이 있지 않고서야 제 몸 건사도 어려운데 남을 돌볼 리 없었다. 오히려 마음이 놓였다. 반 시간 남짓이 흘렀을까. 저쪽에서 풀풀 배기가스를 날리며 승리58형 한 대가 달려왔다. 목탄차는 아니었다. 배낭도 하나고 가벼웠지만 긴장됐다.
"저기. 나도 혼잔데 우리 서로 돕기요."

쌀쌀맞던 여인이 먼저 말했다. 어떻게 돕자는 건지 의아했다. 달려오던 차가 앞에서 멎었다. 다 멈추기도 전 운전 칸에서 고수머리 젊은 남자가 뛰어내렸다. 적재함에도 온몸이 기름때에 쩔고 코끝에 검댕이 칠을 한 얼굴이 모여선 사람들을 내려다보고 있었다.

"자, 밀지 말고, 뒤에 또 차가 오오. 돈을 내고 오르시오. 마구 밀면 다 같이 못 타고 시간만 더 드오. 이백 원. 백 원짜리 두 장 주소."

운 좋게도 남자가 내 앞에 있어서 땀 밴 손에 쥐었던 돈을 건넸다. 적재함은 내 키보다 높아 배낭을 메고 오르기 쉽지 않았다. 앞바퀴를 밟고 적재함에 매달려 몸을 세우는데 뒤에서 엉덩이를 슬쩍 밀었다. 다리 하나를 들어 안쪽을 디디며 그 탄력에 꼬꾸라지듯 올라섰다. 돌아보니 그 여인이다.

여인이 뒤에 멨던 배낭을 올리며 눈짓했다. 얼른 배낭을 받으니 생각보다 무거워 몸이 딸려 내려갈 지경이었다. 도대체 이게 뭐야? 가까스로 배낭을 끌어 올리니 이미 주변은 난장판이다. 반대쪽으로 오르는 아이들을 사정없이 밀쳐버리는 검댕이 남자와 악을 쓰고 오르는 이들의 전쟁이었다.

"야, 이 새끼! 돈 없이 또 타려고, 오늘은 절대 안 돼. 네놈 얼굴을 기억하고 있단 말이야."

적재함에 매달린 손을 밟아버린 남자가 악을 썼다. 혼자 힘으로 한쪽

면을 다 막기는 역부족이었다. 힘이 못 미치니 고래고래 고함을 친다.
"돈 안 내고 못 타. 오늘은 그냥 안 가니 알아둬."
먼저 올라탄 덕분에 운전 칸을 등지고 앉았다. 비닐 박막을 꺼내 엉덩이에 깔고 배낭을 앞으로 안았다. 옆에 앉은 여인도 똑같이 배낭을 돌려 안았다.
"그거, 엄청 무겁던데."
쉿, 여인이 조용히 하라는 손짓을 했다.
"정신 차리소. 눈 감으면 코 베 가니. 배낭 잘 지키고, 눈을 어디 두오? 다른 사람 일은 신경 쓰지 마오."
어디서나 경험을 무시할 수 없었다. 행상 경력자인 여인의 조언을 따랐다. 이제 오를 사람은 다 오른 모양이다. 적재함 네 면에 틈 하나 없이 사람들이 자리를 잡았다. 그 사이를 고수머리와 검댕이가 하나하나 확인했다. 언제 왔는지 내 옆에 선 군인의 얼굴을 흘깃 보고 말없이 지나쳤다. 군인은 돈 없이 태우네.
"아침부터 기분 좋게 가자고요. 돈 안 낸 사람은 내리고, 차가 기름 먹어야 뛰지, 물먹고 가오? 돈 안 내고 오른 사람 있으면 차도 고장이 나오. 돈 없으면 역전에서 기차 타면 되는데 왜 여기 와서 싸우고 그래? 기차야 공짜로 탈 수도 있지, 화물은 자리도 널찍하고, 내 손 매운 거 알지? 괜히 울지 말고 내려. 맞고 내릴래? 그냥 내릴래?"
어디나 꾼이 있었다. 악을 쓰던 남자애 둘이 슬그머니 얼굴을 돌렸다. 기를 쓰고 오르더니 뛰어내리는 속도도 빨랐다. 옥수수 마대는 적재함 중간을 차지하고 그 위에 사람들이 올라앉았다. 여자 두 명과 남자 두 명이었다. 마대와 배낭이 열 개도 넘었다.
"자, 지금 출발이오. 무산령 오를 때도 씽씽 갈 거니까 걱정 마소."
고수머리가 내리자 차가 출발했다. 구름에 가렸던 아침 해가 불쑥 얼굴을 내밀었다. 벌써 일곱 시였다. 차가 빨리만 가준다면 오전 중에 고모 집에 들어갈 수 있으련만, 속도를 내자 날카로운 바람이 불어왔다. 단단한 준비 덕분에 춥지는 않았지만, 배낭을 꼭 안았다. 옆에 선 군복이 두려웠다. 눈길만 돌리면 순식간에 배낭을 들고 튀어버릴지 누가 알랴. 일단 시작은 괜찮은데. 내 걱정처럼 뭉쳐 일어난 먼지가 차 뒤로 끊임없이 따라왔다.

달리던 차는 길목을 막아 차단봉을 세운 11호 초소에서 멈췄다. 배낭을 메고 내리려고 머뭇거렸다. 군인이 제일 먼저 뛰어내렸다. 남자들이 내리고 여자들도 거의 내릴 무렵에야 엉덩이를 들었다. 고수머리가 올려다보고 있었다.

"아지미, 마음 놓고 내리오. 내가 딱 보고 있을 테니. 배낭은 책임진다니까. 매일 다니는데 책임 못 지면 누가 타겠소?"

그럴듯했다. 그제야 재빨리 배낭을 바로 세우고 훌쩍 뛰어내렸다. 언제 내가 이렇게 날렵했지? 초소 앞에 줄이 길게 늘어섰다. 옆의 젊은 여인을 찾아 슬쩍 앞에 끼어 섰다. 빨간 줄 하나를 박은 병사가 공민증을 하나하나 검사했다. 차례가 죽죽 다가왔지만, 간혹 옆에 나서는 사람도 있었다. 우리 차에서도 한 사람이 걸렸다. 안경을 낀 중년 남자였다.

"가서 짐 가지고 오시오."

어떤 기준으로 골라내는지는 모르지만, 남자가 사정하려고 머뭇거렸다.

"빨리 가져오시오. 짐이 혼자 가버리기 전에."

"사정 좀 봐주시오. 저는 수업에 들어가야 합니다. 아직 길이 멉니다."

병사가 옆을 손짓했다. 초소 막에서 빨간 줄 세 개를 박은 군인이 나오더니 고성을 질렀다.

길 153

"가서 짐 가져와. 뭔 개소리야? 왜 나섰는지 당신이 더 잘 알잖아?"
남자는 잠시 입을 딱 벌렸다가 포기한 듯 차에 다가갔다. 배낭을 메고 걸어오는 얼굴이 거무죽죽했다. 동정이 가기도 했지만 내 코가 석자다. 공민증을 내보이고 별 탈 없이 차에 오르자 그 남자의 딱한 사정은 금세 잊혔다. 차는 무사히 청진에 도착했다. 반죽역 앞에서 멈춰서자 거의 절반이 와르르 내렸다. 옆의 젊은 여인이 내 배낭을 내려주고, 다시 자기 배낭을 내밀었다. 또 안간힘을 쓰며 받아들자 우리의 동행이 끝났다. 10시 반이었다.

고모네 집은 역 앞 두 칸짜리 아파트였다. 고모는 학교에서 교장으로 일하던 큰아버지가 학교에서 심장마비로 사망한 후 두 딸과 아들을 키우며 혼자 살았다. 딸 둘은 시집을 갔고 아들 둘은 군대에 있었다. 배낭은 가벼웠지만 해가 지글거려 동복이 짐이 되었다. 5층까지 오르자 등에 땀이 돋았다. 문을 두드렸다.

6

"아니, 네가 어떻게? 지금 온 거야?"
내 행색을 보고 금방 알아차렸다.
"네, 자동차를 타고 요 앞에서 내렸습니다."
"빨리 배낭을 벗어."
고모는 배낭을 한쪽에 세우더니 들어오라는 말도 없이 문턱에서 재촉했다.
"빨리 차 타는 곳으로 가봐. 금방 나갔는데… 왜 못 봤을까?"
어안이 벙벙해졌다.

"어젯밤 명일이가 왔어. 금방 차 타는 곳으로 갔으니 빨리 찾아봐."

명일이는 군대 간 막냇동생이다. 입대한 지 5년 된 동생이 어떻게 온 거지? 갑자기 머리를 치는 생각에 물었다.

"고모, 허약입니까? 그래서 온 겁니까?"

아직 제대가 먼 동생이 집에 오는 이유는 하나뿐이다. 건강이 악화되어 병사 구실을 못 할 때.

"혼자 나가는 걸 보고 마음이 좋지 않던 참에 네가 왔구나. 빨리 가 봐라."

빈 몸에 달려나갔다. 방금 온 길을 따라가며 군복 입은 사람을 찾았다. 차가 멈췄던 큰길에 닿았지만, 동생을 찾지 못했다. 다시 길을 더듬으며 돌아오다 버스정류장 옆 의자에서 군복 입은 병사를 발견했다. 솜털이 보송보송하고 앙상하게 마른 모습이다. 훌렁한 군복 허리에 매달린 혁대가 흘러내릴 듯하다. 쓰고 있던 군모를 벗고 얼굴을 드는 순간 못 박힌 듯 굳어졌다. 빡빡 깎은 머리 아래 힘없는 눈길이 낯익으면서도 생경했다.

"너 명일이구나. 괜찮아? 몸이 왜 이렇게 됐어?"

"누나."

커다란 눈만 남은 얼굴에 반가움이 확 어린다.

"너 괜찮아? 땀을 왜 이렇게 흘려? 무슨 병인데?"

"괜찮아. 그냥 영양실조야."

대답하는 동생의 머리가 푹 꺾였다. 제 모습이 스스로도 민망한 모양이다. 급히 말을 덧붙였다.

"그게 아니고, 살았으니 된 거야. 혼자 왔어?"

"여기까지 군관과 함께 왔어. 어젯밤 고모 집에서 헤어졌어."

"난 아침에 왔어. 고모가 금방 네가 나갔다고 해서 찾으러 왔어. 어

길 155

서 가자."

혼자 서지도 못할 만큼 젓가락 같은 다리와 팔을 보니 걷는 것도 용하다. 이러니 고모가 빨리 쫓아가라고 기겁을 했구나.

"암튼, 이렇게 만나 정말 다행이다. 마침 네가 왔으니 데리고 가면 나도 마음을 놓고."

시름을 벗은 듯 고모가 말하자 절로 머리가 끄덕여졌다. 혼자 집까지 올 수나 있을지? 그제야 언니들의 안부를 물었다.

"금순이는 시집에 살고, 금실이는 남편이 대학에 다니니 아직 여기서 살지."

금순이는 둘째고 맏언니가 함께 산다는 말이었다.

"그럼 큰언니는 어디 갔습니까?"

큰언니는 사회주의 애국열사증(직장에서 일하던 중 사망하여 주는 증서)을 받은 아버지 덕으로 군대에서 제대된 후 편직물 공장에서 직장장으로 일했다. 혹시 공장이 가동하면 시장에 나가지 않고 사는 건가 싶었지만, 시장에 출근한단다.

"너는 어떻게 사냐? 너희 엄마는 잘 지내고? 애들은? 남편도 잘 있지?"

"네."

대답은 했지만, 도대체 어떻게 설명할지 난감했다.

"사는 건 어떻습니까?"

"하루하루 살지. 순영이 어미가 시장에서 옷을 팔아 그걸로 산다. 편직물 사람은 다 옷 장사를 한다더라. 그날 벌어 그날 살지."

"고모 내가 담배를 만들었는데 팔지 못해서 왔습니다. 언니가 있는 곳을 알려주면 나가보겠습니다."

"시장까지 한참 가야 해. 같이 가자. 도적놈이 외지 사람은 딱 알아맞혀. 혼자 갔다가 무슨 일 날라."

고모가 따라나섰다. 버스로 얼마쯤 가서 내린 후 걸음을 재촉했다. 입구에서부터 사람이 바글거렸다. 인산인해를 이룬 사람들 속에서 정신이 혼미해질 지경에 이르자 고모의 석성이 괜한 기우가 아니었음을 깨달았다. 혼자 왔다면 언니를 찾는 데만, 몇 시간이 걸렸을 것이다. 뒤따르던 고모가 아니오를 연발하며 손을 쳐내고 눈을 치켜떴다. 뒤에서 길을 알려주며 배낭에서 시선을 떼지 않는 고모 덕에 넝쿨처럼 감기는 사람들을 헤치고 앞으로 나갔다. 한참을 에돌아 옷 파는 줄에 이르렀다. 비슷비슷한 옷을 쌓아놓은 줄이 끝도 없이 이어졌다. 이렇게 많은 옷을 누가 다 사는지. 파는 사람도, 사는 사람도 규모가 달랐다. 고모가 발길을 멈추고 돌아본다. 벌써 나를 알아본 언니가 손을 흔들었다.

"네가 어떻게? 지금 왔어?"

"언니도 보고 팔 물건도 있어서."

"너 명일이는 만났지? 뭔데?"

언니가 호기심 어린 어조로 묻자 주변에서도 은근히 눈을 준다.

"담뱃데, 내가 만든 거요."

"그래? 담배 줄에 넘기려는 거지? 엄마는 먼저 들어가오. 내가 같이 가겠소."

고모는 두말없이 돌아섰다. 고모가 멀어지자 언니가 배낭을 받아 옷들 짬에 묻어놓고 옆 사람에게 부탁했다.

"몇 개만 가져가 보자. 하나에 얼마야?"

"250원."

큰맘 먹고 높이 불렀다. 못 팔면 그때 낮추지 뭐.

"언니, 아는 사람 있소?"

"응, 같은 아파트 언니 한 명이 담배 줄에 있어."

길

천 가방에 다섯 개를 넣고 따라나섰다. 인파를 헤치고 담배 줄에 가니 담배 장사는 옷 줄보다 더 길었다. 담배 줄에서 처음 마주한 여인은 언니와 비슷한 나이대였다.

"혜숙 언니 오늘 못 봤소? 반죽역 앞에 사는 언니."

"봤소. 저기 중간 좀 넘어 찾아보오."

같은 줄 사람을 물어서인지, 아니면 시장에서 얼굴이 익어 그런지 싹싹하다. 머리를 끄떡인 언니가 여인의 담배를 찬찬히 둘러보며 물었다.

"만든 여과 담배는 안 받소? 이런 거요."

하나를 꺼내 겉 포장지를 풀어 보이자 여인이 자세히 들여다보며 물었다.

"얼마요?"

"250이요. 팔아보면 후회 안 할거요. 내용은 내가 담보하오. 우리 언니도 여기 있잖소."

재빨리 언니를 걸고 말하자 확인이라도 하듯 얼굴을 보더니 손으로 허리춤을 더듬었다. 내미는 빨락빨락한 250원을 선뜻 받지 못하자 언니가 손을 내밀었다. 와, 팔리는구나. 성공이야. 고대하던 순간이 너무 빨라 심장이 쿵쿵 뛰었다. 돈을 구겨 허리춤에 넣고 아는 언니를 찾아 나서는데 옆에서 우리의 거래를 바라보던 여인이 눈짓했다.

"나도 하나 주오."

언니가 또 하나를 건네자 옆에서도 돈을 내밀었다. 그러자 물결이 퍼지듯 줄이 술렁거렸다.

"더 있소. 하나씩 다 돌아가니 그 자리에서 기다리오."

언니가 다가오는 사람들을 향해 눈을 부라렸다. 아는 사람을 찾을 사이도 없었다. 줄을 한 바퀴 돌자 담배는 없어졌다. 너무 놀라 벌어진 입을 다물지 못했다. 담배가 이렇게 잘 팔리다니, 침침하던 내 세상이 갑자기 밝아졌다. 후에 알았지만 막 낙지잡이 철이 시작되었고 이때가 가품 담배의 성수기였다. 우연히 그 시기와 맞아떨어졌고, 눈이 번쩍 띄었다.

"언니, 나 지금 돌아가겠소. 가면서 고모 보고, 애들이 기다려서……."

"근데 저 담배 네가 만들었어?"

만들긴 했는데 처음이어서 자신은 없다고 솔직히 털어놓았다. 고사총 중대장이었던 언니의 억척스러움을 알지만, 언니를 보증수표로 쓴 방금 전 일이 찜찜했다.

"쟤들이 어떤 사람들인데? 네 말 듣고 받는 거 아니야. 속셈이 있어 받지."

내 걱정을 들은 언니가 자신 있게 말했다. 덕분에 한결 마음이 놓이고 새삼 언니의 배짱이 돋보였다. 어릴 때부터 나를 귀여워하던 언니지만 회포를 풀 시간 같은 건 없었다. 당장 발등에 불이 떨어져 한시도 지체할 수 없었다. 백 원짜리 한 장을 언니 주머니에 밀어 넣었다. 큰 시장에서 쉽게 담배를 넘긴 건 언니 덕분이다. 한 장만 내놓은 손이 부끄러웠지만 뻔뻔해지기로 했다.

"덕분에 오늘 맛있는 거 먹을게. 혼자 갈 수 있겠니? 여기 눈 뜨고 코 베는 세상이다."

"아무것도 사지 않고 그냥 갈 거요. 빈 몸에 못 가면 바보게?"

장담하고 돌아섰지만 조련치 않았다. 팔려고, 사려고 혈안이 된 하이에나들이 나처럼 어리숙한 지방 사람을 탐색하고 있었다. 귀만 기울여도 살 사람을 귀신처럼 알아챈 장사꾼이 달라붙었다. 외화벌이 회사에서 나와 공업품을 헐값에 넘긴다는 미끈한 옷차림의 젊은 남

길 159

자가 웃음을 머금고 따라왔다. 가방째로 넘기니 받으면 오늘 횡재란다. 월말이라 오늘 기회가 생겼지 월초 같으면 이런 가격은 꿈도 꾸지 못한다고 한다. 손에 든 큼직한 검은 가방의 유혹에 꿋꿋이 머리를 돌렸다. 구밀복검의 함정에 빠지면 손이 저절로 허리춤을 열지도 몰랐다.

"사탕 사시오, 사탕. 둘러봐도 이만큼 싼 건 없소."

알록달록한 사탕을 늘어놓은 중년 아줌마 앞에서 머뭇거리자 그 청년이 순식간에 껌딱지처럼 뒤에 붙어 섰다. 주머니에 따로 넣은 백 원으로 사탕 2kg을 사고 정신을 바짝 차렸다. 이젠 아무것도 안 산다고 홰홰 손을 내저으며 청년을 피해 이쪽저쪽 에돌다 그만 길을 잃었다. 빈 배낭이라 그나마 다행이었다. 한 시간 넘게 땀을 흘리며 여기저기 물어 고모 집에 들어섰다.

"너 이렇게 빨리 왔어? 벌써 다 팔고?"

고모가 의아한 듯 물었다. 사탕 한 봉지를 내놓으며 말했다.

"고모, 언니 덕분에 운이 따랐습니다. 이거 순영이 주려고 샀습니다."

빈 배낭을 들어 보이며 마음이 급해 얼른 일어섰다. 지금 당장 나서야 했다. 조금이라도 늦어 차를 놓치면 하루를 더 묵어야 한다.

"지금 나가겠습니다. 명일이는 제가 있으니 걱정 마십시오. 어머니는 일 나가고 애들만 집에 있습니다. 다섯 시 전에 차를 타면 너무 늦지 않게 도착합니다. 한 열흘 뒤에 다시 오겠습니다."

"그래라, 동생 잘 챙기고. 그래도 너 만났으니 다행이지. 이게 무슨 일인지……."

따라나서는 고모 앞에서 주머니에 넣은 손을 끝내 꺼내지 못했다. 꾸깃꾸깃 접은 백 원짜리 세 장을 주물럭거렸지만, 동생의 얼굴을 보니 손이 나오지 않았다. 동생과 함께 오전에 내렸던 곳으로 갔다. 얼마 걷지 않아 동생은 땀투성이가 되었다. 그 몸에 배낭도 없이 두 손만 달랑 들고 여기까지 어떻게 온 건지, 가로수 옆에 앉을 자리를 마련해 주고 차를 기다리며 물었다.

"너 괜찮아? 배고프지? 여기서 기다리다 차를 얻어 타고 가면 되니 걱정하지 마. 평양에서 여기까지 어떻게 왔어? 소지품 하나도 없구나."

"처음엔 기차를 타고 오다가, 담엔 차를 얻어 탔어. 군관이 밥만 한 배낭 도중 식사로 준비해서 굶진 않았어. 군복이 통행증이라 아무 차나 오르면 돼. 오늘이 사 일째야."

"그 군관 고맙네, 너 먹여주고 여기까지 데려오고."

"대대 참모인데, 여기가 집이고 부모님이 힘이 있나 봐. 뭘 구하러 온다 했어. 나에게 물어서 우린 어머니만 계시고 힘이 없다고 했더니 더 말하지 않았어. 집까지 데려다준다고 했는데 여기서부터 혼자 간다고 우겼어."

"힘이 없다는 건 뭔데?"

"돈이지. 집에 가야 괜히 부담만 되고."

엄마에게 부담을 주지 않으려고 그 몸에 혼자 나섰다니 괜히 콧마루가 시큰했다.

"군대도 그래?"

"군대도 돈만 있으면 살길이 있어. 돈이 곧 힘이지."

"그럼 너 영양실조도 돈이 없어 그런 거야? 군대가 무슨 돈타령이야."

동생이 한심해도, 하도 가긍한 모양새라 입을 다물었다. 아침 차에서 보았던 빨간 줄 세 개인 군인이 생각났다. 차에 뛰어올라도 그악한 차주도 뭐라 하지 못했다. 그래, 군대는 공짜로 태워줘야지. 군대가 돈이 어디 있어. 갑자기 군복에 너그러워졌다. 그런데 군대도 군대 나

길　161

름이지. 네 꼴을 보니 꽃제비와 뭐가 다르니? 뒷말은 얼른 뱃속으로 밀어 넣었다. 빈 배낭을 동생의 엉덩이에 깔아놓고 역전 앞에 모여선 음식 장사를 찾았다. 툭 치면 쓰러질 동생에게 무엇을 먹여야 할지 난감했다. 저렇게 허약한 몸에는 떡이나 빵보다 사탕이나 엿이 좋겠다. 떡보다는 그래도 밥이 나을 텐데. 궁리 끝에 두부밥과 떡, 사탕과 엿을 고루 샀다. 엿을 먼저 건넸다. 엿을 먹자마자 떡 두 개와 두부밥 두 개를 먹어 치운 동생이 물었다.

"엄마랑 매형이랑 애들도 잘 있지? 형한테서 소식은 왔어?"

가슴이 뜨끔했다.

"다 잘 있어. 근데 너 천천히 꼭꼭 씹어먹어. 속은 괜찮아?"

"응. 집에 가는데 괜찮지. 엄마랑 모두 볼 수 있는데."

동생의 눈에 눈물이 핑 돌았다. 23살의 청년이 아닌, 어린 시절 친구와 쌈박질하고 돌아오던 그 모습이다.

"어디가 아파? 열이 나거나 하진 않고?"

"아니. 특별히 아픈 건 아니야. 쉬고 잘 먹으면 괜찮을 거야. 다른 병은 아니야."

"병이 아닌데 사람이 이렇게 돼?"

나뭇가지처럼 앙상한 팔과 다리, 가느다란 목에 자꾸 눈이 갔다. 손을 잡으니 뼈가 도드라지고 손등엔 주름이 자글거렸다. 손바닥은 굳은살 천지다. 허수아비에 옷을 입힌 듯 훌렁하고 바람에 날아갈 것만 같다. 차를 기다리던 사람들도 흘끔흘끔 바라본다.

다섯 시가 되어서야 차에 올랐다. 이번에는 적재함이 낮아 오르기 훨씬 쉬웠다. 차주인 늙수그레한 아저씨가 동생의 행색을 보고 언짢은 듯 눈을 돌렸다. 아마 아저씨에게도 군대 나간 아들이나 조카가 있을 것이다.

해가 떨어지고 바람이 쌀쌀했다. 차가 움직이며 찬 바람이 몰려오자 비닐 박막으로 온몸을 감쌌다. 누구나 몸보다 큰 배낭을 끌어안고 있었다. 오가며 무슨 물건이든 메고 나녀야 차비라도 뽑았다. 나처럼 빈 몸인 사람은 없었다. 그러니 차에 탄 모든 사람이 나보다는 고수인 셈이다.

획획 스치는 마을을 보며 고생스러워도 돈만 있으면 청진까지 하루에 다녀올 수 있어 좋다는 생각에 잠겼다. 돈의 위력이고 새로운 체험이었다. 통행증이 없으면 한 걸음도 움직일 수 없던 시절에 비하면 자본이 용을 쓰는 지금이 훨씬 나았다.

세 시간 만에 남문에 도착했다. 차에서 내리자 마음이 홀가분해졌다. 동생의 손을 잡고 천천히 집으로 향했다. 불빛 하나 없고 인적이 끊어진 도로에 가로수 그림자만 짙었다. 혼자라면 질겁했을 것이다. 허약하지만 그래도 동생과 걸으니 마음이 든든했다. 집이 가까워지자 동생의 발걸음이 빨라졌다.

"누나 집 가자. 엄마는 거기 있어. 애들과 함께."

마을 갈림길에서 언덕으로 향하는 동생의 손을 끌고 집으로 향했다. 문을 열고 반기던 엄마가 앞에 선 동생을 보고 귀신을 본 듯 흠칫 놀랐다.

"너 왜 이렇게 됐니? 어이구야."

엄마의 기억에 남은 군복 입은 의젓한 아들이 아니었다. 앙상한 어깨와 등을 끌어안고 오열하는 엄마에게 건넬 말이 없었다.

"어머니, 울지 말아요. 집에 왔으니 기뻐해야죠. 전 괜찮아요."

동생이 엄마 어깨를 붙들고 제법 어른스레 말한다.

"그래, 맞아, 돌아왔으면 된 거지."

내 말에 엄마가 울음을 멈췄다. 아이들도 동생의 모습이 무서운지

비실비실 피했다.

"지연아, 지향아. 작은삼촌. 아파서 그래."

아이들에게 사탕 봉지를 주자 금방 활기를 찾았다.

"어머니, 불을 넣겠습니다. 얘가 밥 구경을 못 하고 산 것 같습니다."

눈물을 떨구던 엄마가 꿈에서 깬 듯 일어섰다.

"너 집에 쌀 있니? 내가 데리고 올라가마."

"비상미가 조금 있습니다."

"애들 먹이지. 비상미가 뭐냐."

엄마는 어이없는 듯 말하지만 다행이라는 어조다. 동생이 먹고 남긴 떡과 두부밥을 받은 아이들이 손뼉을 치며 좋아했다. 부엌 널을 걷어내고 불을 지폈다. 작년에 샀던 석탄도 거의 바닥이었다. 석탄도 쌀만큼 부담이다. 꿍쳐두었던 쌀을 찾아내 함박에 부었다.

"너 담배는 어떻게 됐니?"

"잘 됐습니다. 한 막대기에 250원씩 받았습니다. 여기에서는 150원에 외상인데, 믿어지지 않습니다. 죽으라는 법 없다던 어머니 말이 맞았습니다. 큰언니가 도와줬습니다. 돈 받는데 손이 나가지 않아서……."

신이나 장마당 상황을 이야기했다. 당장 내일부터 열심히 만들어 다시 청진에 가야겠다는 계획도 덧붙였다. 동생 일도 잊고 기뻐하는 엄마를 보니 가슴이 뭉클했다. 허리에서 돈주머니를 풀었다.

"어머니 돈 드리고, 낼 자재 사러 가겠습니다. 당장 먹을 쌀만 좀 사고 직장에 돈을 내고……."

말하며 돈을 갈라놓으니 막상 쓸 돈이 적었다. 그런들 별 뾰족한 수가 있나. 있는 만큼으로 어떻게 해봐야지. 그날 밤, 등불을 끄고 우리는 오래도록 두런두런 이야기를 나누었다. 엄마의 관심사는 동생이었다. 언제부터 이렇게 앓았는지, 무엇을 먹고 어떤 일을 했는지, 치료는 했는지, 언제까지 집에 있을 수 있는지 물었다.

처음 부대에 소속되어 너무 왜소하고 어리니 주방에 배속되었다고 한다. 그렇게 2년이 지나자 현장 일을 시작했다. 하는 일이 건설공사니 군사훈련 대신 일만 했다. 기계로 하는 일보다 사람의 힘으로 하는 일이 더 많았다. 질통을 메고 발판을 오르는데 매일 과제가 산처럼 떨어졌다.

상명하복이라 위에서 내려오는 명령은 무조건 집행해야 했다. 중대, 소대, 분대에 개인별로 노동량이 정해지는데 죽어나는 건 졸병이다. 마지막 힘까지 짜내 뛰어도 발길질과 멀건 죽이 기다렸다. 먹는 게 부실하니 몸에 이상이 오기 시작했다. 차라리 지방이면 농장 밭이라도 찾겠지만 평양이라 외곽도 경계가 삼엄했다. 제대를 앞둔 고참들은 그런대로 자기 입을 건사하지만, 밑으로 갈수록 어렵다고 한다. 영양실조에 걸린 병사는 달리 치료할 방법이 없어 집으로 돌려보냈다. 혼자 보낼 수 없어 몇 개월이 지나도 병실에 있어야 하는데, 동생은 다행스럽게 청진이 집인 대대 참모 덕분에 왔노라 한다.

"엄마, 누나, 강낭밥도 괜찮아요. 배불리 먹으면 회복될 거예요."

동생이 하는 말을 들으니 한편 기가 막히고, 한편 안심도 됐다. 결국, 못 먹어 생긴 병이라는 말이다. 조마조마했던 마음이 조금 놓였다. 입도 책임지기 어려운 형편에 약값은 꿈도 꿀 수 없었다. 자연 치유를 기다리거나 하늘에 맡겨야 했다.

"어머니, 큰 병이 아니라니 다행입니다. 그런데 농촌 동원 끝나면 어머니가 무슨 일을 할지 걱정입니다."

연로보장을 앞두고 일자리를 잃은 엄마가 안쓰러웠다. 지쳐서 숨소리 없이 잠든 동생의 모습을 어둠 속에서 바라보던 엄마가 말했다.

"경리과 부업지에 가지 않겠냐고 하더라. 어떻게 할까 했는데, 가야 겠다. 내가 장사도 모르고 돈을 만들 다른 재간도 없고, 직장 일밖에 모르니… 열손이 벌지 말고 입 하나 덜라는 말 알지? 몇 달 남지도 않 았잖냐?"

　8월까지니 이제 석 달 정도 남았다. 몇 달만 버티면 연로보장이다. 넘 걱정하지 말라고 위로를 건네면서도 마음은 착잡했다. 먹고사는 일에 동생의 병세, 산 넘어 또 산이다. 가장의 무게가 산처럼 나를 눌렀다.

제4장

고용

1

 다음 날, 아침 일찍부터 남은 자재를 정리하고 일에 달라붙었다. 하루 완성품 다섯 보루를 만드는 것이 목표다. 팽이처럼 움직여도 정작 해내기 힘들다. 먼저 정남이 엄마를 만나야 했다. 엄마가 출근한 후 동생과 아이들을 남기고 낯익은 문 앞에 섰다. 정남이 엄마와 세 명의 여인이 이야기가 끝난 듯 눈길을 주고받으며 일어섰다.
 "우린 이만 가보겠소. 낼 때 우리 몫 남기는 거 잊지 말고."
 앞선 여인이 말을 마치고 보따리를 들고 일어났다. 분명 자재를 말하는 듯했다.
 "그럼, 자기들이야 집이 옆인데. 다 쓰면 아무 때나 와요. 건넛마을에서 담배를 만드는 지향이 엄마예요."
 그녀가 자연스레 나를 소개했다. 방금 이야기를 나누던 여인이 웃는 표정으로 말을 건넸다.
 "일하다 보면 자연히 알게 되오. 같은 일 하니 또 볼 기회가 있겠지. 후에 보지요."
 문 닫히는 소리가 나자 정남이 엄마가 내 기색을 살피며 물었다.
 "어땠어요? 담배 자재 다 썼죠?"
 머리를 끄떡이며 솔직하게 답했다.
 "처음이라 쉽진 않았지만, 담배를 팔아보니 더 하고 싶습니다. 정남이 어머니 덕분입니다. 고맙습니다."

"아니, 일이야 자기가 했지. 담배는 잘 팔렸어요?"

"어제 청진 갔다 왔습니다. 계속하면 잘될 것 같습니다. 자재가 필요합니다."

정남이 엄마가 머리를 끄덕였다.

"내가 뭐랬어요? 잘할 줄 알았다니까. 담배 하나 없어요? 좀 보여줘요."

가방에서 담배 한 갑을 꺼내 주자 유심히 들여다본다.

"내가 만들진 못해도 척 보면 알아. 처음치곤 괜찮아요. 이제 숙련되면 더 좋아질 거예요. 근데 맛은 어떤지 모르겠네."

"이거 두고 가겠습니다. 정남이 아버지 피워보고 다음에 맛이 어떤지 이야기 해주면 도움이 될 겁니다. 다른 집 것과 비교해서요."

"그래요. 꼭 물어볼게요. 이번엔 얼마나 가져가고 싶어요?"

"포갑지 천장에 맞춰 가져가고 싶습니다. 값을 계산하여 부족한 건 외상이라도… 빨리 갚겠습니다. 제 사정이 급합니다. 어제 청진에서 군대 나간 동생을 만나 같이 왔습니다."

정남이 엄마는 역시 통이 컸다. 시원시원하게 승낙했다.

"알았어요. 그런데 군대 나간 동생이 왜 왔어요?"

"영양실조입니다."

그녀가 갑자기 기겁했다.

"우리 정남이도 작년에 군대 갔어요. 영양실조는 결핵이 함께 온다던데, 남의 일 같지 않네."

세상 엄마 마음은 다 같다. 자식 내놓고 편한 엄마가 어디 있으랴. 그래도 정남이네는 우리와 다르다.

"군대도 돈이면 된다고 합니다. 요구하는 거 보내주면 집에 올 수도 있다고."

"한번 기뵈야겠네요. 동생은 어디 있었어요?"

"평양입니다."

그녀는 한숨을 내쉬더니 화제를 바꿨다.

"백 막대기분이라고 하긴 그렇고, 비슷하게 계산은 해보고 왔죠? 포갑지와 은지는 먼저 넣고 나머지를 계산해 봐요."

돈을 치렀다. 불쑥 먼저 나간 여인들의 말이 떠올랐다. 자재가 떨어지면 어떻게 해야 할지 감도 잡히지 않았다.

"자재가 부족하면 어떤 게 가장 빨리 떨어집니까?"

"봉이지. 이건 밀수품이라, 다른 건 국산이니 시간이 지나면 돌릴 수 있는데……."

괜히 통이 커졌다. 에라 모르겠다. 옛날부터 외상은 소도 잡아먹는다는데.

"봉 한 상자 외상 주면 안 됩니까?"

봉 한 상자는 3kg이다. 이거면 얼마쯤은 근심이 없을 것이다.

"내가 지향이 엄마 처음이라 말해주는 건데, 자재가 완전히 떨어지기 전에 와요. 포갑지는 빨리 떨어져요. 봤죠? 담배가 잘되니 사러 오는 사람도 많아요."

내 처지를 알고도 잘 대해줄지 의문이 들었다. 차마 말을 꺼내지는 못했다. 훗날 알게 된 일이지만 정남이 엄마는 내 사정을 이미 알고 있었다. 이 현명한 여인에겐 사회의 시선에 동조하지 않는 자기만의 기준이 있었다. 어떤 면이 마음에 들었는지 모르지만, 인연이 된다면 도와주고 싶었다고 한다.

"정남이 어머니는 담배 마는 사람을 다 압니까?"

"한두 명은 모를 수 있겠지. 지금 시작하는 사람, 나머지는 다 알지. 자재를 얼마 정도 소비하는지도, 그래야 내가 준비할 수 있고, 그게 내 밥줄이야."

그래서 이렇게 친절하구나. 각자의 능력을 분석하고 거기에 맞게 돈을 투자할 수 있으니 도대체 자본은 얼마나 될까?

"혹시 자재가 부족해서 못 할 때도 있습니까?"

"그럴 수도 있죠."

"이 자재를 빨리 쓰고 다시 오겠습니다. 저도 꼭 셈에 넣어주세요."

당부하듯 말하고 얼른 일어섰다. 집엔 뜻밖의 손님이 기다리고 있었다. 담배 직장 부문당 비서와 남편의 친구 우석이 동생이 내놓은 여과 담배를 입에 물고 이야기 중이었다. 제대 군관인 부문당 비서는 작달막한 키에 목소리가 칼칼했다.

"내가 집을 몰라서 세포비서와 같이 왔소. 잘 지내는 것 같구만. 아이들도 건강하고."

그의 말이 비웃음처럼 들렸다. 남편 실종 후 아무 연락이 없던 직장을 생각하니 말소리가 퉁명스레 나왔다. 우석을 어떻게 대해야 할지도 애매했다. 믿고 싶지만, 혹시나 하는 생각도 그에 비례했다. 남편의 실종과 함께 발길을 딱 끊은 건 어떻게 설명하지? 근수 아저씨가 말하던 자전거는? 말없이 한쪽에 앉은 우석의 표정은 평소와 다름없어 내심을 가늠할 수 없었다.

"철호 동무 일은 정말 유감이오. 우리도 상급기관이 하는 일이라 알 수도 없고……. 암튼 그런 일이 있어 직장에서도 마음이 아프오. 아주머니가 기능공이니 직장에 들어오리라 기다렸는데 군부대에 나간다고 들었소. 이거 어떻게 말하면 좋을지……."

"무슨 일 있습니까?"

"이 집 말이오. 공장 사택이고, 직장에서 지은 건 동무도 잘 알지 않소. 이런 말이 나오지 않지만, 공장 집은 공장 세대가 사는 게 원칙이오. 여기 세포비서 동무도 있지만, 집이 없어 고생하는 사람이 많소."

무슨 의미인지 단박 알아들었다. 공장 종업원이 아니니 이 집에서 나가라고?

"비서 동지. 너무합니다. 물론 공장에 다니지 않지만, 집이 없으면 우린 어디 가서 삽니까? 아이들이 이렇게 어린데, 공장에서 일하다 죽으면 집을 내야 합니까?"

억울한 마음이 터져 나왔다. 뒤쪽에 묵묵히 앉은 우석을 쏘아보았다.

"어떻게 이럴 수 있습니까? 부지는 공장에서 받았지만, 자재와 노력을 들인 건 저흽니다. 그걸 뻔히 알면서 의리는 그만두고 인정도 없습니까?"

담배만 태우던 우석이 난처한 듯 억지로 미소를 짜냈다.

"그걸 왜 모르겠소. 하지만, 원칙이 그러니, 비서 동지도 오기 쉬운 건 아니었소. 이쪽저쪽 사정이 모두 딱하지만, 가운데 낀 입장이라 어쩔 수 없이."

"누나, 무슨 일인지는 모르지만, 왜 흥분하고 그래?"

동생이 시퍼렇게 변한 내 얼굴을 쳐다보며 만류했다.

"비서 동지, 어차피 지금 당장 결론 내리는 건 아니시죠? 시간을 주시면 의논해 보겠습니다."

철딱서니 없는 줄만 안 동생이 제법 어른스레 말했다. 일단은 이 사람들을 쫓고 싶은 내 마음이 은연중 전달된 모양이었다.

"물론이오. 그냥 먼저 이야기를 하는 거지, 당장은 아니요."

부문당 비서가 어색하게 읊조리더니 담배를 비벼 끄고 말을 이었다.

"우린 가보겠소. 잘 생각하고 한번 찾아오시오."

두 사람이 가버리자 집 안엔 적막만 흘렀다. 아이들은 윗방 구석에서 숨소리도 없었다.

"누나, 이게 무슨 소리야? 매부가 어쨌다는 말이고?"

"네 매부가 잡혀가서, 나오지 못한단 말이야. 그러니 이 집에서 나가라고."

단마디로 상황을 설명했다. 동생은 멀뚱멀뚱 바라만 봤다. 이해하려면 시간이 필요한 모양이었다. 하늘에서 벼락이 떨어지면 이해가 아니라 받아들여야만 한다. 망연자실한 시간을 넘어 겨우 잦아진 물결 위에 또 한 번 거친 바람이 불었다. 직장에 들어오지 않으면 집을 내놓으라니. 너무 궁색해 집을 팔아버리려 했지만 정작 용단을 내리지 못했다. 그런데 이 집까지 내놓으라고 할 줄이야. 공장에 붙어있던 마지막 미련도 떨어졌다.

안 나가고 계속 살면 저들이 어쩔 것인가. 세 식구를 내쫓고 이불짐을 들어내지는 못하리라. 말로 위협할 순 있지만, 행동으로 옮기지는 못 하리라 예상했다. 마음이 가시방석이다. 남편과 아이들, 세끼 옥수수밥에 만족하며 평온했던 나날이 그리웠다. 재물을 쌓거나 이밥을 바란 적도 없는 소박한 삶이 왜 이다지도 어려울까.

생각을 떨치러 일하는 시간을 늘렸다. 눈을 뜨면 시작하고 지쳐 손가락 하나 까딱하지 못할 지경이 되어 일어섰다. 담배를 만드는 일은 세밀한 공정이라 머리를 비우고 주의를 기울여야 한다. 익숙해지는 수밖에 달리 방법이 없었다. 정품과 같은 색, 굵기를 재현하려고 정신을 집중했다. 각초의 양에 따라 타는 속도와 맛에 영향을 주므로 손힘을 조절해야 했다. 다지고 털고 말고, 열 몇 시간씩 반복하니 오른손 끝이 닳아 굳은살이 생겼다.

동생이 거드니 부엌일이 훨씬 쉬워졌다. 대신 쌀독이 푹푹 꺼졌다. 동생은 먹어도 먹어도 배부르다는 말을 하지 않았다. 문자 그대로 돌도 삭혔다. 군대 식당에서 일한 솜씨를 살려 불을 피우고, 밥을 짓고, 두 아이를 돌봤다. 하루건너 아이들과 함께 풀을 뜯으러 가 어슬녘이면 불룩한 자루를 메고 들어섰다. 먹는 풀을 찾고 캐는 솜씨도 좋았다. 이전에 알고 있던 풀도 있고 돼지를 먹이던 풀, 토끼풀이라 불리던 풀도 있었다.

여린 풀을 밭머리나 산기슭에서 뜯어 다시 골라냈다. 국을 끓이거나 된장에 무쳐 먹을 풀을 남기고 민들레 세투리를 살짝 데쳐 하루쯤 우려내 옥수수 가루를 섞어 버무리를 만들었다. 가끔은 절구에 찧어 떡을 빚었다. 온통 풀빛인 떡을 보는 동생의 눈은 보석을 보는 듯 생기가 돌았다.

작은 양재기에 수북이 담아놓은 떡은 저녁 무렵이면 없어졌다. 성능 좋은 파쇄기처럼 뚝뚝 뜯어 맛있게 먹어 치우는 동생을 따라 한 입 베어 문 엄마와 나는 눈을 맞추고 오래오래 씹어 삼켰다. 배를 채우려 먹는 거친 떡을 그렇게 맛있게 먹다니…… . 그나마 양껏 먹으니 얼굴에 웃음이 떠나지 않았고 조금씩 살이 붙었다. 음식다운 음식은 바라지도 못하고 굶지 않는 데 만족했다.

동생의 몸은 하루가 다르게 좋아졌다. 거친 음식에도 살이 오르고 기운을 차리자 누워있는 시간이 점점 줄었다. 그래도 남자라 담배를 피우고 느낌을 표현하는 건 나보다 한 수 위였다. 조금씩 차이 나게 각초를 배합하고 당분과 알코올을 넣어 발효 시간을 달리했다. 짐짓 심각한 표정으로 맛을 아는척하는 동생 앞에서 나도 연기를 깊이 마셨다. 그런 시간이 늘어나자 코를 통해 목을 자극하는 연기로 맛을 가늠할 수 있었다. 맛이 좋은 담배는 부드럽고 목에 알싸한 기운이 덜했다. 한껏 들이마신 연기를 음미하며 독이 무엇인지도 가려냈다.

큰 문제였던 담배 맛은 감이 잡혀갔지만, 돈이 문제였다. 자재를 사는 데 한두 푼이 아니라 큰돈이 필요했다. 아무리 둘러봐도 돈이 될만한 건 집밖에 없었다. 집을 파는 일은 유행처럼 번졌다. 집은 없어도 밥술은 들어야 사니 마지막 수단이다. 개인 집이 어디 있나. 모두 국가 집이고 국가 재산이다. 걸리면 비법이고 걸리지 않으면 또 그런대로 바쁜 숨구멍을 틔웠다. 다른 사람에겐 집을 내놓는 게 최후의 수단이지만 나는 당장 쫓겨나야 할 판이다. 이판사판 물러설 길이 없으니 무모해졌다. 퇴로가 없으니 앞으로 나갈 수밖에.

태양이 지글지글 타오르는 초여름날, 모내기가 끝나 모두에게 하루 휴식이 생겼다. 노곤한 햇살이 대지를 부드럽게 어루만졌다. 메마른 공기 속에 먼지가 떠돌고 논밭엔 인적이 없었다. 그날은 엄마의 휴식일이었다. 점심으로 쑥버무리를 해주고, 묵은 빨래를 뒤울에 널고 온 엄마가 내 곁에 앉았다. 아이들은 동생을 따라 들로 나갔다. 담배 향이 난다고 앞문은 닫고 뒤 창문만 열었다.

"그냥 집을 내자. 공장 앞이라 단속도 심하고 담배 만드는 걸 걸고 들면 어쩌냐. 이전에야 공장 담배가 생명줄이니 이 집이 꼭 필요했지만, 지금은 아니잖니. 애들만 두기도 힘들고 아궁이 두 개도 감당하기 쉽지 않으니 함께 살자. 큰애가 제대하려면 오륙 년은 있어야 하고 장가가기 전까진 같이 사는 게 좋겠다."

"어머니, 저도 이 집이 싫습니다. 하지만 집 짓던 날들이 새록새록하고, 뺏기는 게 억울해서."

"애썼지. 하지만 살면서 맘대로 되는 일이 얼마나 있니? 얻기도 하고 버리기도 하고, 무엇이든 생각대로 되면 그때가 행복한 거지. 살아보니 그렇더라."

동문서답 같았지만, 엄마의 평생 교훈이 담긴 그 말은 오래도록 내 안에 남았다. 공장의 규모가 늘면서 집이 모자랐다. 집 문제가 심각해지자 공장은 빈 공지였던 이곳을 각 직장에 주택부지로 나누어 주었다. 알아서 집을 지어야 했다. 자력갱생이었다.

그때 우리는 부부가 한 직장에서 일하고, 제대군인이라 이 집터가 배정됐다. 남편은 친구들, 반원들과 함께 일이 끝나면 자갈, 모래를 파 오고, 벽돌을 한 장 한 장 올렸다. 나도 지향이를 임신하고 막달이 될 때까지 일군들의 밥을 짓고 뒷바라지를 했다. 기와 한 장, 울타리 하나에도 그의 손길이 남아있었다. 두꺼운 크라프트지로 장판을 하고 몇 번이고 콩물에 섞인 도로를 먹였다. 리스 칠을 하며 밤을 꼬박 새우고 아침이 되어 발에 날개 돋친 듯 출근길에 나서던 남편의 뒷모습이 아직 눈에 선한데.

"그 사람들은 공장 돈으로 지었다고 생각할 거다. 공장 담배를 준 것도 사실이니."

"그때 어머니 돈도 많이 들었습니다."

"그게 무슨 대수겠니? 생각이 많으면 너만 괴롭다. 맨발로 바위 차기지. 그러니 너도 내려놓고."

"어머니."

"살아남으면 인생은 길다. 잊는 것도 마음먹기에 달렸다. 잊어야 산다."

엄마가 손가락을 입에 댔다. 점심상을 물리는 참이었다. 빈 그릇과 풀색 떡이 상에 덩그러니 남아있었다. 문 두드리는 소리에 떡 덩이를 우물거리며 동생이 문을 열었다. 귀에 익은 목소리에 소름이 쭉 돋았다. 다리가 휘청거렸다.

"너 많이 좋아졌구나. 지향이, 지연이도 잘 있었어?"

목소리에 변함이 없었다. 거무스레한 피부며 작은 눈, 외출복 삼아 입던 군복 상의와 지하족도 그대로였다. 각초 향이 방 안에 훅 풍겼다. 담배 직장에 다니는 사람 특유의 냄새는 남편에게도 체취처럼 따라다녔다. 우석이었다. 그의 모습 위로 남편이 그려졌다. 표정을 갈무리하기 힘들었다. 세수하듯 얼굴을 문질렀다. 지연이를 안으며 자리를 권했다. 근수 아저씨의 이야기가 떠올랐지만 애써 머리를 저었다.

"어떻게 왔습니까?"

우석이 자리에 앉으며 집을 둘러보았다. 그의 눈길을 따라갔다. TV 대신 빈 탁자 위에 담배꼬투리를 담은 양재기가 올라 있었다. 시렁에서 반짝반짝 빛을 내던 알루미늄 양재기도, 비닐 그릇도 내려져 자리가 휑했다. 알뜰한 살림살이, 따뜻하고 평온하며 활기 넘치던 일상은 남편과 함께 자취를 감추었다. 눈길이 닿는 곳마다 어수선했다.

"애들을 키우려면 아주머니가 힘을 내야지 어쩌겠소. 뭐 큰 힘은 못 되겠지만 작업반에서 도울 수 있는 일은 돕겠소. 짐을 옮기기 시작했군. 들어오겠다는 사람이 있소?"

"있습니다."

"나도 맘이 편치 않소. 직장 사람이오?"

"이 집이야 고치지 않고 들어오면 되니 오겠다는 사람이 있습니다. 뭐든지 나가기 시작하니 금방입니다. 사람도, 물건도. 텔레비도 도둑맞고, 자전거도 없어지고 당장 살기 급합니다. 도적이 애들 있는데도 덮치니 시장에 나갈 수도 없습니다."

궁상맞은 집 안을 보며 우석이 무슨 생각을 할지 가늠되지 않았다. 어쩌면 우리가 공장을 등에 업고 쉽게 산다고 질투가 났을 법도 했다. 담배가 공장 담을 넘어 돈으로 변하는 과정을 고스란히 지켜봤으니 그만큼 이 집의 가치를 알고 있는 사람도 없었다.

"이 집 지으며 고생하고 돈 들어간 것도 잘 아오. 공장에서 집을 내라니 어쩔 수 없지 않겠소? 그럴 바엔 내가 들어오는 게 어떨까 해서?"

고용 177

"죽인다고 해도 그냥 나갈 순 없습니다. 이래 죽으나 저래 죽으나 한 가집니다. 돈을 받아야겠습니다. 만 원이면 나가겠습니다. 그만한 가치는 있다고 봅니다."

단호한 말에 그도 머리를 끄떡였다. 감출 수 없으니 터놓고 말했다. 살길이 막히면 쥐도 고양이를 문다는데, 당장 오늘을 살아야 내일을 보지 않겠는가. 지연이를 일으켜 윗방으로 떠밀었다.

"몇 번 만나러 가려다 주저앉았습니다. 하나만 이야기해 주면 그렇게 하겠습니다. 지연이 아버지가 무슨 일을 했는지 아는 만큼 이야기해 주시오."

그의 눈을 똑바로 바라보며 다시 말했다.

"아는 대로 이야기해 주시오."

자전거에 대해서도 해명을 듣고 싶었다. 우석도 피하지 않았다. 순간이 길게 느껴졌다.

"말을 잘못해서라고 알고 있소. 공식적인 건 아니고, 어디 물어보진 못했소. 친구고 늘 같이 다녔으니 주시하는 것 같고 행동도 조심해야 하오. 나도 조마조마하오. 여기 한번 오고 싶어도 피차간 서로 좋지 않을 것 같고, 알고 있겠지만 우리가 하는 일이 비밀이 어디 있소? 그래서 오지 못했소."

우석과 만나 무슨 이야기를 해야 할지 몇 번이고 생각했다. 그러나 그의 입장은 염두에 두지 않았다. 불현듯 그것을 떠올리고 머리를 떨구었다. 이 사람도 불똥이 튈까 봐 무서워하는구나. 누군들 그러지 않을까. 위험 앞에서 자신을 먼저 생각하고 선을 긋는 행동을 나무랄 순 없었다. 보위부의 시야에 들면 있는 죄뿐 아니라 없는 죄도 생겨날 판이다.

"혹시 지연이 아버지 자전거는 모릅니까? 아침에 타고 나갔습니다."

"모르겠소. 듣지 못했소."

근수 아저씨를 믿고 싶지만, 이렇게까지 말하니 혹시 헷갈린 건 아닐까. 비슷한 자전거가 어디 한둘이겠는가. 남편을 해친 사람이 친구가 아니길 바라는 마음이 컸다.

"뭐가 뭔지 모르겠습니다. 후에라도 혹 지향이 아버지 사정을 알게 되면 부탁드립니다."

우석은 말없이 머리를 끄떡였다. 동생과 함께 옷 보따리며, 시렁 위에 놓인 소랭이 등을 정리했다. 이불 하나를 뜯어 안감을 보자기로 삼았다. 하나씩 동생이 자전거에 실어 날랐다. 우선 작은 짐을 옮기고 다시 생각하기로 했다. 부끄러운 건 아니지만, 동네의 호기심 어린 시선을 피해 밤에만 옮겼다. 이불장이나 식장은 어차피 달구지를 빌려야 했다. 짐을 엄마 집에 풀어놓으니 겹치는 세간살이 때문에 일이 많아졌다.

다시 삼 일이 지났다. 우석이 들어섰고 늦게라도 뒤처리를 끝내기로 했다. 서로 마주 보는 게 껄끄러웠다. 벽에서 초상화를 내려 이불 짬에 넣고 가마도 뽑았다. 가마를 들어내자 꺼먼 구들골이 드러났다. 레자를 걷어낸 집은 보기만 해도 을씨년스러웠다. 먼지만 남은 벽과 신발 자국이 얼기설기한 바닥을 보며 사랑과 열정을 쏟은 한 시절이 산산이 부서졌음을 실감했다. 흘러간 물처럼 그 시절은 남편과 함께 영원히 가버렸다. 동생이 있어 다행이었다. 비록 영양실조로 남자 한 몫을 하기는 무리지만 나 혼자 떠안기보다는 훨씬 나았다. 쑥바자가 바람을 막는다는 고사 그대로다.

요즘 엄마는 부업지에서 돌아오면 녹초가 됐다. 아침 여섯 시에 떠나 삼십 리 가까운 산길을 걸어 일하고 다시 저녁에 돌아왔다. 그곳에서 숙식하며 이삼일에 한 번 와도 좋으련만, 마음을 놓을 수 없다고 막무가내다. 옥수수밭 김을 매느라 얼굴이 까맣게 타버린 엄마는 풀에 베인 손가락 여기저기에 천 조각을 감았다. 저녁이면 등불 아래 풀물이 들어 까매진 천을 떼어내고 다시 천을 잘라 감았다.
"어유, 풀이 왜 그렇게 질기냐, 까딱하면 손가락을 벤다."
변명처럼 엄마가 중얼거렸다. 아침마다 빈 배낭 하나를 지고 나서는 엄마의 가녀린 등을 바라보며 마음이 바위를 얹은 듯 무거웠다. 엄마도, 나도, 동생도 버텨야 했다. 다른 길은 없었다.

2

엄마 집은 4세대가 붙은 끝이었다. 큰동생이 군대에 가기 전, 단칸집에서 다섯 식구가 복작복작 살았다. 사회보장이던 아버지는 엄마를 설득해 옆으로 방 한 칸을 늘리기로 했다. 창고를 헐어 옮기고 진흙을 날라 짚을 섞어 벽돌을 찍었다. 비 오는 날이면 허둥지둥 비닐을 눌러놓고 다시 햇볕에 말렸다. 강변에서 모래를 파 오고 기초를 다질 돌을 주워 왔다. 사회보장이라 유일하게 풍족한 시간을 아낌없이 바쳐 방 한 칸을 늘렸다. 아버지 생전에 가족을 위한 가장 큰 업적이었다. 집이 두 칸으로 늘어 새집 같았는데 아버지는 두 달 후 위암 진단을 받고 돌아가셨다.
아버지 덕분에 집은 다섯 식구가 된 우리가 살기 좁지 않았다. 아직 새것인 이불장 두 개를 들이고 몇십 년 자리를 지키던 장 하나를 버렸다. 바짝 마르고 각이 맞지 않은 장은 동생의 도끼질 몇 번에 불쏘시개로 변했다.
"빨리 정리하고 담배를 만들자. 완성품이 얼마쯤 모이면 힘들어도 여기 시장에서 팔지 말고 청진에 가자."

이사로 이틀을 보내고 조바심이 났다. 동생이 가세한 다섯 식구의 입은 무서웠다. 목구멍이 포도청이라는 말 그대로였다. 사는 목표가 굶지 않는 거다. 식량을 사려면 돈을 만들어야 했다. 돈은 담배를 팔아야 나온다. 동생은 다시 마당을 정리하고 나는 방에서 일을 시작했다. 우선 만들어야 팔 생각도 하지 않겠는가. 일을 하면서도 이 걱정 저 걱정이 떠나지 않았다.

한 치 앞을 모르는 게 사람 일이다. 바깥에서 뛰어놀던 지향이가 낯선 여인 하나를 끌고 들어섰다. 자전거 세우는 소리가 들렸다.

"어떻게 왔습니까?"

"집에서 담배를 만든다고 해서 왔소."

현관문 열리는 소리와 함께 기하학적 무늬가 찍힌 블라우스를 입은 여인이 들어왔다. 나이는 나보다 서너 살 많아 보였다. 담배를 바라보며 여인이 말했다.

"담배 좀 볼 수 있소?"

"근데 어떻게 알고 왔습니까?"

"요 아래 장에서 담배 파는 처녀에게 물어봤소."

마을 장에서 담배를 파는 아줌마는 여럿이었으나 처녀는 한 명이었다. 외상으로 몇 갑 맡겨놓은 게 있었다. 언니 집에 얹혀사는 처녀도 장사 밑천이 없는 터라 외상을 좋아했다. 그게 인연으로 이어졌다.

"그럼 담배는 보고 왔습니까. 저는 처음이라 열과 성을 다해 만듭니다."

"완성된 제품을 보여주오. 몇 개나 있소?"

"열댓 개 있습니다."

하나씩 열어 살피더니 머리를 끄떡였다.

"그럼 내일까진 몇 개를 낼 수 있소?"

내일까지도 열 개가 한계였다. 그나마 말아놓은 담배가 있고 동생의 도움도 있어야 가능했다. 하루 나오는 양은 눈을 부릅떠도 다섯 개가 최고였다.

"내일 언제 오겠습니까?"

"모레 아침에 떠나니 내일 저녁 8시에 올 거요. 나는 집이 남문에 있소. 다른 물건 다 포장하고 그담에 올 건데 삼 일에 한 번 정도, 늦어도 닷새에 한 번은 고정으로 단골, 어떻소?"

물끄러미 여인을 들여다봤다.

"제가 얼마 전 청진에 갔다 왔습니다. 반죽에 사촌 언니들이 삽니다. 이번에도 청진에 가져다 팔려고 했습니다."

"만드는 사람이 팔기까지 하면 우린 뭘 먹고 사오? 그런 건 전문 달리기인 우리가 해야지. 어느 시장에 갔소?"

"수남 시장이요."

말을 하면서도 잽싸게 손을 놀려 담배를 말아갔다. 여인은 내 손끝을 주의 깊게 주시했다.

"얼마에 가져갑니까?"

"이백, 어떻소?"

능청스럽게 웃는 여인을 바라봤다. 짧은 머리가 잘 어울리고 갸름한 얼굴에 밝고 쾌활한 말투는 호감이 갔다. 볕에 탄 깜숭깜숭한 피부만 아니면 더욱 아름다웠을 것이다. 꾸미지 않은 미소에 넘어가려는 마음을 다잡았다.

"아니요. 이백이십을 주면 단골 하겠습니다."

한 막대기에서 50원을 남기다니, 괜히 억울해졌다.

"좋소, 이백이십. 그럼 25개 값을 놓고 가겠소. 자주 보면 알겠지만 내가 꽤 괜찮은 사람이오. 시간 뺏지 않고 일어서겠소."

"이건 포장하지 않은 담배인데 세대주께 한번 맛보라고 하겠습니까?"
몇 마디 말로 20원을 더 받고 기분이 날아갈 듯해 마음을 썼다.
"그럼 좋지. 내일 남편과 함께 올 생각이었는데."
여인이 반색하며 담배 한 갑을 받아 주머니에 넣었다. 마당을 정리하던 동생이 여인을 도와 짐을 실어주었다. 곧 자전거를 끌고 나가는 소리가 들리고 동생이 들어섰다.
"누나 담배 잘 팔리는데, 지금 같으면 없어서 못 팔잖아?"
"지금부터 전투야. 내일까지 10개 완성품 내놔야지. 미리 등잔 기름을 한 병 사 와. 저녁 늦게까지 일해야 하니 준비해야겠어."
갑자기 활기차고 신바람이 났다. 나가려는 동생을 불러세웠다.
"가서 빵 네 개 사와. 애들 하나씩 주고. 두 개는 너 먹고."
"누나, 속도전 가루 사 올까? 저녁에 시간 없으니 빨리 먹고 일하게. 먹는 기름도 한 병 사자. 나물 무칠 때 쓰면 훨씬 맛이 좋거든."
배를 채우는 게 목표여서 기름은 사치였다. 몇 달째 구경도 못 하더니 돈을 보자 바로 생각해 냈다. 백 원짜리 한 장을 건넸다가 다시 한 장을 더 주자 동생은 헤벌쭉해져 시장으로 내려갔다. 이날은 뭐든 되는 날이었다. 시장에서 돌아오는 동생 뒤에 낯선 아줌마 하나가 따라 왔다. 잠바 차림의 늙수그레한 여인 뒤에는 큰 배낭 하나가 매달려 있었는데 절반도 차지 않았다.
"이 아줌마도 담배 사러 왔어."
"다 내고 물건이 없다고 들었소."
내가 미처 대답할 사이도 없이 무뚝뚝한 목소리가 들렸다. 나는 재빨리 여인을 탐색했다. 빠글빠글하지만 보기 좋은 파마머리에 눈 코 입이 큼직하고 키마저 늘씬했다. 지친 기색, 두꺼운 옷, 피로가 묻어난 얼굴을 보니 이곳 사람은 아닌듯했다.

"청진에서 왔습니까?"

"맞소. 아침부터 많이 걸었더니 힘들어서, 물 좀 주오."

동생이 얼른 물 사발을 내밀었다.

"정남이 엄마가 이 동네 가보라고 알려줬소."

"아, 네. 그럼 선영이네 집에서 오는 길입니까?"

"그 집엔 완성품이 몇 개 없어서 내일까지 만드는 거 가져가려고 하오. 이 집은 내가 한발 늦었네."

여인이 배낭을 툭툭 쳤다. 배낭 안의 물건은 선영이 담배라는 뜻이다.

"선금을 받은 터라, 내일까진 낼 게 없습니다."

"나도 내일은 가야 하는데, 다음에 하는 걸 모았다 줄 수 있소?"

아줌마는 담배를 쳐다보지 않고 내 얼굴만 뚫어지게 바라보았다.

"언제 옵니까? 가격은 어떻게?"

"내일 나가면 모레 하루 시간 있고 다음 날 오오. 가격은 동생이 이백이십이라고 하던데."

동생을 흘깃 쳐다봤다. 고지식하기는, 빈말인데 한번 높여보지도 않고, 나도 모르는 장삿속이 떠올라 흠칫했다.

"네. 이틀 사이에 얼마를 만들 수 있을지 잘 모르겠습니다. 열다섯 개는 될 것 같습니다. 우리는 이게 주력이니 다른 집보다 좀 많이 나옵니다. 사실 아까 다음 것도 가져간다고 했는데, 저는 1원이라도 더 주는 데 내고 싶습니다."

슬쩍 던져보았다. 한 시간 전 여인은 깨끗이 잊었다. 돈을 더 받는다면야. 아니 잠깐, 담배를 더 만들어 두 사람 다 주면 될 거 아닌가.

"글쎄, 담배를 봐야지, 남의 것보다 좋다고 장담할 수 있소? 견본으로 하나 가져가면 좋겠구만."

한참을 망설이던 여인이 파리를 삼킨 표정으로 말했다. 동생이 얼른 완제품을 넣어두는 장을 열었다.

"여기 세 갑이 있습니다."

"그럼 그거라도 주오. 따로 피워보기도 하고 내용 보일 때 쓰게."

퉁명스러운 목소리로 말하더니 허리띠를 풀었다. 수건으로 돌돌 감은 띠에서 빨간색 천으로 만든 주머니가 나왔다. 돈을 꺼내더니 다시 한번 손가락에 침을 발라 세고서야 담배 상위에 올려놨다.

"자, 66원이요. 세어보소."

빌다시피 담배를 팔아야 했던 예전의 내가 아니었다. 당당하고 자신 있게 말했다.

"금방 세는 거 봤습니다. 한번 팔아보고 마음에 들면 또 오시오."

"알겠소. 담에 또 보기요."

시간에 쫓겨 다급한 사람은 나만이 아닌 듯 여인도 얼른 자리에서 일어섰다. 동생이 따라 일어나 현관문을 열고 배웅했다. 돈이라는 빨락빨락한 종이는 우리에게 무한한 힘을 주었다. 동작이 빨라지고 말소리에도 활력이 생겼다. 66원을 동생에게 내밀었다.

"상이다. 일 잘하라고."

동생이 지연이 마냥 탄성을 흘렸다. 군대 가기 전 막둥이 모습 그대로다.

"지향이와 지연이 빵 먹자고 불렀어. 점심 먹여서 놀게. 내가 할 일은 누나가 알려줘."

동생은 밥은 물론, 저녁 설거지 후 아랫방을 닦고 이불을 폈다. 하루가 짧다 하고 뛰어다닌 아이들이 이불에 들어가자 곯아떨어졌다. 아이들도 훨씬 명랑해졌다. 갇힌 듯 집에만 있던 날을 벗어나 동네를 싸다녔다. 지연이와 둘이 놀기도 하지만 동네 애들과 어울려 해가 질 때까지 들어오지 않나. 어둠과 함께 돌아온 엄마도 오랜만에 기름 냄새 밴 국그릇을 받아들고 기뻐했다.

"담배가 잘 팔린다니 숨이 나가는구나. 죽으란 법은 없나 보다."

다리가 아픈 듯 무릎을 두드리는 엄마의 얼굴에 웃음이 떠올랐다. 홀가분한 웃음소리에 등잔불도 너울거렸다.

"경리과에 8.3 알아보고 차라리 집에서 같이 일합시다. 이제 두 달 남았으니 거기서도 그렇게까지 야박하진 않겠죠. 어머니가 버티지 못할까 봐 무서웠습니다. 어머니가 없으면 난 못 삽니다. 담배만 나가면 먹을 걱정을 하지 않아도 됩니다."

동생이 맞장구를 쳤다.

"엄마가 애들 봐주고 밥해주면 누나와 내가 일을 많이 할 수 있어요. 손이 많으면 담배를 더 만들 수 있으니 엄마도 같이해요. 누나는 반장, 엄마는 주방장, 나는 졸병 어때요?"

"나야 장사도 못 하고, 애들 보는 것밖에 모르는데, 도움이 될까?"

"엄마, 누나가 하란 대로 하면 돼요. 나도 할 줄 아는 게 없어도 도움 되는 거 맞지? 누나."

열심히 머리를 끄떡였다.

"맞습니다. 어머니가 얘보다 훨씬 상 노력인데."

"어머니가 집일 맡으면 내가 담배 만드는 데 전념하겠습니다. 목표는 집에 들어오는 모든 장사꾼의 수요를 감당하는 것, 그러니 열심히 해야 됩니다."

엄마도 머리를 끄덕였다. 장롱에서 받은 돈을 꺼내 왔다.

"집값으로 받았던 돈으로 자재를 사고 모자라면 외상도 해야겠습니다. 그리고 그걸 다시 현금으로 만들고, 지금 자재로는 얼마 못 갑니다. 그리고 한 가지라도 없으면 안 되니 모두 부족하지 않게 사야 합니다. 일단 내가 반장입니다."

우스갯소리지만 정말 가족 작업반이었다. 예전엔 공장일, 즉 국가 일을 했고 지금은 내 일이라는 게 달랐다. 남의 돈을 먼저 쓰는 외상은 머리를 저었지만, 담배가 돈이 되는 걸 보니 주저함이 가셨다. 큰돈이 드는 자재는 한번 사면 오래 쓴다는 이점도 있었다.

내게도 빨간 넥타이 천으로 만든 주머니가 있었다. 빨간 주머니에 돈이 붙는다는 말이 퍼져 너도나도 크기가 다른 주머니를 만들었다. 내 주머니는 백 원짜리를 기준으로 만든 거라 크지 않았다. 주머니를 열어 돈을 털어놓았다.

"내일 만들 담뱃값을 미리 받았습니다. 만들어내야 우리 돈입니다. 자재가 없을까 봐 걱정입니다. 지금처럼만 한다면 며칠 못 갑니다. 돈 관리는 제가 하겠습니다."

"내가 도울 일 있으면 알려줘."

"어머니는 오늘 빨리 쉬세요. 내일 아침부터 우리 작업반원이니까요."

상 받은 작업반원인 동생이 기세 좋게 말했다. 우리는 다시 작업장이 된 윗방으로 올라갔다. 틀에 담뱃대를 눈금 맞춰 넣고 중심을 가르는 단순한 일은 동생의 몫이었다. 엄마가 도와주러 오자 만류했다.

"등잔이 하나뿐이어서 뭘 하려 해도 못 합니다. 낼 등잔 하나 더 사고 그담에 같이 하면 됩니다."

엄마가 내려가자 동생이 물었다.

"누나 집에서 가져온 등잔 있어. 내가 현관 창고 시렁에 뒀어. 그거 가져올까?"

"오, 그래. 다행이다."

칭찬받은 동생은 우쭐해졌다. 등잔 하나를 더 켜자 전등불 못지않게 훤해졌다. 우리는 각자 맡은 일에 열중했다. 담배는 모두 수작업이니 일손이 많으면 그민큼 자리가 났다. 숙련이 필요한 일을 제외하면 손이 좀 느려도 깨끗하고 꼼꼼하기만 하면 혼자보다 훨씬 도움이 됐다.

"누나 이거 10통인데 조금 모자라. 왜 이렇게 덥지? 우리 앞문도 열자."

얼마나 시간이 흘렀을까. 어깨가 뻐근한 듯 동생이 일어났다. 조심성 없는 동생을 타박하며 목소리를 낮췄다. 고요한 밤이라 목소리가 곱절이나 크게 들렸다. 비죽이 열어둔 문틈으로 청량감을 안은 공기가 밀려들어 바람이 통하자 땀이 식었다. 한낮의 열기가 가신 바람에 풀 내음이 섞였고 멀리서 개굴개굴 울음소리가 들려왔다.

"그거 다 하면 포갑지를 붙여줘. 너는 처음이니까 천천히 해. 요것만 하고 자도 돼. 서두르지 않아도 한 시간이면 될 거야."

"12시가 넘었어. 더 할 거야?"

"그거 붙이는 동안만 더 하자. 그래야 내일 일이 쉽지."

한 시간이라고 했지만, 동생이 포갑지를 만드는 시간은 두 시간이 걸렸다. 쥐었던 담뱃대를 놓고 포갑지를 만져봤다. 귀퉁이가 좀 서툴게 접힌 것도 있고 풀이 삐어나온 장도 보였다. 잘 만들어진 것과 그렇지 못한 갑을 골라 보여주었다.

"자, 이렇게 보면 뭐가 잘못인지 보이지? 똑같은 자재, 노력을 들이고 잘못하면 우리만 손해야. 그냥 하면 되는 게 아니라 반드시 잘해야 해."

돈이 들어오자 피곤을 잊었다. 머리가 물로 씻어낸 듯 맑아졌다. 돈을 위해 장에서 헤매던 날들이 떠올랐다. 지연이에게 억지로 풀떡을 쥐여주며 화를 냈던 순간의 참담함, 먹지 못해 뼈가 도드라져 보기도 무서운 동생, 꽃제비 소녀의 희망 잃은 눈빛, 그 모습이 우리의 미래일까 남몰래 겁이 났다. 돈이 없어서다. 담배를 만들어도 팔 수 없어 당황했던 순간도 떠올랐다. 너도나도 담배를 찾는 이 기회를 놓치지 말아야 했다. 죽을 만큼 일하자. 내가 살아있는 한 우리 가족은 절대로 그렇게 되지 않을 거야. 강렬한 충동과 함께 두툼했던 돈뭉치의 촉감을 생각하자 손이 더 빨라졌다.

3

하루의 시간을 이틀처럼 늘렸다. 엄마도 동생도 힘을 보탰다. 시간이 갈수록 우리는 더 많은 담배를 만들었다. 그래도 문이 닳도록 오는 이들을 만족시키지 못했다. 출발신호를 받은 듯 저마다 달려와 담배를 요구했다. 시장의 원리를 모르는 나에겐 신기한 현상이었고 이들을 놓치지 말아야겠다는 일념으로 지탱했다.

며칠째 밤을 새우니 온몸이 껍데기만 남은 듯 기운이 없었다. 체력이 부족해 일어서면 머리가 회전 그네를 탄 듯 흔들거렸다. 그러나 담배를 만드는 손은 누구도 대신할 수 없었다. 첫 공정인 담배를 말아야 나머지 공정이 가능했다. 손이 네 개가 아닌 게 한스러웠다.

집은 점점 작업반의 면모를 갖췄다. 일이 분담되고 맡은 일은 무제한 연장 작업으로 끝냈다. 굶주림을 겪은 우리는 일이 많을수록 환성을 질렀다. 엄마는 밥을 짓고 빨래를 하고 장을 봐 아이들을 돌봤다. 온갖 자잘한 일이 엄마의 몫이었다. 동생도 점점 숙련되어 일이 많아졌다. 완성품 절단을 맡고, 자재가 부족하지 않게 자전거 바퀴를 굴렸다. 각초 배합과 내용물을 만들고 포장하는 건 내 몫이다. 나는 치차처럼 규칙적으로 담뱃대를 만들며 엉덩이를 들지 않았다. 갈수록 밖의 일은 모두 동생이 맡았다.

빨간 돈주머니는 큰 것으로 바뀌었다. 주머니가 두둑해질수록 모질고 냉담하던 세상도 관대해졌다. 아무도 문을 두드리지 않던 집에 담배 장시꾼이 줄을 잇자 그동안 소원했던 동네 사람들도 얼굴을 내밀어 친근감을 표시했다. 제일 먼저 찾아온 건 각초 냄새가 향수처럼 밴 인옥 아줌마였다.

"지향아, 할머니 있지?"

인옥 아줌마의 목소리는 밝았다. 엄마는 뛰쳐나가지 못해 좀이 쑤신 지향이와 지연이를 붙들고 꼬투리를 까고 있었다. 두 아이를 사탕으로 구슬렸다. 각초가 모자라는 날은 모아두었던 담배꼬투리를 까는 데 손이 필요했다. 그러나 사탕에 빵까지 더했지만, 아이들을 잡는 시간은 점점 줄었다.

"마침이네, 어휴, 지향이, 지연이도 일하니?"

"엄마가 이거 해야 점심밥 준대요."

아줌마가 웃으며 아이를 일으켜 세웠다.

"아줌마가 지연이 대신 일할 테니, 너희는 나가 놀아. 지향이 엄마야, 오늘 이거 다 깔 테니 걱정 마. 내가 하는 건 지연이와 지향이 점심밥이다."

큰소리로 못을 박자 두 아이가 물 만난 고기처럼 생기를 띠고 달려나갔다.

"오늘은 어떻게 낮에 시간이 있어?"

부지런히 손을 놀리며 엄마가 물었다.

"공장이 생산을 멈추니, 포갑지 붙일 거 가지고 들어왔지. 나가봐야 고열에 빽빽이 앉아 있기도 힘들고, 집에서 해 가는 게 훨씬 나아."

"그럼 집에서 붙이지, 여기 와서 무보수 하면 어째?"

"공장에서 밥 못 주니 여기서 밥 벌려고."

인옥 아줌마가 웃지도 않고 정색해서 말했다.

"국가가 못 주는 밥을 여기서 어떻게, 그런 말 하지도 말아."

"얘, 소문 다 났어, 너희 집에서 돈을 긁어모은다고."

"너 무슨 그런 말을 하는 거냐? 겨우 숨만 쉬고 사는데, 우리도 좀 살자."

인옥 아줌마가 태연하게 방 안을 휘둘러보더니 말했다.

"돈 냄새가 감추려 한다고 감춰지니? 네 집에 온 사람이 한둘이야?"

두 사람의 대화에 귀를 열어놓고 있던 내가 끼어들었다.

"아줌마, 우리 집에는 담배 사려는 이들만 오고 동네 사람은 오지 않습니다. 누가 우리말을 합니까?"

"담배 사러 온 사람들이 너희 집만 들어오냐? 다른 집은 안 가? 그 사람들이 여기 말 나르고 저 집 말 나르지. 그리고 네가 담배 만드는 거 동네서 비밀이야? 요즘 어지간한 집은 다 만들기 시작하더라."

"아줌마, 남이야 상관없지만, 우리 사정은 아줌마도 알잖습니까? 누구 입에도 오르고 싶지 않습니다."

간절히 부탁했다.

"아줌마가 저 생각해 준 거 압니다. 그러니 계속 우리가 이대로 동네 입방아에 오르지 않게 해주시오. 아무 말도 하지 말고, 다른 사람들의 입이야 어쩔 수 없지만."

아줌마가 딱한 듯 나를 바라봤다. 그의 눈엔 동병상련의 아픔이 배어 있었다. 눈가를 훔치며 목소리를 낮췄다.

"네 마음을 누가 나보다 잘 알겠니? 네 엄마도 나보다는 모르지."

그 순간 처지가 같은 사람의 비애와 연민을 똑똑히 느꼈다. 수십 년 엄마와 친구였던 아줌마, 얼굴과 손에 새겨진 주름이 무심한 세월의 아픔처럼 보였다. 오랜 세월 쓸쓸함과 고독, 원망과 슬픔을 감춰온 눈이 날 바라본다. 가슴에 통증이 일었다. 나이에 비해 늙어버린 얼굴 위로 내 모습이 겹쳤다.

"요즘 동네서 담배 만드는 게 유행이야. 차라리 잘됐지. 너희 집만 입에 오르지 않게 됐으니."

그래, 세상에 무슨 비밀이 있을까? 아줌마 말처럼 잘됐다. 온 마을이 달라붙어도 나는 누구보다 인내하고 빨리 뛰어갈 자신이 있었다. 고통은 나를 각성시키고 절망의 늪에서 본 희망은 미칠듯한 정열을 주었다. 그것을 아낌없이 태워 담배를 만들었다. 아줌마는 종일 손을 보태고 저녁까지 먹고 일어섰다. 다음 날도 그다음 날도 일과가 반복되자 아줌마의 의도가 짐작됐다. 처음에는 아랫방에만 앉았더니 미닫이를 통과해 윗방으로 올라와 물 흐르듯 이어지는 손동작을 관찰했다. 어떤 생각이 스치듯 떠올랐다. 내가 먼저 입을 열었다.

"아줌마, 담배 기계 집에 있습니까? 그 기계 가지고 오시오."

아줌마의 눈이 반짝였다.

"아줌마 몇십 년 본 담밴데 이만큼 봤으면 마는 건 어떻습니까? 한 막대기 십 원, 저는 한 시간 좀 안 걸리지만 처음 시작하면 더 걸립니다."

결과적으로 현명한 선택이었다. 나에게 확실한 조수가 생긴 것이다. 아줌마는 무보수가 아닌 보수를 받아 만족했고 전심으로 일했다. 담뱃대를 더 설명할 필요도 없었다. 막대기로 권지에 풀을 바르는 솜씨가 서툴긴 하지만 스스로 잘못된 점을 고치려 애썼다.

문제는 다른 데 있었다. 아줌마와 며칠을 보내니 우리 집 상황이 빤히 드러났다. 일주일이 지나자 아줌마는 담배 마는 일과 함께 담배 사러 오는 사람, 자재 경로 등 모르는 것이 없게 되었다. 그보다 더 내키지 않는 건 내 생각이나 말과 행동이 모두 아줌마의 눈 안에 있는 것이다.

"아줌마, 아침에 와서 권지와 각초를 가져가고 하루 일할 만큼 저울로 달아드리겠습니다. 권지는 한 막대기씩 묶고, 각초는 480g이니 500g씩이요. 열 개를 하고 더 가져가도 좋습니다."

아줌마네 집은 우리 집 앞줄이니 오가는 데 불편함도 없었다. 부담스러운 시선이 줄어 한시름 놓았다. 며칠이 지나자 앞 공정보다 뒤 공정이 문제였다. 몰래 일손을 수소문했다. 처음 집에 찾아온 건 열두 살 소녀였다. 소녀가 아홉 살 때, 동생을 남겨두고 엄마가 죽자 아버지는 후처를 얻었다. 자기 아들을 데리고 온 후처의 편애는 당연했다. 제 자식도 배고픈 세상에 전처의 아이들이 어떨지 묻지 않아도 알 만했다. 키도 작고 가녀린 소녀는 손도 뭉툭했다. 작고 납작한 얼굴에 눈만 커다란 소녀가 단발머리를 숙이고 힐끗거렸다.

"저런 작은 애한테 무슨 일을 시킵니까? 지향이와 키 차이도 별로 나지 않는데."

　이해하지 못할 일은 아니었다. 지향이도 삼촌을 따라 풀 뜯으러 다녔으니 말이다. 말이라도 좋게 해 보내야 했다.

"우리는 일할 손을 찾고 있어. 누가 말했는지 모르지만 넌 너무 어려."

　내 말이 냉정했던지 부엌에서 속도전 떡을 버무리던 엄마가 손을 쳐들며 말했다.

"얘 아버지가 경리과 달구지를 몰고 있어. 그 아저씨가 일손을 찾는다고 했더니 보냈나 보다. 은경아, 들어와서 좀 앉았다 가."

　엄마는 앙상한 아이가 맘에 걸려 옥수수 떡 두 개를 먹여 돌려보냈다. 아이는 쭈뼛거리며 돌아서더니 다음 날 다시 나타나 말했다.

"지향이 할머니, 점심만 먹게 해주시오. 저 일 잘합니다. 일하고 싶습니다."

　나는 윗방 미닫이를 소리 나게 닫아버렸다. 아랫방에서 은경이와 엄마가 도란도란 이야기하는 소리가 들렸다. 내 곱지 않은 눈초리에도 소녀는 꿋꿋했다. 열심히 엄마를 거들어 담배꼬투리를 까고 포갑지도 꼼꼼히 붙였나. 속도는 느렸지만 부지런하고 나이를 생각하면

고용　193

일솜씨도 그럭저럭 봐줄만했다. 저녁이 되자 은경이가 돌아가고 지향이, 지연이의 조잘대는 소리가 들렸다.
"할머니, 은경이 언니 속도전 가루 왜 줘?"
엄마가 혀를 찼다. 윗방에서 내려서는 내 눈치를 보며 혼자 말처럼 뇌였다.
"너무 안돼 보여 동생과 떡이라도 해 먹으라고 조금 보냈다."
저녁 한 끼는 늘 국수였다. 옥수수 국수를 장국에 말아서 가지 반찬에 후루룩 비벼 먹었다. 시간이 아까워 바삐 젓가락을 놀리고 그릇을 내려놓으며 한마디 했다.
"어머니, 한두 번이야 그렇다지만 계속 밥 먹으러 오라고 합니까?"
"그냥 할 수 있는 일을 시키면 안 되니? 애가 일머리도 있고 부지런하고."
그렇게 은경이는 두 번째 고용 노동자가 되었다. 인옥 아줌마는 반강제로 고용했고, 은경이는 울며 겨자 먹기로 고용했다. 귀신은 경에 막히고 사람은 인정에 막힌다더니… 돈을 주고 일손을 고용하려니 은근히 주위 눈치가 보였다. 누구라도 꼬챙이에 꿰어 착취라는 말이 날까 봐 걱정이었다.
은경이는 아직 어리고 사정도 딱했다. 이런 형편에 일을 주면 고마워하지 않을 수 없었다. 팔 힘이 약해 담배 말이보다는 다음 공정인 봉 붙이는 일을 시켰다. 첫 번째 공정인 담배 말기에 이어 봉을 붙이는 두 번째 공정까지 조력자가 생겼다. 봉을 붙이는 것은 담배 말기보다 쉬웠지만, 막대기당 10원으로 정했고 은경이와 비밀로 하자고 당부했다. 말이 나오면 즉시 일을 그만두게 한다는 말에 세차게 머리를 끄떡였다. 돈을 아버지에게 준다고 하니 눈물이 가랑가랑했다. 마음이 약해져 매일 은경이에게 주겠다고 해서야 눈물을 쓱쓱 닦았다.

우리는 아침부터 담배 기계에 앉으면 눈도 돌리지 않고 집중했다. 화장실 가는 시간을 줄이려 물도 마시지 않았다. 담배 기계 앞에 시계를 놓고 시간을 측정하여 손을 놀렸다. 은경이도 시계를 보며 일을 시작했다. 처음엔 어두워지면 집에 돌아갔다. 다음 날 아침이면 수북이 쌓이는 담배를 보더니 자기도 좀 더 일하고 싶다고 한다. 결국, 때로는 열 시, 일감이 많으면 열두 시에 돌아가는 날이 늘어났다.

하루에 두세 마디 하던 은경이는 점점 명랑해졌고 지향이, 지연이와도 친해졌다. 깜숭깜숭하던 얼굴도 희어갔다. 아침 8시에 오더니 조금씩 빨라져 7시가 지나면 문을 두드렸다.

"지향이 할머니, 나 어젯밤 가다 무서워서 혼났습다. 요 너머 밭을 지나는데 갑자기 검은 그림자가 나타나 놀랐습다. 근데, 헤헤 철이였습다. 철이가 마중 와서 함께 돌아갔습다."

"너 오늘부터 10시면 들어가. 철이가 너 올 때까지 기다리니?"

다섯 살에 엄마를 잃은 철이가 의지할 수 있는 사람은 이 연약한 누나였다. 의붓어머니의 눈치를 보며 숟가락을 늦게 들고 먼저 놓아도 구박은 여전했다. 나긋하고 곰상스레 굴어도 술 취한 아버지는 굳은 살 배인 손바닥을 휘둘렀다. 삭막한 세상에 연약하고 뼈만 남은 가련한 누나만이 조건 없이 동생을 아껴주었다. 은경이 못지않게 비쩍 마른 철이는 키도 일곱 살인 지향이만 했다. 그래도 남자라고 누나 마중을 왔다니 기특했지만, 마음은 좋지 않았다.

"일 없습다. 한 시간 더 하면 십 원을 더 법니다. 사람들이 놀랄까 봐 밭두렁에서 기다리는데 춥지도 않고, 별도 구경하고 철이도 좋다고 했습다. 그럼 철이에게 빵 두 개 사줍니다."

은경이의 해맑은 대답이다. 캄캄한 밤, 별을 올려다보며 쇄쇄 바람에 흔들리는 옥수수 밭머리에 서 있을 철이를 떠올렸다. 결국 은경이

고용 195

는 철이를, 나는 가족을 책임져야 하니 일감이 많을수록 몸은 고달파도 마음이 가벼운 건 다르지 않았다.

"그래도 철이 너무 기다리지 않게 열 시면 들어가. 오래 일하려면 지쳐선 안 돼."

엄마가 은경이를 타일렀다.

"일이 없음 일찍 들어가겠슴다."

그러나 일은 늘 밀려있었고 은경이는 계속 늦게 갔다. 두 시간 빨리 일어서면 이십 원이 줄어드니, 욕심이 아이를 더 있게 만들었다. 엄마가 바래다주러 일어서자 동생이 나섰다.

"내가 담배 한 대 태우면서 은경이 데려다주고 올게요."

은경이에게 돈을 어떻게 쓰는지 물어보지 않았다. 매일 일한 만큼 돈을 주니 관계도 깍듯했다. 의리나 인척으로 지키는 관계가 아니었다. 보수를 위해 그들은 전력을 다해 일했고, 나 역시 당당하게 일을 시켰다. 세상엔 의리나 인정이 아닌 이런 관계도 있구나. 처음 경험하는 새로운 세계에 우린 서로 만족했다.

인옥 아줌마에게도 조심스레 관계를 비밀로 하자고 약속했다. 두말없이 찬성했다. 고용이라는 개념이 낯설었다. 세상이 어떻게 변할지 예측 불가능한 시절이었고 혹시 이 일이 법에 저촉될지 모른다는 두려움도 존재했다. 학교에서 배운 대로라면 고용은 노동자의 피땀을 착취하는 행위였다.

남보다 튀는 일은 절대 하지 않으려 했다. 처음으로 자본과 고용에 대해 생각했다. 돈은 혼자가 아닌 노동력이 있어야 불어난다. 노동력을 이용해 부를 만드는 사람이 자본가다. 산업사회가 시작되고 노동자가 등장하며 자본주의가 생겨났다. 자본가가 되려면 남들과 같으면 안 된다. 잠을 줄이고 남이 걸을 때 뛰고 날아야 했다. 끊임없이 연구하여 스스로 기술력을 높여야 한다. 노동자의 몇 배, 몇십 배로 생각하고 실천해야 고용주가 될 수 있다. 옛날의 자본가도 이런 사람이었을까? 놀고먹으며 남을 착취하는, 증오해야 마땅한 자본가에 대해 의심이 생겨났다. 진리로 알던 응당한 것들이 흔들리고 회의가 생겨 지난날 보이지 않던 것들이 드러났다.

TV에서 "계응상 박사"라는 연속극을 방영하고 있었다. 가난한 농가에서 태어난 천재가 노력과 열정으로 과학자가 되어 갈대에서 비단을 뽑아 비날론을 만드는 이야기였다. 등잔 기름이 없어 가로등 밑에서 책을 보던 청년이 인고의 오랜 세월을 거쳐 과학적 성과를 이뤄냈다. 삶은 빛나든 평범하든 누구에게나 무거운 것이구나. 그 무거운 짐을 지고 평생 노력해도 인생이 잘 풀리지 않으면?

장마가 시작되었다. 처마 밑에서 주룩주룩 빗물이 떨어졌다. 조금 높은 마당을 지나면 마을 길은 진흙으로 곤죽이 되었다. 편리화가 비에 젖어 들어오는 사람마다 발을 씻고 방으로 올라왔다. 그래도 먹고 살려면 자기 자리를 지켜야 했다. 비가 와도 담배를 요구하는 사람은 줄지 않았다. 배낭 속으로 한 번, 겉으로 다시 비닐 자루로 감싸 담배를 포장하여 날랐다.

담배를 말 땐 적당한 습기가 있어야 한다. 거기에 풀로 권지를 붙이니 습도가 올라갔다. 매일 불을 때 따뜻한 구들에 얇게 펴 말린 뒤 다시 마무리했다. 어느 날 일이 터졌다. 고정으로 오는 남문 언니가 빈 배낭이 아닌 절반쯤 찬 배낭을 메고 들어섰다. 얼굴을 찌푸리고 털썩 던지듯 배낭을 내려놓았다.

"담배에 곰팡이가 나서 다시 들고 왔어."

그녀가 터진 담뱃갑을 내밀었다.

"자, 봐, 이걸 누가 사냐?"

그새 친해진 우리는 살이라도 베어줄 듯한 사이가 되었다. 갑에서 20대 모두를 뽑자 누룩처럼 하얗게 고루 곰팡이가 피어 뭐라 대꾸할 말도 없었다. 다시 담뱃대를 갑에 집어넣으려다 멈칫했다.

"언니, 이거 우리 거 아니요. 난 이렇게 은지 반장 넣은 적 없소."

깜짝 놀랐던 가슴이 다시 돌아왔다. 이게 값이 얼만데, 다시 포장을 찬찬히 들여다보았다. 뭔가 다르다. 집에 있는 담배를 꺼내 비교해 보였다.

"언니, 이건 다 우리 거 아니요. 아, 은지를 절반만 넣어서 곰팡이가 생겼소. 온전한 은지로 포장하면 습기가 들어가지 않을 거 아니요?"

담배가 불티나게 팔리면서, 담배 만들기가 들불처럼 퍼졌다. 마을 사람 거의 모두가 담배공장에 다니니 나름대로 눈뜨면 보는 게 담배다. 친숙하니 접근하기 쉬웠다. 자재가 동이 날 지경이어서 외상이란 말은 사라졌다. 돈에 친분을 얹어야 구할 수 있었다. 이젠 정남이네뿐 아니라 강서 쪽으로 다니는 여러 장사꾼이 포갑지와 자재를 들여왔다. 밑천이 드는 장사라 꾀를 부리는 사람들이 나타났다. 겉보기만 똑같이 만들고 속은 눈속임으로 가격을 낮추었다. 은지를 적게 쓰거나 봉을 제 길이만큼 넣지 않고 짧게 넣었다. 담배는 점점 질을 높여 가격을 올리든지, 요령을 발휘해 낮게 받든지 두 갈래로 나뉘었다. 몇 번 갈등했지만 잘 만들어야 팔린다는 신조가 단가를 낮추는 유혹을 이기게 했다.

"난 어리숙해서 그냥 자재를 다 넣었단 말이요. 언니, 몇 집 안 다녔을 테니 찾아내기 어렵지는 않겠소."

"네가 담배를 모두 해줬으면 다른 집 거 왜 가져가? 배낭에 같이 넣다 보니 표식을 안 했네. 이번에 나갈 숫자는 꼭 맞춰줘."

내 탓처럼 말하는 데 골이 났지만, 담배를 요구하니 고맙기도 했다.

요구에 맞추려면 지금 있는 사람만으로는 부족한데, 일손을 늘려야겠다.

"언니, 진짜 담배에 표식 안 하고 가오?"

"이제부터는 꼼꼼히 할 거야. 이 일은 처음 하는 일이라 경험이 부족했어. 이번 일을 통해 교훈을 찾았으니 그리 나쁜 것만은 아니야."

확실히 교훈을 얻었다. 속임수를 쓰면 오히려 독이 된다는 것을. 이름을 걸고 잘 만들어야겠다는 결심을 굳혔다.

"이 담배는 어떡하오? 돈이 적지 않을 텐데."

"주인을 찾아서 돌려줘야지."

온 동네가 이 일에 매달리니 경쟁력을 높이고 판을 좀 더 크게 벌였다. 가정에 매이는 아줌마는 시간을 맞추기 불편하고, 너무 어린애는 체력이 따라주지 않고 숙련에 시간이 걸렸다. 두 조건을 충족하는, 학교를 졸업하고 집에서 빈둥거리는 처녀 애들을 찾았다. 일손이 빠르고 알뜰하면 계속 일을 주고 그렇지 않으면 가차 없이 잘랐다.

아침이면 동생은 자전거에 상자를 매달고 집집을 다니며 담배와 권지, 풀을 나누어주었다. 그리고 전날 만 담배를 수거해 왔다. 우리 집 네 명의 노동자는 네모난 작은 상을 마주하고 일을 했다. 이제 담배를 마는 일뿐 아니라 나머지 공정도 모두 손을 빌렸다.

마지막 공정은 내가 맡았다. 하루 생산량은 놀랄 만큼 늘었다. 늘 수량이 부족하다고 울상을 짓지 않아도 되었다. 담배 사러 온 사람들은 생산량을 보고 입을 딱 벌렸고, 앞다투어 돈을 맡겼다. 그래도 이젠 무섭지 않았다. 일은 순서대로 착착 진행되었고 돈을 벌고 싶은 노동자는 쉼 없이 일했다. 잔소리와 감독이 필요 없었다. 제품에 대한 검사만 엄격하면 되었다.

담배 수량이 늘자 그만큼 자재가 물 붓듯이 들어갔다. 정남이네 집에만 기대기엔 불편했다. 어떻게 알았는지 사재 장사꾼들이 찾아왔다. 사지 않겠다고 거절하면 시간을 두고 팔아달라고 아예 상자째 던져놓고 갔다. 싫다고 해도 막무가내였다. 짧은 사람이 열흘, 좀 더 여유가 있는 사람은 한 달을 주었다. 그러자 지금 막 담배에 뛰어든 이들이 자재를 사러 왔다. 윗방은 작업실이고 아랫방은 자재를 팔거나 마무리하는 곳으로 변했다.

돈은 눈덩이 굴리듯 불어났다. 다시 만든 주머니도 작아졌다. 더는 빨간 주머니에 연연할 필요가 없었다. 돈은 주머니가 아닌 부엌에 놓인 배불뚝이 단지에 넣었다. 단지는 얼마 가지 않아 독으로 변했다. 자재가 겹치자 돈이 돈을 불렀다. 자재를 되파는 이득이 쏠쏠했다. 가공을 맡겨 올라간 원가에서 많은 부분이 보충되었다. 또 나누어 팔수록 그만큼 비싸게 받으니 시장에서 배운 저울 경륜도 빛을 발했다. 세상에 쓸모없는 경험은 없었다.

그러나 끝나지 않는 잔치는 없었다. 들판에 벼가 누렇게 익는 가을이 되자 문전성시를 이루던 발길이 뚝 멈추었다. 담배를 받아 팔던 이들이 약속이나 한 것처럼 일시에 발길을 끊었고, 마을의 열기도 삽시간에 식었다. 오히려 편해졌다. 너무 다급하니 가족 모두 지칠 대로 지쳤다.

4

직장에 돈을 내러 온 틈을 타 춘실이네 집으로 향했다. 춘실이가 보고 싶기도 하고 궁금한 것도 있었다. 국정 가격으로 살며 체면을 챙겨야 하는 그에게 가장 부족한 것이 돈이다. 대문을 밀자 늘 파수꾼처럼 뛰쳐나오던 누렁이가 보이지 않았다.

"왜 누렁이가 보이지 않아? 개 짖는 소리가 없어 빈집 같네."

춘실이가 한숨을 내쉬었다.

"잃어버린 지 이제 한 달 지났어. 아침에 나오니 목 끈만 남았더라. 그렇게 큰 개를 어떻게 소리도 없이 가져갔는지 아무리 생각해도 모르겠어."

"그랬구나. 오래됐는데 아쉬워서 어쩌니? 도적은 그들대로 수법이 있나 봐."

그새 키가 큰 현정이가 문턱을 붙잡고 기다렸다.

"아이고, 어떡해? 나 직장에 왔다 빈손에 왔어. 요즘 이렇게 정신이 없어."

십 원짜리 몇 장을 쥐여주자 해죽해죽 웃는다.

"요즘 어떻게 지내? 배급은 타는 거지?"

남편이 보위원이니 배급은 문제가 아닐 터였다.

"우리 세 식구 배급이야 나오지. 엄마 배급은 포기야."

"어휴, 다행이다. 그래도 역시 직업만 한 벼슬이 없네."

춘실이가 얼굴을 찌푸렸지만, 그리 난감하진 않은 모양이다. 정말로 힘들면 한 사람 배급을 포기하지 못할 테니까. 남편의 직업으로 얻는 부수입도 있을 거고. 그래도 친구에게 도움이 되지 않을까 싶어 말을 꺼냈다.

"그래서 말인데, 너 담배 조금씩 해보지 않을래? 내가 팔아줄게. 용돈이나 만들어. 내가 너한테 도움 되는 일이 그것밖에 없어서."

"너 담배가 제일 잘 나간다고 들었어."

"밖에 나가지도 않으면서 그런 말은 어디서 들어?"

"멀어서 못 들어? 이 동네서도 담배 말더라. 궁금해서 물어봤지?"

"그렇게 궁금하면 왜 우리 집엔 안 왔어?."

"너 집에 늘 사람이 많은데 인제 가서 말 붙이냐?"

우리 집에 사람이 많은 건 또 어찌 아는지 굳이 묻지 않았다. 인력을 고용한 사실도 알고 있다는 말이었다.

"양반은 얼어 죽어도 곁불은 안 쪼인다 이거야?"

타박에도 꿈쩍 않는 표정이 얄미웠다.

"전번엔 정말 고마웠어. 오고 싶었는데 죽을 짬도 없었어. 넌 어려울 때 손 내밀었는데, 난 그러지 못했어."

몇 달 전, 한 치 앞이 보이지 않을 때 춘실의 위로와 가져다준 쌀은 큰 도움이 되었다. 그걸 생각하면 바쁘다고 돌아보지 않은 내가 몰인정했다 싶어 사과했다. 서로 도움을 주고받는 거야 주저할 것이 없었다. 남편의 일을 통해 세상에서 제일 무서운 게 법이라는 걸 알았다. 거기에 걸리면 감히 도와달란 말을 꺼낼 수도 없었다.

"네가 살자고 그렇게 힘 짜내는데 나까지 짐 되기 싫어서 안 간 거야."

춘실이 진심에 마음이 찡해왔다.

"너 우리 집 오기 힘들면 여기 가까이서 배워봐. 내가 자재를 줄게."

"그래, 자재가 필요하면 갈게. 자재는 비싸니까 살 거야."

"내가 자재 받은 가격이 착해서 그래. 그러니까 나한테 오는 게 좋을걸."

어렸을 때부터 함께해 척 보면 착 하던 우리다. 누가 먼저랄 것도 없이 웃음을 터뜨렸다.

"네가 웃는 걸 보니 정말 좋다."

"네 덕이야. 너 혹시 지향이 아버지 소식 들은 거 없어?"

미간을 찡그린 그가 시선을 맞추고 말이 없자 망설임을 알아차렸다.

"그 사람은 이제 내 맘에서 죽었어. 살 방도가 없는데 미련이 남겠어? 하지만 생사는 알고 싶어."

담담하게 말하자 춘실이도 머리를 끄떡였다.

"네 일인데 어떻게 모른척해? 계속 물어봤어. 얼마 전 예심 끝내고 판결을 받았는데 신포 쪽 보위부 교화소로 갔대. 그러니 너도 그만 신경 써. 종신형일 거야. 종신형이나 사형이나 거기서 거기지. 이름이 다를 뿐 나오지 못하는 건 같으니까. 애들을 생각해서라도 조심해. 어떤 건 그냥 운명이야. 이렇게 말해서 미안하지만 아무도 고칠 수도, 깰 수도 없어."

이미 그렇게 생각을 다졌지만 춘실이 말을 듣자 다시 한번 마음이 부서져 내렸다. 남편의 길은 누구도 알지 못하고 대신해 줄 수 없었다. 아이들은? 부모를 원망하겠지. 그럼 나는 누구를 원망해야지? 이 불행을 잉태한 나 자신을 원망해야 하나? 시아버지와 남편 대에서 끝나지 않고 새롭게 덧씌워진 운명, 지울 수 없는 낙인. 나는 피해자인가? 가해자인가.

"알았어. 고마워. 네가 있어 정말 다행이다."

가까스로 한마디를 내뱉고 무거워지는 분위기를 수습하려 말머리를 돌렸다.

"춘실아. 선생님은 학교에 나가시니?"

"응. 내년이 정년이야. 언제까지 나갈 수 있을지 모르겠어."

"그러시구나. 힘든 말을 숨기지 않고 해줘서 고마워. 내 도움이 필요하면 꼭 와."

말을 남기고 일어섰다. 발걸음이 무거웠다. 남편이 아니라 아이들을 생각했다.

어느 날 선영이가 찾아와 병원에 나오는 아스피린 몇 갑을 내놨다. 시장의 약은 개인이 만들거나 중국산이어서 믿기 힘들다. 병원에서 나온 약이 가장 인기였다. 상비약이니 유용하지 않겠냐는 말에 웃음이 나왔다. 대체 웬 아첨이지? 짚이는 곳이 없지 않았다. 아직 윗방에

고용 203

는 네 명이 일하고 있었다. 저녁 늦게까지 일하진 않지만 흐름을 끊지 않고 계속했다. 슬쩍 윗방에 눈을 줬다 앉은 선영이가 물었다.

"언니, 아직 일 많이 하네?"

언젠가의 거절은 깨끗이 잊은 표정이었다.

"응, 자재가 많아서……."

담배가 나갈수록 자재가 중요해졌고, 워낙 비싼 자재를 사느라 돈 대부분이 들어갔다. 여기저기서 맡겨둔 자재까지 마음의 빚이었다. 그것을 해결하는 지름길이 빨리 완제품을 만드는 것이다.

"언니, 괜히 우는소리 하는 거 아니오? 그래도 언니 담배는 잘 나간다 들었소."

"잘 나가진 않아. 끊기진 않지만, 앞일을 누가 알겠어?"

슬쩍 나가긴 한다고 암시했다. 언젠가의 거절에 대한 소심한 보복, 선영이가 담배를 들고 찬찬히 들여다봤다.

"언니, 담배 이름은 언제부터 바꾼 거야?"

"응, 요즘. 담배가 안 나가니 자재에 물려 고민이 많아. 너야 무슨 걱정이 있어? 가족 부양하는 것도 아니고."

나하고 너하고야 입장이 하늘땅 차인데, 담배가 나가지 않으면 우리는 죽지만 너야 밥 먹을 걱정 같은 거 없잖아. 속마음을 읽은 듯 선영이가 고운 이마를 찡그렸다.

"언니, 나도 사정이 있소. 시집갈 준비로 엄마가 꿍친 돈을 다 담배에 밀어 넣었소. 들어간 게 나오지 않으니 요즘 엄마 성화에 귀가 아프오."

자재 쟁탈전이 벌어져 너도나도 자재를 사는 데 기세를 올렸다. 처음 시작한 이들은 자재가 있어야 당장 일을 하고, 먼저 발을 뗀 이들도 자재를 확보하려 눈에 불을 켰다. 누구나 사정은 비슷했다. 돈이 된다고 환성을 지른 이들 중 몇이나 웃고 있을까? 빈손에 시작하여 겨우 외상 빚을 면하자 판로가 딱 끊겼다. 그래도 선영이는 먼저 시작했고 너무 양을 늘리지 않았으니 괜찮은 축에 들 것이다.

"그렇구나, 공동묘지에 가봐. 사정 없이 죽은 자 없지? 그래도 밥과 추위 걱정 안 해도 되는 네가 부러워."

자기 앞가림 착실히 하는 부모 밑에서 먹을 걱정, 입을 걱정 없이 사는 복을 아마 지금은 모르겠지.

"에이, 언니. 시치미 떼지 말고, 온 동네 돈은 언니가 다 벌었다고 소문났는데, 괜히 없는 척하네. 언니 돈 빌려달란 소리 안 하겠소."

벌기야 했지. 근데 우리 가족은 이 돈 없음 살길이 막혀.

"겨우 강낭밥 먹는 수준이야. 다 남의 떡이 커 보여서 그러지. 내가 다니면서 아니라고 소리칠 수도 없는 노릇이니 좋을 대로 생각해."

사실 돈이 없다고는 할 수 없지만 있어도 조마조마했다. 고기라도 자주 먹으면 냄새가 날까 눈치를 보고 애들에게 옷이라도 사주면 너무 튈까 무서웠다. 자기를 갈아 만든 돈이지만 있어도 표적이고, 없어도 걱정이다. 남편의 일을 겪으며 새삼 얻은 교훈이다. 십 년 가까이 알뜰살뜰 모은 집과 재산이 몇 달 사이에 사라져 버린 것도 모자라 시기심과 질투 어린 비아냥에 묻혔다. 누가 적이 될지 모르고 질시보다는 동정이 그나마 나았다. 그냥 없는 듯 죽은 듯 살아야 했다.

"그렇긴 하죠. 그래서 말이요. 우리 동맹을 맺지 않겠소?"

"무슨 동맹? 난 흥미 없어."

갈대처럼 왔다 갔다 하는 너하고는 뭘 해도 싫거든.

"상부상조. 언니 집에 담배 사러 오면 내걸 끼워주고, 우리 집에 오면 반드시 언니 거 넣겠소. 대신 자재도 언니 거 쓰면 손해는 아니잖소."

귀가 솔깃해졌다 혼자보다 힘을 합치면 나을 것 같기도 했다. 그동안 고정 단골이 생겨 우리 집에 오는 사람도 있지만, 선영이도 다를 바 없고 자재 소비도 만만치 않다. 서로 도우면 큰돈을 움직이는 효과가 나겠지. 하지만……

"응, 서로 신뢰가 있어야 함께하지. 네가 신용을 지킨다고 어떻게 믿지?"

뾰족한 가시가 느껴지는 말에 선영이는 화를 내기는커녕 도리어 바짝 낮춰 붙었다.

"알았소. 언니. 이전 일은 미안하오. 내가 철이 없었어. 한 번만 이해해 주오. 내가 괜한 욕심에."

솔직하게 말하니 계속 뻣뻣하기도 힘들었다. 상대가 굽힐 때 밀어내어 관계가 악화되면 서로에게 득보다 실이 컸다. 남편의 일은 얹어두고 담배 이야기만 꺼냈다.

"너야 혼자 비밀 지켜 돈 벌고 싶었겠지. 그런데 세상사가 그렇게 호락호락해? 딴 사람은 장님이고 너만 눈이 있니? 난 너를 동생이라 생각했는데 정말 실망했어."

믿었던 이의 외면은 앙금으로 남았다. 당시의 위축된 상황에서 곱절 상처가 되었지만, 지나고 보니 이해 못 할 일도 아니다. 누구나 사회적 분위기에 편승하고 눈치를 보는 건 어쩔 수 없지.

"살다 보면 외로운 순간이 있어. 그때의 거절은 오래 남아. 네가 나보다 어리니 그럴 수 있다고 생각하지만 잊히지 않아."

감정을 쌓아두기보다는 서로 풀고 화해도 나쁘지 않았다.

"선영아. 우리 새로운 포갑지를 써보자. 새 이름이면 팔기 나을 것 같아서, 너도 쓰고 싶음 가져가 봐. 이건 처음 나온 거야."

"좋은 생각인 거 같소. 천장을 가져갈게. 담배가 팔리면 먼저 계산하겠소."

요것 봐. 외상 하려고 하네. 하지만 지금 담배를 팔려면 이것저것 시도해 보는 수밖에. 서로 동맹하기로 한 이상 아량을 보여줘야지. 남편의 실종으로 외면을 맛보고 고립이 얼마나 무서운지 알았다. 마음을 터놓을 친구, 이웃이 필요했다. 세상에 공짜는 없었다.

담배 검사가 깐깐해지자 양이 자연 줄었다. 공장 각초에 독초와 8호 초를 섞었다. 8호 초는 평양에 상납하는 담배다. 모종부터 엄격히 통제하여 심고 관리했다. 담배 맛을 본 사람마다 일반 담배보다 부드럽고 맛이 좋으며 뒤 끝이 개운하다고 찬사를 늘어놓았다. 백여 리 떨어진 농장에서 달구지에 담배 포(잎담배를 압축 포장한 것)를 싣고 온 청년은 동네를 돌았지만 한 포(30kg)도 아니고 네 포니 단번에 팔기 쉽지 않았다.

선영이와 연락하여 두 포씩 나누었다. 값은 물론 훨쩍 깎았다. 동네에서 조금씩 사겠다는 흥정에 지친 청년은 모두 사겠다고 하자 단번에 마음이 노글노글해졌다. 그도 자기 개인 농사가 아니고 분조 일이라 현금을 쥐고 돌아가야 했다. 이 일을 통해 우리는 동맹의 좋은 점에 희희낙락했다. 이 담배를 섞는다면 맛에 차별화를 주는 건 식은 죽 먹기다. 술, 사탕에 8호 제품이 있는 건 알았지만 잎담배마저 8호 제품이라니.

단거리 경주가 끝나고 새로운 마라톤이 시작되자 돈의 위력이 나타났다. 숨이 끊어질 듯 다시 이어져 누가 길게 가느냐였다. 담배는 느리게 나갔다. 완전히 끈 떨어진 뒤웅박 신세가 되지 않은 것에 감사했다. 한 달에 한두 번 팔려도 다행스러워 가슴을 쓸었다. 그나마 포장을 바꾸고, 내용을 좋게 했기 때문에 거둔 성과였다. 동맹은 유용했다. 한 번씩 선영이 담배를 함께 팔았고 선영이의 자재 소비도 도움이 되었다. 하지만 점점 팔지 못한 담베가 쌓여갔다.

겨울이 성큼 다가왔다. 눈이 내리자 동생은 나무하러 갔다. 30리를 걸어 눈 덮인 산을 오르고 단속을 피해 강대 한 대를 허리춤에 매달고 꽁꽁 언 몸으로 돌아오는 데 하루가 걸렸다. 점심은 뜨끈한 밥을 꾹꾹 뭉쳐 주먹밥을 만들고 식기 전 비닐로 감싸 허리에 동여맸다. 체온도 보존하고 밥도 얼지 않게, 며칠을 다니니 새로 산 지하족이 찢겨 구멍이 났다. 나무 몇 대와 바꾸는 셈이었다.

"나무하러 가지 마. 추운데 고생은 고생대로 하고, 신발값도 안 나오겠다. 타산이 안 맞아."

내 만류에 엄마도 거들었다.

"너는 몸도 부실하니 괜히 남 따라가지 말고 집일이나 해."

"담배도 잘 나가지 않는데, 뭐라도 해야지."

동생도 공밥에 눈치가 보이는 모양이었다. 제법 큰소리를 치지만 퍼렇게 얼어든 볼이 애처로웠다.

"그래도 이건 아니야. 돈을 만드는 다른 방도를 생각해 보자. 요즘 담배를 외상 달라고 하는데 외상은 믿을 수 없어. 어디에서 누구에게 파는지 알아내 우리가 팔러 가자."

이제 판로는 비밀이었다. 어쩌다 사러 와도 판로를 누설하지 않았다. 질은 좋아야 했고 값은 푹푹 깎여 나갔다. 그래도 비싼 원가의 특성상 가격이 높으니 아직 견딜만했지만, 이전의 이윤을 생각하면 배가 아팠다.

"남을 믿지 말고 우리 스스로 판로를 개척하자. 남들은 넘겨받아 이윤을 내잖아. 우리 목적은 집에서 넘기는 값으로 파는 거야."

엄마도 동생도 찬성했다. 오가는 여비에 힘이 들지만 일단 팔기만 하면 성공이었다.

"미향이 아버지는 나진에 가는데, 거긴 철조망이 있대. 집이 나진이니 걸어서 산을 넘는데 우리는 그냥 차를 타고 청진으로 가자. 시장이 크고 사촌 언니도 있으니 거기 가는 게 나아."

미향이 아버지는 친구 남편이다. 공장 지령실에서 일하는 그는 담배가 나가지 않는 요즘 담배 장사에 나섰다. 삼 일을 기한으로 외상을 달라고 했다. 미향이 엄마는 평소 뱉은 말을 꼭 지키는 몇 되지 않은 친구라 큰맘 먹고 외상을 시작했다. 한 달에 두 번 그는 꼭 40보루씩 외상을 가져갔고 신용을 지켰다. 가격을 양보하기 싫었던 나는 담배 몇 갑을 더 얹는 것으로 의리를 다했다.

설이 가까워지자 날씨는 몹시 추웠다. 아침마다 집에 들어서는 은경이는 두 뺨이 꽁꽁 얼었다. 그래도 제힘으로 동복을 사 입어 요즘은 훨씬 보기 좋았다. 집 뒤쪽의 가파른 길에서 몇 번 미끄러지더니 에돌더라도 큰길로 다녔다. 담배가 잘 나가지 않지만, 말이 없고 성실한 은경이와 성희는 계속 일했다.

성희는 고등학교 졸업반이었다. 학교에서 학급 반장인 그는 또래 중 유달리 영리하고 총명했다. 아버지, 어머니 없이 오빠와 할머니와 살았다. 아버지가 돌아가시자 엄마는 돈을 벌러 떠났고 할머니와 함께한 지 이 년이 되었다. 학교는 담임선생님이 지지해 주어 간신히 다녔다. 올여름 농촌 동원이 끝나고 공부가 시작됐지만, 대학에 진학하지 못하는데 공부는 더 해 뭐 하냐고 단호히 학교에 가지 않았다. 대신 일을 시작했다.

성희는 일손이 여물고 아이들을 휘어잡는 솜씨가 있었다. 처음 며칠이 지나지 아이들이 서로 기 싸움을 하며 패를 나누었다. 일하다 아프다는 핑계로 가버리는 아이도 있었다. 성희와 다퉜다는 것이다. 반나절을 뾰로통해 분위기 망치는 아이는 그나마 고운 축이었다. 사람이 두셋 모이면 어디나 다툼이 있고 기가 센 사람이 있기 마련이다.

고용 209

화도 나고 머리가 아팠지만, 목소리를 높여서 될 일이 아니다 싶었다. 손을 빌리려 시작한 일이 사람을 다루는 일이 되고 이것을 지혜롭게 해결해야 한 걸음 앞으로 나갈 수 있었다. 일이 끝난 저녁 퇴근하는 성희를 불렀다.

"성희야 일이 힘들어?"

"힘들지 않습니다."

갸름한 얼굴이 여름 햇볕에 타 깜숭깜숭하고 웃는 눈을 가진, 소녀 티를 벗기 시작한 성희를 바라봤다.

"성희야. 나도 돈 벌려고 이 일 하고, 너도 돈 벌려고 여기 오지?"

"네."

"한 명이 일을 진심으로 하지 않으면 수익이 그만큼 줄어들어. 그러니 모두 하나처럼 열심히 해야 해. 좋은 일은 오래가지 않아. 담배 나가는 시기에 힘껏 해야지 그 뒤는 장담할 수 없어. 지금처럼 제멋대로면 모두 손해야. 나도 돈을 벌려고 하는 일이지 너흴 위해 하는 건 아니야. 너희가 서로 싸우고 일을 제대로 하지 않으면 다른 일손을 구할 수밖에 없어. 어떻게 생각하니?"

"맞습니다. 제가 잘못했습니다."

"네가 똑똑한 아이인 걸 알아. 그러니 나를 도와줘. 목표는 모두가 전력을 다해 열심히 일해 힘껏 돈을 버는 거야."

다음 날부터 성희는 우리 집 반장이 되었다. 할 일을 물어보고 누군가 의견이 있으면 옆에서 듣고 절충안을 내놓아 적당히 조절했다. 패가 갈라지지 않게 다독이자 서로 웃는 얼굴이 되었다. 성희는 기름이라도 바른 듯 매끄럽게 아이들을 휘어잡아 분위기를 조종했다. 중간에서 눈치만 보던 은경이도 얼굴에 웃음이 어렸다. 어린 지향이와 지연이도 성희 언니를 부르며 졸졸 따라다녔다. 아이들이 자라 이렇게 야무졌으면 하는 생각이 들 만큼 똑 부러지고 일도 잘했다. 결국, 겨울이 되어 담배가 나가지 않아도 두 아이 모두 딱한 형편이고 일손이 야무져 함께하게 되었다.

성희는 우리 집에서 좀 떨어진 마을에 살고 있어 은경이보다 약간 늦어 9시에 출근했다. 겨울 해는 게으름뱅이처럼 느릿느릿 올라왔다. 늦은 아침 햇살이 흰 눈 덮인 앞집 지붕을 넘어 창문으로 비쳐 들었다. 눈이 소복이 쌓여 찐빵처럼 부푼 전깃줄에 앉은 까치가 깍깍 울었다.

"오늘은 손님이 오려나? 아침부터 까치가 우네."

엄마가 말하자 전기가 온 틈을 타 포장을 하던 성희가 "할머니 손님 기다리세요? 아침 지나고 점심 돼가요." 하고 말해 웃음이 터졌다. 엄마 손님이 오려나.

점심 무렵, 엄마 손님이 아닌 내 손님이 찾아왔다. 겨울 동화를 신고 머리에 긴 수건과 사각수건 두 개를 감은 시누이가 들어섰다. 온몸에 깃든 냉기가 집 안에 확 퍼졌다. 지난겨울 만나고 처음이었다. 반갑기도 하지만 불안한 예감이 들었다.

"형님, 이렇게 추운데, 어떻게 왔습니까? 아버님, 어머님은 잘 계십니까?"

아랫목을 내어주며 손을 끌었다. 형님은 집에 있는 여러 사람을 쓱 눈으로 훑었다. 터놓고 말해도 되냐고 입 밖에 내지 않았을 뿐 눈으로 묻고 있었다.

"성희야, 너도 윗방에서 해줘. 형님, 점심은 국수가 어떻습니까? 아니면 속도진 떡?"

"뭐든 한 끼 먹으면 되지. 괜히 사돈어른 귀찮게 하지 말고 간단한 거 먹자. 지향이 아버진 소식은 없지?"

말없이 머리를 끄떡였다. 무슨 일이시? 쉽게 사돈집에 올 형님이 아닌데. 여러 생각이 맴돌았다. 부엌에 내려서자 엄마가 얼른 등을 밀었다.

"올라가 이야기해. 무슨 사정이 있겠지. 내가 있으면 말하기 그러니."

부엌과 방이 분리되지 않아 한눈에 보이는데 엄마가 한사코 핑계를 대며 등을 밀었다.

"형님, 아버님 병은 어떻습니까? 올해 농사는?"

"그냥 그만그만해. 돌아가실 때를 기다리는 거지. 약도 없고 드시는 것도 변변치 않고, 산에 심는 농사야 비료를 먹어야 이삭이 자라지. 사람 먹을 것도 부족한 보릿고개에 무슨 돈으로 비료를 사? 시장에서 장사하는 집이나 비료를 치고 그렇지 못한 집은 다 그래. 강냉이는 안 자라고 풀만 자라니 얼마 못 거뒀어."

뻔한 사정이었지만 들으니 한숨만 나왔다. 환자가 노상 옥수수밥이나 죽만 먹으니 무슨 수로 병이 낫겠는가. 병이 없는 사람도 걸릴 판에, 자고로 마음의 병이 가장 무섭다고 했다. 펄펄 뛰던 막내아들이 흔적조차 없으니 부모 된 마음이 어떨지 짐작하기 어렵지 않다. 두 노인의 말년은 액운의 연속이다.

"아버지는 조금씩 말을 했는데 요즘은 식사도 잘 넘기지 못해. 너 보고 싶다고 자꾸 외우셔, 한번 와줬으면 해서 온 거야."

시아버님이 병세가 심상치 않구나.

"알겠습니다. 형님. 저는 자전거로 가는 게 편합니다. 내일 아침 일찍 떠나겠습니다."

시누이가 무거운 짐을 벗은 듯 후 한숨을 내쉬고 머리를 끄떡였다.

"난 시장에 가 필요한 거 사고, 자동차 타고 올라갈게."

시누이도 서둘렀다. 다 말하지 않은 사정이 그의 황황한 거동에 드러났다.

"형님, 다른 일은 없습니까? 아주버님도 잘 계십니까?"

"다른 일이 뭐 있겠어. 먹고 사는 게 전쟁이지. 설밑이니 준비도 좀 하고, 다른 것도 사려고."

그 말을 듣고서야 마음이 조금 놓였다. 엄마가 바삐 눈짓하며 상을 차렸다. 속도전 떡에 된장국이다. 감자 반찬과 김치 볶음이 올랐다.

"변변찮아도 많이 먹소."

"갑자기 빈손에 들어서서 죄송한데 뭔 그런 말씀을 하십니까? 미안합니다."

시누이가 미안하고 어색한 표정으로 소심하게 말했다. 동생으로 인해 일어난 여러 풍파에 대한 사과와 죄스러움까지 합쳐진 말이었다.

"그게 누구 탓이요? 어서 드오. 추운데 올라가려면 고생이지, 뜨끈한 국부터 마시오."

엄마의 걱정에 시누이가 두 손을 내저었다.

"나서면 갑니다. 지향이 엄마 혼자 자전거로 오는 게 마음에 걸리는데 차 타려 기다리는 것보다 나을 것 같기도 하고, 이래저래 나이 어린 지향이 엄마에게 늘 미안합니다."

미안하다는 말만 반복하는 시누이가 딱했다.

"형님이 미안할 일이 아닙니다. 그렇게 따지면 가보지 못한 내가 더 죄송합니다."

동생이어서, 남편이어서 서로에게 미안했다. 터놓지 못하는 말을 삼켰다. 어떤 말은 밖으로 뱉지 않아도 서로에게 전해진다. 마음과 눈으로.

식사가 끝나지 시누이는 곧 일어섰다. 마을 길에 따라나서니 추운데 들어가라 등을 떠밀었다.

"내일 볼 건데 왜 나와? 정 날씨가 궂지 않으면 꼭 와."

떠나는 시누이가 남긴 말이었다. 시누이를 바래고 돌아서니 엄마가

고용   213

나를 바라보았다.

"다른 말 없었습니다. 그냥 내일 꼭 오라고."

"그럼 그냥 가지 말고 준비 좀 하고 가."

뭔 준비를 해야 하는지 감이 잡히지 않았다. 설이 멀지 않으니 쌀이라도 들고 가라는 건가.

"초상나면 염을 해야 하는데 흰 천이 필요해. 시장에서 이것저것 산다는 걸 보니 그 준비를 할 모양인데, 돈이나 있는지 모르겠다."

엄마 마음이 시아버지의 마지막 길 걱정인지, 홀로 남게 될 시어머니에 대한 동병상련인지는 가늠할 수 없었다.

"어머니, 아직 돌아가시지 않았는데 그런 말 해도 됩니까?"

"원래 그런 거다. 돌아가시기 전 준비를 해야지. 돌아가신 다음 생각하면 늦어."

말없이 머리를 끄덕였다. 돌아가시기 전 장례를 생각하는 게 못 할 짓 같아도 엄마 말처럼 누군가는 미리 준비해야 한다. 갑자기 흰 천이 어디 있지?

"새 천은 없고 이불 뜯은 천이 있는데, 그거라도 가져가면 어떻습니까?"

"가져가 봐. 무겁지도 않은데, 너희 시집에 흰 천이 어디 있겠냐?"

마음이 싱숭생숭해졌다. 시아버지의 임종이 가까웠다고 생각하자 슬픔보다는 올 것이 왔다는 체념이 먼저 들었다. 낯설기만 하던 죽음이 너무 나쁘지 않다고 위안했다. 죽음으로 이승의 모든 짐을 벗고 지겨운 가난과 질병에서 해방된다면!

5

다음 날, 일거리를 모두 동생에게 일러주고 아홉 시가 되자 길을 나섰다. 바람은 산잔했지만, 바늘로 콕콕 찌르듯이 매서웠다. 세어보니 1년이 지났다. 이 길을 따라 허둥지둥 달리던 그날의 절망과 두려움은 아직 생생했다. 다가오고 멀어지는 나무들, 의연한 건너편 산과 능선, 띠처럼 늘어진 은빛 강은 여전했다. 살아있음이 실감 났다. 일 년이 흘렀구나. 남편이 지워진 삶을 끌고 발버둥 친 시간이 벌써 일 년이다. 왜 살아야 하지? 산다는 건 뭘까?

지난 일 년은 나에게 고통이었다. 절망, 억울함, 간절함을 넘어 이어진 굶주림과 그것을 버티고 육체를 갈아 넣은 날들은 과연 기꺼이 감수할 가치가 있는가?

아이들과 남편, 그리고 시아버지의 얼굴이 눈앞을 스쳤다. 아직 시아버님 연세의 절반도 살지 못했지만, 전쟁과 전후 시대의 하루하루가 쓰라린 고통이었음을 능히 짐작할 수 있었다. 전쟁이 생과 사를 가르는 시간이었다면 삽과 곡괭이로 수백 미터의 굴을 뚫고 무너지는 땅속에서 견딘 반평생 또한 그 못지않았다. 고향과 부모를 지척에 두고 돌아가기는 고사하고 그립다는 말 한마디 할 수 없었던 포로의 삶은 얼마나 비참했을까. 가족을 가슴에 묻고 사는 수백수천의 한은 실로 하늘 끝에 닿았을 것이다. 시아버지의 신념과 이루지 못한 원이 무엇인지 짐작뿐이지만, 분명 끝없는 인내와 고통이 따랐을 것이다.

내 삶에 뗄 수 없는 힌 사람, 함께 울고 웃었던 얼굴이 떠올랐다. 앞날에 무엇이 기다릴지 누가 알랴? 남편은 머리에 도끼날이 떨어지는 순간까지 아무것도 몰랐다. 죽을 수도, 살 수도 없는 그의 고통은 지금도 진행형이다.

삶이 고통뿐이라면 왜 살아야 하지? 남편은 내게 죽은 사람인가, 산 사람인가. 비록 옆에서 그의 체취를 느낄 순 없지만, 지연이의 눈동자 속에, 지향이의 걸음걸이에, 숟가락을 드는 손짓에 남편은 생생히 살아있다.

볼 수 없다고 죽은 건 아니야. 내 마음이 기억하고, 아이들과 이어져 있고, 이것이 가족이고 혈연이다. 시아버지도, 남편도 그리고 나도 사랑하는 사람들을 위해 묵묵히 고통을 삼킨다. 그러니 산다는 건 고통을 견디는 것인가? 사는 게 아니고 견디는 것, 꼭 그래야만 할까? 그래. 혼자가 아니고 사랑하는 이들과 함께이니까. 그 길에 무엇이 기다릴지 알 수 없지만, 포기란 없었다. 절망을 딛고 앞으로 나가며 시아버님은 무엇을 기다렸을까? 그리고 남편과 나는… 모른다. 그래도 숨 쉬는 한 살아낸다. 세상을 지고 온몸과 마음을 다해 버틴다. 그러니 산다는 것, 살아있다는 것은 실로 위대하다.

춘실의 말을 떠올렸다. 어떤 건 어찌할 수 없는 운명이야. 그래, 운명. 어찌할 수 없는 운명. 춘실이와 나의 운명은 왜 다르지? 다른 건 부모의 출신 성분이다. 후대가 어찌할 수 없는 성분, 그것이 평생을 결정한다. 세상에 첫울음을 터친 순간부터 공평이나 기회는 내 것이 아니었다. 나뿐 아니라 아이들 그리고 그 아이들의 아이들까지. 우리는 불평등에 순응하고 그걸 감수해야만 하는 걸까? 끊임없이 떠오르는 생각을 부수고 다시 묻는다. 삶의 곡절은 나를 성숙하게 하고 세상의 이면을 보게 했다. 그래야만 한다고 받아들였던, 그렇다고 믿었던 많은 것에 의문이 들었다. 아무에게도 터놓은 적 없는 생각에 추위도 시간도 느끼지 못했다.

정오가 지나 낯익은 마당에 들어섰다. 자전거에서 짐을 내리는 기척에도 빈집처럼 조용했다. 문을 여니 현관에 신발이 그득했다. 불안이 확 엄습했다. 엄마의 예감처럼? 들었던 보따리를 부엌에 내려놓고 급히 방문을 열었다. 어둑시근한 방 안에 시누이 내외와 시어머니가 벽 쪽에 누운 시아버지를 향해 있었다. 시아버님의 가쁜 숨소리에 가슴이 답답해졌다.

"형님, 어머님 저 왔어요. 아버님은 좀 어떠십니까?"

소리를 죽여 조용히 물었지만, 방 안 사람들은 찬물이라도 들쓴 듯 일시에 머리를 돌렸다. 시누이가 반색하고 손을 끌어당겼다.

"아버지가 자꾸 의식이 오락가락해. 애들 보고 싶다 하는데 여름도 아니고 어찌 애들을 데려와? 깜빡깜빡하니 언제 정신 차릴지 몰라 기다리고 있어."

뼈만 남은 앙상한 가슴이 오르락내리락하는 모습이 보기 딱하다.

"숨이 많이 가쁜데, 며칠 됐습니까?"

"영감이 물 한 모금 안 넘기려 하니, 일주일이 돼간다. 너 점심 못 먹었지."

옆에서 시어머니가 거들었다. 깊은 주름살이 얼기설기 거미줄처럼 덮이고 광대뼈가 두드러졌다. 일어서니 바짝 마른 허리도 구부정했다. 손 놓고 누우면 병자가 따로 없을 모습이다. 시어머니는 한 해 사이에 다른 사람이 되어버렸다.

"아버지, 아버지, 엄마, 아버지가 눈을 떴소."

시누이의 청 높은 목소리가 울렸다. 의식이 없던 사람답지 않게 시아버지의 눈빛은 또렷했고 가쁘던 숨소리도 한결 잦아들었다. 아버님이 눈길을 옮겨 천천히 한 사람, 한 사람을 바라봤다. 아주버님, 형님, 그리고 나. 눈길이 멎자 저도 모르게 입을 열었다.

"아버님. 저 왔습니다."

끙, 시아버지의 입에서 대답인지, 신음인지 모를 언어가 새어 나왔다. 시누이가 얼른 미음 그릇을 들고 왔다. 베개 두 개를 괴어 상체를 올리고 조금씩 떠 넣자 절반이 흘러내렸다. 그래도 넘기는 것이 기쁜 듯 시어머니의 굳어졌던 얼굴이 환해졌다. 죽그릇을 비우고 숨을 돌린 아버님이 물었다.

"아이들은?"

잠시 침묵이 흘렀다.

"아버님. 눈길이 깊어 저 혼자 왔습니다."

다시 침묵이 흘렀다.

"너에게 미안하구나."

지그시 바라보는 눈길이 깊었다. 깊이를 알 수 없는 우물처럼. 마르고 핏줄이 불거진 꿋꿋한 손을 꼭 잡았다. 여러 생각이 겹치는 순간이었다.

"잊어라. 그놈은, 네게 고생을 떠넘기고. 애들이 불쌍하구나."

시아버지의 애통함, 가여움이 고스란히 전해졌다. 그놈이 누군지 본능적으로 알아차렸다.

"살길을 찾아라. 우석이 그놈, 아비와 같구나. 그때도 그랬지. 우린 셋이었다. 살기 위해 어쩔 수 없었다고 변명했지만……."

분노와 후회, 한이 가득한 눈빛이 먼 곳으로 향했다. 말을 맺지 못하고 다시 숨이 가빠오자 시누이가 머리를 끄떡였다.

"알겠소. 아버지 얘기 다 전하겠소. 넘 애쓰지 마오."

잠시 감겼던 눈을 다시 뜬 시아버지가 힘겹게 말을 이었다.

"난 너무 늦었다. 너희들에게 멍에만 물려주고, 아… 고향이 보고 싶구나."

멍에, 죽어도 벗어던지지 못하고 자손에게 물려주는 멍에, 그 의미가 사무쳤다. 아버님에게 고향을 들은 건 처음이자 마지막이었다. 고향 가보긴 늦었다는 말씀인가. 다시 숨소리가 거칠어졌다. 당장 숨넘어갈 듯 목에서 끄으윽 하는 소리가 흘러나왔다.

"아버지……."

시누이 눈물이 후두둑 떨어졌다. 시어머니의 손을 끌어당겨 아버님의 가슴에 얹었다.

"엄마, 뭐라도 말 좀 하오."

"영감, 다 내려놓고 먼저 가오. 걱정해야 무슨 소용. 으흐흑."

시아버지의 입이 움직였다. 시누이가 귀를 가져다 댔다.

"네, 아버지 걱정 마소. 꼭 그렇게 할 겁니다."

시누이가 고개를 숙이더니 그대로 가슴에 얼굴을 묻었다. 모두 돌처럼 굳은 채 침묵을 깨거나 움직이지 못했다. 동네에 부고를 알려야 하는데 누구도 입을 열지 않았다.

장례는 조촐했다. 절차랄 것도 없었다. 시어머니가 윗방에서 옷 보따리를 풀었다. 깨끗이 빨았지만, 위아래가 다른 낡은 내복 두 벌을 입혀 드렸다. 마지막으로 우리 결혼식 날 시아버지가 입었던 진갈색 양복을 꺼내자 흰 천이 떠올랐다.

"제가 흰 천을 가져왔습니다."

"죽은 사람에게 새 옷을 입혀야 뭔 소용이냐? 쓸만한 천이면 넣어 둬라."

시어머니의 만류다.

"이불과 베개는 그 천으로 하는 게 어떻소?"

목이 쉬어버린 시누이가 간신히 말하자 아주버님도 머리를 끄떡였다. 세 사람은 옷을 갈아입혔고 나는 옆집으로 향했다. 이웃의 도움도 받아야 했다. 다른 일은 시누이와 아주버님이 맡으시겠지. 할 일을 눈치껏 찾을 수밖에.

겨울에 묘를 파는 건 보통 일이 아니다. 땅을 녹여야 삽을 댈 수 있었다. 묫자리도 문제였다. 가까운 산자락은 모두 밭이었고 그렇다고 먼 곳까지 관을 모시고 갈 방도도 없었다. 시아버지의 친구이자 동네 대소사에 빠지지 않는 엄 영감이 나섰다. 술 한잔에 기분이 좋아진 영감이 아주버님과 떠났다. 시누이가 조용히 당부하는 소리가 들렸다.

"어디든 상관없소. 달구지가 올라가지 못하면 메고 가야 하니 가까운 곳이면 되오. 남쪽을 볼 수 있게 해주오."

남쪽을 보고 싶어 하는구나. 그건 시아버지의 바람이자 딸의 효심이리라. 생전에 감히 눈도 돌리지 못했으나 저세상에선 마음껏 바라볼 수 있을 것이다. 아니 아버님의 영혼은 훨훨 고향을 향해 날아가고 있을지도 몰랐다.

석탄을 캐는 동네라 다행이었다. 이웃 여인이 물을 끓이고 국수를 준비했다. 옆집 여인이 눈치를 보며 말했다.

"콩나물, 미역하고 인조 고기 사 오오. 너무 많이 사진 말고, 장례도 장례지만 산 사람도 살아야지."

시집 사정에 나보다 뻔하니 시키는 대로 따랐다. 여인이 또 당부했다.

"반찬거리와 함께 기름, 소금, 간장, 맛내기, 고춧가루 그리고 양파도 한 줌 사다 주오. 떡을 한 2kg이라도 해야 하고 제상에 올릴 밥을 지어야 하오. 쌀이 먼저오. 술도 있어야 하는 거 알지?"

여인의 잽싼 솜씨에 내가 낄 자리는 없었다. 얼빠진 시누이에게 묻기 어려워 여인은 연신 나를 찾아 닦달했다.

"산에 가는 사람들 술이야 가져가지만, 반찬은 얼어서 못 가져가. 빵이라도 몇 개 챙겨야지."

또 시장으로 갔다. 네 명이니 서너 개씩 챙겨야지. 힘이 있어야 땅을 팔 테니. 아주버님의 친구 몇 명이 삽과 곡괭이, 나무와 헌 자전거

튜브를 구해 오고 자동차 바퀴 등을 챙겨 산으로 갔다. 가장 중요한 술통도 잊지 않았다.

 말소리가 귀에 선 노인 몇이 찾아왔다. 같이 막장에서 일한 노인들은 말투만 들어도 알만했다. 일거리도 없고 각박한 겨울날, 장례 집이야말로 그들이 부담 없이 마주할 장소였다.

 "고향도 못 가봤으니… 그래도 죽었으니 이젠 뭐 그런 생각도 없지."
 작달막한 키에 흰머리가 몇 오리 안 남은 노인이 옆 사람께 말하며 술을 기울였다.
 "오래 살면 고향이지. 고향이 별건가? 자식 있고 마누라 있고, 그게 고향이지."
 말을 받은 노인을 보며 다른 노인이 술잔을 들었다.
 "맞소. 자네 생각이 어째 그리 고리타분한가. 마음을 열면 생각이 바뀌어."
 고리타분하고 마음도 좁쌀이 돼버린 노인은 벙어리가 된 채 술만 들이켰다.
 "늙어서 이젠 짐만 되니, 열손이 벌지 말고 입 하나 덜라는데. 그 말이 딱 맞지."
 "난 자다 가는 게 소원일세. 이 형님처럼 노친 고생시키고 싶지 않거든."
 "누가 아닌가. 지섭 형님은 일 년을 누워있었네. 일 년이 짧은가?"
 "그게 맘대로 되나? 잘 죽는 것도 오복 중에 하나데 다 운이야."
 "조금 먼저 간 건데 울긴 왜 우나. 곧 따라갈 길인데."
 산소 자리를 보고 돌아온 엄 영감이 술을 따르며 눈을 붉히는 친구에게 퉁명스레 내질렀다.
 "가까이 있어야 자식이지. 딸이고 아들이고 옆에 있어야 상이라도 치지."

"죽으면 끝인데, 아들인지 딸인지 누가 알겠나. 나는 딸도 곁에 없어 걱정일세."

주거니 받거니 하지만 말끝은 언제나 자신에게 돌아왔다. 한잔 술에 죽은 자가 아닌 아직 숨 쉬는 자신에 대한 슬픔과 연민이 담겼다. 음식과 술 냄새, 담배 연기가 들어찬 방에 한숨이 보태져 침울함이 감돌았다.

저녁이 되자 시퍼렇게 손발이 얼어든 남자들이 돌아왔다. 땅을 녹이는 데만 반나절에 어찌어찌 파기는 했다고 한다. 술과 국수로 몸을 데운 그들이 떠나자 노인들도 자리에서 일어났다.

장례 집은 다시 조용해졌다. 시누이는 숨소리도 내지 않았다. 시아버지의 마지막 말이 무엇인지 입을 열지 않지만 짐작하지 못할 바는 아니었다. 남쪽을 보게 해달라는 말이었으리라. 시아버지의 다하지 못한 말에도 의문이 들었지만, 묻고 싶은 말을 꺼낼 분위기가 아니었다. 무거운 시간이 흘렀다.

삼 일째 되는 날 낮 열한 시, 달구지에 관을 싣고 산으로 떠났다. 시어머니와 시누이는 곡소리도 내지 못하고 묵묵히 뒤를 따랐다. 버력산을 에돌고 작은 애솔 몇 그루가 듬성듬성한 산밑에 이르자 엉덩이뼈가 튀어나온 야윈 소가 멈췄다. 눈 밑에 보일락 말락 한 땅을 보니 오래된 버력산이다. 몇십 년 쌓인 탄광 버력이 풍화되어 나무와 잡초가 조금씩 뿌리내린 산은 척박하여 곡식을 심지 못했다. 하나둘 생기기 시작한 무덤이 낮은 지대에 총총 들어섰다.

달구지에서 내린 관을 네 사람이 앞뒤로 멨다. 앞 두 사람은 끈을 짧게 했지만, 가파른 비탈에 관이 땅에 부딪힐 듯 말 듯 위태로웠다. 앞장선 아주버님의 후들거리는 두 다리가 옆에서도 고스란히 보였다. 다행히 얼마 오르지 않아 하얀 성에가 돋은 불룩한 흙덩이가 보였다.

고드름처럼 콧물을 매단 엄 영감의 구령 소리에 관이 깊지 않은 구덩이에 놓이고 흙 한 삽이 떨어졌다. 재빠른 삽질이 이어졌고 흙덩이가 덧쌓여 봉분이 만들어졌다 '고 신지섭 지묘'라고 쓴 말뚝 하나가 세워졌다. 마치 작업 마무리를 하듯 서두르는 손짓이 급해졌고 언 땅에 술이 부어졌다. 술은 스며들기도 전에 얇은 얼음으로 변했다. 생전에 구경하기 어렵던 흰떡도 돌덩이처럼 굳어 아무도 씹을 엄두를 내지 못했다. 상주가 없어 다 같이 절 세 번을 마치자 장례가 끝났다. 온기가 가신 시신은 말뚝 하나에 의지한 채 평생을 바쳤던 돌산에 몸을 뉘었고 아직 더운 숨을 뿜는 사람들은 쫓기듯 산을 내렸다.

아버님의 모든 건 끝났다. 이제 저세상엔 안정과 평화, 휴식이 기다릴까? 이 땅에서의 고통과 슬픔을 잊고 홀가분하게 해방을 맞이했을까?

"난 너무 늦었다. 멍에만 물려주고. 아⋯ 고, 고향이 보고 싶구나."

발음이 뭉개지던 시아버지의 마지막 말소리가 다시 들렸다. 그래. 멍에, 속박은 대를 이어 남편과 나에게 넘어왔다. 거기에 남편이 무게를 더했고 그것은 나를 넘어 아이들을 옭아매고 언제까지라도 따라붙을 것이다.

돌아오는 길, 꽁꽁 언 손발이 감각을 잃은 지 오래다. 휘청거리는 시어머니를 누군가 번쩍 들어 달구지에 앉혔다. 시어머니가 달구지에서 장작개비처럼 굳기 전에 도착한 게 다행이었다. 언 몸을 녹이고 무거운 몸을 일으킨 엄 영감을 끝으로 괴괴한 정적이 내려앉았다.

겨울의 짧은 해는 이미 서신에 걸려있었다. 오늘은 아무래도 돌이가긴 틀렸다. 당긴 고무줄처럼 팽팽하던 며칠을 견디고, 언 몸이 녹자 식구들은 여기저기 쓰러져 죽은 듯 잠에 빠졌다. 들어온 자리는 몰라도 나간 자리는 뚜렷했다. 다음 날 홀로 빈 방구석에 앉은 시어머니는 꼭 물기 빠진 나무토막 같았다.

제5장

기회

1

 우리 집은 여전했다. 시아버지 장례로 자리를 비운 며칠 동안도 일은 착착 진행되었다. 설밑이고 쌓인 담배도 적지 않아 며칠간 쉬기로 했다. 묵은해의 불운을 쫓는 의미로 집 안 곳곳 먼지를 닦고, 옷이며 이불을 빨았다.
 엄마는 며칠 전 명절용 쌀과 반찬거리를 사고 오늘은 과일을 사러 시장으로 향했다. 한겨울 중국에서 들어온 사과는 물론 바나나와 귤 등 구경도 못 했던 열대과일이 층층이 쌓여 눈이 호강했다.
 시장에 쌓인 갖가지 물건을 보면 시대는 한 걸음 진보한 것이 틀림없었다. 배급에 매달리지 않고 돈만 있으면 대상을 가리지 않고, 얼마든지 살 수 있는 시대. 돈이 있어도 뒷골목에서 물건을 찾고 구매 대상에서 제외되어 서럽던 지난 시대와는 다르다. 이런 변화는 새로운 인식변화를 가져왔다. 50년 전, 그보다 더 먼 70년 전 할아버지의 공로가 아닌 자기 능력에 기대는 삶이다.
 자기 손으로 돈을 번 은경이는 철이 동복을 산다고 엄마를 따라나섰다. 내의는 안 입어도 동복은 입어야 밖에 나설 수 있다. 누나 옷을 물려 입고 자란 철이가 손꼽아 기다린 날이다. 은경이 자랑을 들은 지연이도 언니 옷을 입지 않는다고 선언해 동복을 샀다. 학교에 가는 지향이는 털이 달린 겨울 신을 사고 며칠째 기분이 날아갔다. 아이도 어른도 들뜬 설이었다.

새해 첫날 기름 냄새를 풍겨야 그해 운이 튼다는 항간의 속설 때문에 가난한 집일수록 설 준비에 열을 올렸다. 우리 집도 예외는 아니다. 엄마는 찹쌀을 준비하고 돼지고기를 사고 두부 만들 콩을 샀다. 고사리와 명태도 잊지 않았다. 제사상에 성의를 보일 붉은 사과와 푸른 고추, 싱싱한 시금치를 산 엄마도 즐거워했다. 겨울에 이렇게 큰 사과와 푸른 고추를 보다니. 이전엔 꿈도 꾸지 못했다. 언 사과도 보지 못하던 고장에서 이 눈 속에 열대과일이라니.

　올해 첫날의 암담함과 지긋지긋함을 돌아보기 겁났다. 점심이 지나도 시장에 간 식구들이 오지 않아 아이들과 밥상에 마주 앉았다. 우리 식구뿐이라 절인 고등어를 구워 아이들 밥에 올려주었다. 막 숟가락을 뜨는데 인기척이 들렸다. 살집 좋고 아랫배가 쑥 나온 중키의 영감이 들어섰다.

"소장 할아버지."

옆구리에서 머리를 내민 지연이가 불렀다.

"지나가는 길입니까? 점심은 잡수셨습니까?"

"아직 못했지."

스스럼없는 대답에 한숨이 나왔다.

"식사하시고 가십시오. 밥은 있는데 반찬은 없어서 어쩌지."

"없음 사 오면 되지."

"네, 그럼 잠깐 기다리십시오. 두부라도 받아 오겠습니다."

"오늘은 이 십노 소용하나만, 술 반병은 있지?"

　영감은 분주소 소장이다. 몇 달 전 어느 날 숙박 검열에 걸렸다. 한밤중 집 안을 샅샅이 뒤진 안전원은 공장 자재인 각초, 권지를 모두 보따리에 싸 함께 온 두 청년에게 메우고 가버렸다. 할 수 없이 다음 날 고양이 담배 두 보루를 들고 분주소를 찾아갔다. 한곳에서 몇십 년을 보내고 정년이 멀지 않은 소장은 어쨌든 얼굴은 알고 지냈다. 그나마 아예 모르기보다는 낫다고 해야 하나.

자재를 돈 주고 사는 걸 아시지 않냐, 한 번만 봐달라고 사정했다. 그 말에 사람 좋은 미소를 짓던 소장이 책상에 놓인 고양이 담배 한 개비를 뽑자 얼른 책상 앞으로 담배 보루를 밀어놓았다. 그걸 보더니 어제 가져온 권지에 돈이 얼마나 들었냐 반문했다. 감출 것도 없어서 가격을 말하며 뺏기면 빚더미에 앉는다고 눈물을 흘렸다. 거짓말도 아니었다. 손이 발이 되게 싹싹 빌어도 도무지 반응이 없었다. 속으로 온갖 욕을 퍼부어도 힘이 없으니 빌붙는 수밖에, 천 원을 더 올려놓았다. 분노를 감추려니 얼굴이 화끈거렸다.

그제야 물건을 돌려받았는데 이후 숙박 검열을 나오면 눈감고 지났다. 소장은 가끔 집에 들렀다. 어느 날은 지나가다 들르고, 또 다른 날은 회의 가는 길이라고 하지만 목적은 뭘 내놓으라는 거다. 그때마다 고양이 담배 보루나 돈을 건넬 수밖에 없었다.

두부에 술안주로 마른 낙지 두 마리를 사고 돌아왔다. 사복 차림에 늘 웃는 인상인 소장은 도무지 속을 알 수 없는 영감이었다. 아이들의 머리를 쓰다듬으며 귀여워하고 성희와 은경이에게 농담도 건네니 경계하는 마음이 자주 옅어졌다. 소장은 임연수 한 마리에 두부탕, 마른 낙지를 뜯은 술상 앞에서 혼자 병을 기울였다. 설밑이라 한가한가? 내 마음의 소리가 들리기라도 한 듯 물어왔다.

"내일모레가 설이니 준비는 했나? 근데 성희 걔는 왜 안 왔어?"

"모두 며칠 쉬기로 했습니다."

"음, 그래?"

길게 늘이는 말에 미심쩍은 생각이 들었다.

"무슨 일 있습니까?"

"그냥 궁금해서. 성희 엄마 왔다는 말 안 하던가?"

깜짝 놀라 가슴에 손을 얹었다. 2년이나 소식이 없던 성희 엄마가 놀아온 건가? 태연한 소장의 얼굴에는 여전히 미소가 걸려 있었다.

"성희는 엄마가 돌아와서 좋겠습니다. 그런데 성희가 왜 말을 안 했을까?"

"도강했으니까. 재주는 있나 보지. 걸리지 않고 집에 온 걸 보니."

성희 엄마가 중국에 갔었구나. 소장이 이미 알고 있으니 눈감아 주려는 건가?

"분주소에 있습니까? 아님 군 안전부에?"

"아직 집에 있지. 똑똑하면 앞가림할 거고, 그렇지 못하면 뭐."

소장의 말을 알아들었다. 그저 넘길 생각은 말라는 거구나. 그런데 왜 여기 와서 말하지? 아하.

"소장 아바이. 성희 보러 오신 겁니까?"

"아니, 애를 내가 뭐 하러. 여기서 몇 번 보니 성희가 똑똑하고 괜찮긴 하더라. 그래도 법을 어기면 쓰나. 먹고살기 어려워도 법은 지켜야지."

고이면 봐주겠다는 말을 저렇게 점잖게 하는구나. 법을 어겼으니 말 그대로다. 코에 걸면 코걸이 귀에 걸면 귀걸이.

"암튼 돌아왔으니 잘됐습니다. 할머닌 힘이 없고 오빠도 철이 없으니, 성희가 가족을 책임지는데 너무 안됐습니다. 이제 성희는 기 펴겠습니다. 엄마가 죽지나 않았나 걱정하더니 그래도 돌아왔으니……."

말끝을 맺지 못했다. 몇 년이 지나도 죽지 않고 왔으니 기다린 보람이 있을 테지. 아무리 기다려도 돌아오지 못하는 사람도 있는데.

"왜 말하다 마는데?"

소장 영감이 의아한 듯 재촉했다.

"그냥 죽지 않으면 오는구나 싶은 생각이 들었습니다."

밥상을 쓱 밀어놓으며 소장이 말한다.
"죽지 않으면 돌아오지. 그렇지 않은 경우도 있고."
그 말에 울컥해 감췄던 속마음이 드러났다.
"소장 아바이. 난 정말 모르겠습니다. 왜 이렇게 됐는지? 무슨 나쁜 일을 했는지도 모르고, 속 시원히 알기라도 하면 마음에서 털어버릴 수 있을 텐데."
소장이 실눈을 뜨고 바라본다.
"네 남편 말이야. 한마디로 바보야. 앞을 자리 설 자리 가리지 못하는 그런 놈은 당해도 싸."
"평시에 말이 많은 사람도 아니고. 술을 많이 마시지도 않았는데."
불그레해진 소장이 웃는 얼굴로 담뱃대 하나를 뚝 꺾었다.
"어디서 그따위를 친구라고. 농장마을에 살다가 요즘 이쪽에 이사 온 놈, 미꾸라지처럼 빠져나가 잘 살던데."
"그 사람이 왜? 무슨 이득이 있다고요?"
"이렇게 단순하니 당하지. 이득이야 따지면 많지. 자기가 빠져나가 살고, 공장 덕도 보겠지. 이전에 너희 살던 집 맞지? 그놈 이사한 집이."
눈 앞을 가렸던 짙은 안개가 걷혔다. 우석의 얼굴이 떠올랐다. 불똥이 튈까 걱정이라던 말은 애초에 거짓이었다. 시아버지와 우석의 아버지는 남쪽 출신의 국군포로. 그러니 결국 남편을 팔아 살아남은 건가? 같은 처지에 이럴 수가!! 남편은 바보가 맞았다. 우석의 배신을 짐작하면서도 애써 부정했던 건 눈이 없는 남편과 자신의 어리석음을 감추고 싶어서인가? 늘 함께 다녀도 어쩐지 정이 안 가더니. 내 눈길을 똑바로 마주 보던 어느 날이 떠올랐다. 처음부터 집을 뺏을 생각이었을까? 겉과 속이 다른 놈.
뻔뻔하고 유들유들하고 염치 좋은 소장 영감은 그에 비하면 양반이다. 돈 빼먹어도 배신은 않으니.

"너도 정신 차리고 살아라. 바보처럼 아무나 막 믿고 그러지 말고. 믿는 게 머저리지."

오늘은 소장 영감이 푸근한 이웃집 아저씨처럼 보였다.

우석의 배신을 생각하자 가슴이 쇳조각으로 긁는 듯 쓰렸다. 몇 년이나 끼니를 챙기고 감추는 것이 없던 남편, 크고 작은 모든 일이 죄가 되었을 터였다. 돌이킬 수 없는 지난 시간이 새삼 한스럽다. 언젠가 잊어야 산다던 엄마 말을 떠올렸다. 그토록 알고 싶었지만, 차라리 모르는 것이 약이었다.

다음 날이 되어서야 마음을 다잡았다. 성희에게 귀띔은 해줘야 했다. 지난해 설날의 그 어둡고 막막한 시간을 성희가 반복하지 않길 바랐다.

성희를 찾아 나섰다. 논밭 사이로 난 달구지 길을 따라 마을에 들어섰다. 산업 건물을 개조한 천정이 높은 긴 사택 두 동이 있었다. 기억을 더듬어 총총히 달린 문을 세어갔다. 다섯 번째 앞에서 멈췄다.

문이 두드리기도 전에 열렸다. 늘씬하고 머리를 길러 묶은 여인이 보자기에 싼 양재기를 들고 나왔다. 중국에서 왔다는 말이 정말인지 얼굴이나 차림에 궁색한 티가 없었다. 뒤에서 성희가 반색했다. 새물새물 웃던 눈이 활짝 웃고 말투도 신이 났다. 표정에 숨길 수 없는 들뜬 기쁨이 고스란히 묻어있어 주변까지 환해졌다.

길게 생긴 단칸방이었다. 부엌과 방 사이를 문 없이 문턱만으로 갈라놓았다. 방에 들어서자 창문이 없어 어둑했다. 성희 엄마를 만나니 정작 이야기를 어떻게 떼야 할지 망설여졌다. 40대를 넘긴 성희 엄마는 하얗고 갸름한 얼굴이다. 성희의 웃는 눈은 엄마를 닮았다.

"전 지향이 엄만데 성희와 친합니다."

"아오. 성희가 말해줬소. 명절 지나면 한번 찾아가려 했는데…….
여러 가지로 고맙소."

성희 엄마도 똑 부러진 성격이구나. 이러니 무사히 왔을까. 그냥 모른척할 걸 그랬나. 집에 돌아와 한시름 놓은 모녀에게 해야 할 이야기가 부담스러웠다. 그러나 소장 영감의 얼굴이 떠오르고 그들을 기다릴 날벼락을 생각하여 용기를 냈다.

"분주소 소장 아바이가 우리 집에 잘 옵니다. 성희도 소장 아바이를 모르지 않으니 먼저 찾아가는 게 나을 것 같습니다."

성희의 얼굴이 하얗게 질렸다. 중국에서 잡혀 오거나, 무사히 와도 걸리면 대가는 혹독했다. 경하면 단련대고 심하면 감옥이다. 한동안 침묵이 흘렀다.

"일단 그들이 안 이상 가만있진 않을 겁니다. 성희가 오지 않아 저도 몰랐는데 벌써 다 알고, 명절 가기 전 대책을 세워야 합니다. 설밑이니 돈을 받자는 의도인 것 같습니다."

오늘이 지나면 돌이키지 못할 수도 있어 명절 전이라고 꼭 집어 이야기했다. 알아들었겠지. 할 수 있는 건 여기까지였다.

"지향이 어머니. 어떻게 해얄지 이야기 좀 해주시오. 우리보다 소장 아바이 잘 알잖습니까? 도와주시오."

팔에 매달린 성희의 눈에서 눈물이 방울방울 흘러내렸다. 두려움으로 안절부절못하는 얼굴엔 좀전의 생기가 씻은 듯 사라졌다.

"그냥 가서 솔직히 말하고 고이는 수밖에. 빨리 갈수록 터놓기 좋을 거야. 아는 사람이 적을수록 편해. 그러니 너와 엄마가 가는 게 좋겠어. 인정에 호소해 봐. 최대한 불쌍하게 보이고. 성희 어머니, 호랑이에게 물려도 정신만 차리면 산다니까. 고이면 별일 없을 겁니다."

할 말은 다 했다. 그들은 누가 어떤 장사로 사는지 모두 안다. 손금 보듯 하니 거짓말을 하면 빠져나오기 더 힘들다. 불쌍하고 궁색해도 마음을 움직일지 알 수 없지만 무정한 법관도 누군가의 아버지, 남편이니 그 얄팍한 감성에 기댈 수밖에, 그동안 소장 영감을 마주하며 얻은 생각이었다. 액운을 무사히 넘겨야 성희도 새해가 평탄할 텐데, 겨울의 어설픈 태양이 흰 벌판을 비추고 있었다. 눈 밖으로 삐어진 마른 풀대들이 작은 바람에도 비칠거려 처량함을 자아냈다.

2

설이 오면 우리 집은 아침부터 바빴다. 아버지 차례를 지내야 하니 새벽같이 일어나 떡을 찌고 국을 끓이고 밥을 했다. 무나물, 고사리, 콩나물이 상에 오르고 사과와 명태도 자리를 차지했다. 작년 설과 달리 아이들은 신바람을 냈고 떡 찧는 절구 소리도 울렸다. 차례를 서두른 덕분에 아침도 일찍 먹고 상을 거뒀다. 남동생은 새해 인사를 나가고, 여자인 우리는 집에서 하루를 보냈다. 새해 첫날 여자가 문을 열면 재수 없단 말을 듣는다. 아침부터 고생한 엄마는 허리를 폈다. 아버지도 남편도 없으니 집에 찾아올 남자도 당연히 없었다.

명절 특혜 중 하나는 온종일 전기가 오는 것이다. 눈이 오길 기다리던 아이들이 창가에서 물러나 TV 앞을 지켰다. 아이들의 재잘거림, 엄마의 평화로운 웃음소리, 동생의 짓궂은 장난으로 하루가 지났다. 윙윙대는 눈보라 소리가 집 안의 아늑함을 더해주었다. 걱정도 고민도 불안도 내려놓은 하루였다.

아이들과 한 이불에 누워 성에 낀 창문을 바라보았다. 달도 없이 캄캄해 아무것도 보이지 않았다. 공장 정문에 걸린 대형 구호판의 붉은

기회 233

글씨가 떠올랐다. "내일을 위한 오늘에 살자." 내일을 위해 오늘 나는 무엇을 할까.

다음 날, 점심 무렵 성희가 찾아왔다. 추위에 빨갛게 언 손으로 꾸러미를 건넸다.

"엄마가 아침에 만두를 빚었어요. 조금밖에 안 돼요."

보자기를 풀자 뚜껑 덮은 그릇에 담긴 만두가 보였다. 작고 앙증맞았다. 성희의 얼굴을 유심히 살폈다. 성희가 먼저 말했다.

"소장 아바이를 만나 어머니 가져온 돈 다 줬답니다. 그런데 명절 지나면 또 오라고 해서 걱정이 많습니다. 어머니가 고맙다고 전해달랍니다. 저 이제부터 여기 못 오겠습니다. 어머니가 장사를 시작하면 같이 하려고요."

성희가 머리를 떨궜다. 늘 생글생글 웃던 눈이 꼬리를 축 늘어뜨렸다.

"정말 서운하다. 엄마 일 잘 풀리면 한번 놀러 와."

만두를 찌고 상을 차려 점심을 먹었다. 성희는 숟가락을 놓기 바쁘게 일어났다. 마당에서 수건을 여며주는데 가만히 쪽지 하나를 건넸다.

"어머니가 드리라고 했습니다."

빨간 동복을 입은 성희의 모습이 골목 사이로 멀어진 후 종이를 펼쳤다. 0443 230 7162 연필로 또박또박 눌러쓴 숫자를 멀거니 내려다보았다. 암호문처럼 알 수 없는 숫자가 머리에 새겨졌다. 이게 뭘까.

아이들이 손꼽아 기다리던 눈은 명절 마지막 밤 펑펑 내렸다. 다음 날, 밖을 나서니 온통 흰빛에 눈이 부셨다. 골목길도 높이 쌓인 눈에 묻히고 발자국 몇 개가 깊숙이 나 있었다. 겨우 마당 안에 외길을 만들고 집 앞 눈은 치울 엄두가 나지 않았다. 눈사람을 만드는 지향이와 지연이만 신이 났다.

며칠이 지나서야 골목길이 열리고 소문이 무성했다. 무산령을 넘던 차가 미끄러져 탔던 사람 모두 죽었다거나, 걸어서 산을 넘던 청년 세 명이 쉬려고 앉았다 잠이 들어 죽었다는 이야기였다. 설이 지나면 길 떠나려던 계획은 눈에 깨끗이 묻혔다.

일손이 점점 느려졌다. 그래도 최악이던 작년 이맘때보다 훨씬 나은 상황이라고 스스로 위안했다. 은경이와 인옥 아줌마는 매일 집에 와서 일손을 잡았고 여기저기 얻어들은 소식을 풀어놓았다. 그중에서 가장 놀라운 건 성희네 이야기였다.

성희네 식구 네 명이 모두 사라졌다고 한다. 열쇠가 걸려 있고 굴뚝으로 연기가 나지 않아 마침 근처에 온 안전원에게 인민반장이 신고했다. 문을 따고 들어서니 온기 없는 집은 얼어붙은 동굴처럼 보였다고 한다. 성희 오빠와 엄마, 할머니 모두 보이지 않았다. 옆에서 명절 날 봤다고 증언했다. 그럼 명절 마지막 날 떠났을까?

본 사람은 없지만, 추측하기 어렵지 않았다. 성희 엄마가 가져온 돈도 모두 털어 바쳤으니 당장 살길이 막힌 셈이다. 거기에 명절이 지나 어떤 벌이 기다릴지 모르니 빠르게 행동했으리라. 성희 엄마의 얼굴과 골목길로 멀어지던 성희의 뒷모습이 얼른거렸다. 영리하고 총명하며 정이 많던 성희, 문득 열한 자리 숫자의 비밀을 깨달았다. 전화번호. 성희 엄마가 중국 전화번호를 남겼구나.

2월에 명절이 또 한 번 오지만 설 같지는 않았다. 일에 매달려 세상 변화를 보는 눈이 없으니 마음이 조급했다. 담배 시장이 어찌 되는지 궁금증을 풀어줄 사람은 정남이 엄마밖에 없었다. 반질거리는 눈판 길에 넘어지지 않으려 발끝에 힘을 주고 시내로 향했다. 상자가 쌓인 정남이네 집은 여전했다. 중국 조미료의 이색적인 향기가 밴 방에서 중키의 남자가 리모컨으로 TV 채널을 돌리고 있었다. 정남이 엄마가 웃음 띤 얼굴로 반갑게 손을 끌었다. 보기 드문 컬러 TV였다. 정남이

기회 235

아버지에게도 인사를 건넸다.

"요즘 고민이 많습니다. 회전이 안 되고, 쌓인 담배를 보면 무섭습니다."

헤아려보니 담배가 팔리기 시작한 건 6월 초순이었다. 석 달 정도 불티나게 팔리고 다시 죽지 않을 만큼이다.

"저야 작년 한 해밖에 모르니 혹시 이전에도 나가는 주기가 있었는지 알고 싶습니다. 정남이 어머니 덕분에 이 일 시작하고 형편이 나아져 정말 감사합니다."

진심으로 감사한 마음을 전했다. 정남이 엄마를 만나지 못했다면 아직도 시장에서 하루살이 신세를 면치 못했을지도 모른다.

"사실 이전엔 외지로 나가는 것보다 시장에서 받는 게 많아. 만드는 사람도 적고, 시장에서 거의 소비했는데, 작년에 생산량이 부쩍 늘었어. 소비 흐름이 달라졌지. 자재도 여러 사람이 들여왔고. 그런데 시작하자마자 끝났어. 어떤 사람은 나한테 넘겨온 가격으로 사달라 밀어놓고 가기도 해."

자재를 받았다는 건 시장의 앞날을 낙관한다는 말이니 집에 쌓인 담배에 대한 근심도 덜 수 있을 터였다.

"그걸 받았습니까?"

"받았다고 하기도 안 받았다고 하기도 그러네."

애매한 대답이었다. 뒤를 재촉하는 기색을 읽고 정남이 엄마가 다시 말을 이었다.

"다른 집 담배가 있으면 어떨 때 끼워줘?"

"내 것이 모자라면 끼워줍니다. 또 다른 예약이 있든가, 구매자가 여럿인데 다 잡아야 할 때요."

"맞아, 시장을 짐작해도 꼭 그렇다고 확신할 수 없으니. 이러다 급하게 시기가 오면 앞에서 들여오는 것보다 훨씬 낫겠지. 그러나 반대 경우라면 욕심이 망하는 지름길이야. 순천이나 평성 등 큰 시장 다니는 몇 집을 아는데 계속 담배에 신경 쓰라고 주문하고 있어. 운이 따라주면 순간에 길이 열리니 너무 고민하지 마."

들을수록 알쏭달쏭하다. 그래서 자재를 쌓아두는 게 좋다는 건지, 나쁘다는 건지? 운이 좋으면 길이 열린다고? 정남이 엄마야말로 내가 본 운이 좋은 사람이다. 언제나 웃는 얼굴, 여유 있는 태도, 담담한 목소리, 그녀는 거짓말을 하지 않았고 세상을 보는 눈도 예리했다. 나에게는 한 줄기 등불 같은 여인이다.

"자재 외상 줄 수 있습니까?"

"겁난다면서 계속하려고?"

"그렇다고 쉴 수도 없잖습니까?"

담배가 쌓이긴 했지만 나가면 순식간에 돈이 되어주리란 미련은 끈질겼다. 미련과 함께 가족에 대한 책임감이 일손을 놓지 못하게 했다.

"두렵습니다. 제가 잘못 판단하면 다섯 식구가 다 같이 죽을 수밖에 없으니 무섭지 않겠습니까?"

정남 엄마 얼굴에서 웃음기가 사라졌다. 호랑이 등에서 내리지 못하는 상황이니 실질적인 조언이 필요했다.

"길은 딱 하나야. 자재는 걱정하지 말고. 약속 지킬 수 있어?"

머리를 끄떡였다.

"담배를 정품처럼 만들어요. 다른 집과 다르게, 그럼 내가 뿌려줄게."

금세 심드렁해졌다. 그야 나도 아는데. 지금 같은 시점에 혼자 원가를 계속 올리면 들어가는 돈을 어떻게 뽑냐고요? 사실 정품처럼 만들고 싶은 마음으로 치면 내가 더 간절하다.

"남들이 가는 길을 따르지 않고 반대로 가는 건 쉽지 않아. 근데 그렇게 해야 돈이 돼. 이건 자기한테 장사 선배로 말해주는 거야."
 "그럼 지금 있는 건 기다려도 됩니까? 올해도 그렇게 잘 나갈지?"
 집요하게 대답을 재촉했다.
 "기다려야지. 세상일을 단언할 수 없지만 내 생각엔 나갈 거야. 여과 담배는 지금 시작이야. 어디 들어올 데도 없고, 식량 사들일 돈도 없는데 담배야 말 다 했지. 특히 여과 담배는 평양이나 앞쪽도 생산하는 곳이 없어. 돈 좀 만지는 사람이야 괜찮지만, 중간인 사람들에게 정품은 너무 비싸. 겉멋을 내려면 가품이라도 물어야겠지. 그러니 기다려봐요."
 말만 들어도 숨이 나왔다. 며칠 입맛이 없을 정도로 침울하던 마음이 훨씬 편해졌다. 배낭에 부족한 자재를 넣고 지름길을 따라 돌아섰다. 눈보라에 코끝이 얼어들었지만, 머리는 다른 것을 생각했다. 나에게 권력은 다시 태어나도 멀리 있을 것이다. 하지만 돈은 노력하면 되지 않을까?

 겨울은 더디게 흘러갔다. 같은 자재로 정품처럼 만들려는 시도와 함께 시내 장은 물론 다른 지역으로 나가는 길목에 자리 잡은 매대를 공략하기로 했다. 동생은 이틀에 한 번씩 시장과 매대에 담배를 주고 돈을 받았다. 십여 개의 매대와 큰 시장, 마을마다 자리한 작은 시장에서 매일 소비하는 양은 점점 늘어갔다.
 새로운 시도로 조금씩 막힌 숨을 열었다. 외상을 놓는 원칙은 하나였다. 이틀 뒤 돈을 회수하지 못하면 거래를 끊는다. 목이 좋아도 거래가 정확하면 계속 다리품을 팔고 아니면 다른 곳을 찾았다. 우후죽순처럼 생겨난 수많은 매장이 있었고 위치에 따라 생존 수단도 달랐다. 신발공장 옆에 자리한 매장에서 담배와 신발을 맞바꾸기도 했다.

시장보다 싼 가격이 매력이었다. 밝고 싹싹한 동생의 성격도 한몫했다.

동생은 새로 맡은 일에 열중했다. 자기가 알게 된 정보를 풀어놓고 시내와 그 변두리까지 쏘다녔다. 남문에 자리 잡은 매장에는 사탕이 잘 팔리고 장 공장 뒷마을에선 정품 못지않은 인삼 술을 판다고 한다. 내가 알고 싶은 건 한 가지다. 시장에서 담배가 팔리는 신호, 값의 변화를 살피라고 주문했다. 먼 산에 진달래가 피자 날씨는 하루가 다르게 따뜻해졌다. 들판에 흰 비닐 박막을 씌운 모판이 생기고 개울가도 푸릇해졌다. 봄빛이 선연해지자 사람들의 옷차림도 가벼워졌다.

예견치 못한 일은 늘 갑자기 찾아온다. 별 하나를 박은 젊은 군관이 찾아왔다. 무슨 근거로 그렇게 마음 편히 있었는지, 왜 동생이 떠난다는 생각을 하지 못했을까? 봄이 와 물이 오르는 나무처럼 쑥쑥 건강을 회복한 동생이 아직 명령에 죽고 사는 군인이라는 사실을 잊고 있었다. 진즉 몸보신이라도 시킬걸. 이런저런 후회가 뒤늦게 찾아왔다.

"명일이 부대에서 왔습니다. 그 친구 몸은 괜찮죠? 어디 갔나요?"

"동생은 시내에 갔습니다. 언제 떠납니까?"

젊은 군관은 친절하게 웃었다.

"지금 가야죠."

"동생은 금방 나갔는데 어두워야 돌아올 겁니다. 길 떠나려면 식사 준비도 해야 하고. 오늘 떠나진 못합니다. 제가 어머니를 찾아올 테니 기다려 주시오."

아무리 군대가 멍팅에 움직여도 시금 낭상 떠난다는 말에 은근히 화가 났다.

"군대가 어디 맘대로 됩니까? 일단 걸을 수 있으면 명령에 따라야죠."

명령으로 가볍게 내 입을 막은 규관은 호기심 어린 눈으로 담배를 바라보고 있었다. 담배 한 갑을 건네자 입에 물고 불을 붙였다.

기회 239

"군관 동지, 다른 용무는 없습니까? 지금 부대로 가는 길입니까?"
"그럼요. 지금 가는 길입니다."
"평양까지 며칠이나 걸립니까?"
"빠르면 이틀, 아니면 삼 일은 봐야겠죠. 더 될 수도 있고."
"동생은 배낭도 없습니다. 당장 배낭을 사야 하고, 예고도 없이 이렇게 갑자기 오다니?"

동네에서 엄마가 가는 집은 뻔했다. 허겁지겁 앞줄로 가는데 마주 오는 지향이를 만났다. 이야기를 들은 엄마는 망연자실한 얼굴이었다. 저물녘 시장에서 돌아온 동생도 군관을 보자 얼굴이 컴컴해졌지만 다른 길은 없었다.

엄마와 함께 새벽부터 주먹밥을 빚었다. 밥이 쉬지 말아야 했다. 물기 없는 반찬은 장밖에 생각나지 않았다. 꾹꾹 눌러 주먹만큼씩 덩어리를 만들었다. 식초와 소금으로 간을 한 물에 적신 가제 천으로 하나씩 쌌다. 고추장 통을 따로 넣었다. 올 때 밥 한 배낭을 메고 왔다는 대대 참모가 새삼 고마웠다. 다음 날 아침 동생은 떠났다. 급히 밀어버린 머리에 군모를 썼다. 던져두었던 낡은 군대 지하족(군대 작업신)을 찾아 신고 허리를 조인 동생은 딴 사람처럼 보였다.

"육 년이면 돌아와요. 그래도 일 년은 집에 있었잖아요."

동생이 늘어놓는 위로다. 1학년생인 지향이가 중학교 3학년이 되어야 하는 세월이다. 육일처럼 가볍게 뱉는 말에 한숨이 나왔다.

"누나 너무 무리하지 마. 누나가 쓰러지면 안 돼. 내가 책에 담배 외상 준 집들 다 적었어. 누나 혼자면 다니지 말고 그냥 집에서 일해."

마지막 당부를 남기는 동생을 붙잡고 나도 거듭 말했다.

"이번엔 영양실조 걸리면 안 돼. 어떻게 해서라도 배곯지 말고."

'어떻게 해서라도'의 의미를 동생이 알아들었을까? 엄마 손을 놓고 얼마쯤 가던 동생이 돌아섰다. 흐릿해진 눈에 표정이 보이지 않았다. 들어가라고 손을 젓더니 모자를 벗고 허리를 깊이 숙였다. 군모를 다시 쓰고 군관을 향해 뛰어갔다.

언덕 위에서 배낭을 멘 동생이 점이 될 때까지 바라봤다. 푸른 연녹색 잎새 사이로 가볍고 발랄하던 동생이 사라졌다. 집으로 돌아오니 작업 상 위에 손바닥만 한 수첩 하나가 놓여 있었다. 새벽같이 일어나 끄적이더니 자기가 못 한 일을 정리한 모양이었다. 첫 장을 펼치니 "누나에게"라고 쓴 삐뚜름한 글씨가 보였다.

주소와 함께 골목을 그린 그림도 있고 주인이 변덕 많으니 외상은 놓지 말라는 당부도 적혀있었다. 또 어느 매대는 사탕이 맛있고 실속 있으니 담배를 주고 바꾸면 된다고 써놓았다. 글자마다 걱정이 묻어 있었다. 마지막 장은 누나 건강해, 하는 다섯 글자였다.

삐뚜름한 글씨 안의 진정이 오롯이 느껴졌다. 어느 때나 부르면 군소리 없이 달려와 손발이 돼주던 동생, 지난봄 마른 나뭇가지처럼 앙상하던 모습이 뚜렷하다. 육 년, 육 년이 지나야 돌아온다. 아랫방에서 소리죽인 엄마의 울음소리가 들려왔다.

3

오월이 시작됐다. 첫 문을 연 선 뜻밖에도 사촌 언니였다. 청진 수남 시장에서 옷 장사를 하는 언니의 뒷배도 출근하던 편직물가공공장이었다. 공장에서 생산하던 내의와 편직 옷들을 밑천으로 시장에서 장사하는 언니는 밑천이 적어도 그런대로 먹고 살았다. 겨울이 되자 장사도 얼어붙고 생산물이 나올 기미가 없어 다른 일을 모색해 왔다.

아침이면 여인들이 시장에 가려고 버스정류장에 모인다고 한다. 거기에서 담배 장사 언니를 만나 가벼운 배낭을 부러워했다. 옷 배낭은 무거워 뼈를 녹인다는 말에 시장을 겪어본 나도 머리를 끄덕였다.

봄이 오자 담배 장사의 배낭이 커져 물어보니 가품 담배를 끼워 짐이 늘었다고 한다. 담배에 생각이 미쳤다. 당장 하루나 이틀을 버린다 치고 집 앞에서 차를 잡았다. 시장에 친구가 있고 집이 길가라 조건이 유리하니 해볼 만하다고 한다. 언니에게 이 일은 단기간만 계획하고 옷 장사를 하라고 권했다.

"공장에서 중국과 합작을 협의하고 있어. 성사되면 생산을 시작하겠지."

군인이었던 언니는 성격도 시원시원했고 직장장이어서 공장이 돌아가면 제 몫은 톡톡히 챙길 터였다.

"언니가 한다면 나도 열심히 일할게, 대신 언니 시장에 있는 담배 언니와 마지막을 잘해야 해."

결과적으로 우리의 시도는 성공적이었다. 한발 앞선 언니가 있어 시작이 좋았다. 특별한 변화가 없는 한 언니는 하루에 청진까지 오고 갔다. 쌓였던 재고가 빠르게 소모되었다. 십여 일이 지나니 달리기 장사꾼이 부쩍 늘었다.

뜻밖의 사람이 찾아왔다. 하지가 가까워져 초여름 밤이 짧아졌다. 긴 하루가 가고 밤의 장막이 짙어져 일자리를 거두는데 엄마 목소리가 들려왔다.

"사돈이 어쩐 일이요?"

방문을 열자 지친 기색이 역력한 아주버님이 색이 바랜 잠바를 입고 서 있었다. 등잔불이 광대뼈가 두드러진 검은 얼굴에 음울한 음영을 드리웠다. 풀 죽은 모습을 보니 좋은 일은 아니었다.

"물이나 한 그릇 주시오."

꿀꺽꿀꺽 냉수를 들이켜는 모습이 불안하다. 근심과 걱정에 찌들고 끼니도 챙기지 못한 모양이다.

"시장해 보입니다. 아주버님. 국수가 있으니 드시고 말씀하십시오."

사양할 힘도 없는 듯 국수를 먹더니 담배 한 대를 붙여 물고 시선을 피한다.

"아주버님. 무슨 일입니까?"

재촉하듯 묻자 그제야 눈을 들었다. 어둑한 방 안에 두 눈이 뚜렷이 번뜩였다.

"종일 단련대 앞에 있었소. 내일도 가야 해서 돌아가지 못하고 이렇게 왔소."

단련대라는 말에 대뜸 감이 왔다. 단련대는 중국에서 공안에 잡히거나 국경에서 경비대에 구속된 사람들에게 강제 노동을 시키는 곳이었다. 중국에 갔다 왔구나, 시누이가.

"형님이 단련대에 있습니까?"

"삼월에 잡혀 구류장에 있다가 지금은 단련대에 갔는데 거의 죽는다고 해서 사정해 보려고 왔소."

3월이라면 벌써 석 달째 안전부 구류장에서 취조받았다는 소리다. 사정없이 사람을 패고 통강냉이 몇 알씩을 준다는 거기서 석 달을 버티다니.

"형님을 만나보셨습니까?"

"못 만났소. 같이 잡힌 사람이 와서 알려줬는데 장티푸스에 걸렸다고, 며칠 더 있으면 송장 치른다고 하오."

구류장에서 버틴 몸에 강제로 일까지 시키니 건강하다면 오히려 못

믿을 일이다. 단련대에서 나온 앞집 여인은 물이나 간신히 넘기고 죽을 날만 기다린다.

"거기서 뭐라고 합니까?"

"죗값을 치르기 전에 못 나간다고."

"아주버님. 고이긴 하셨습니까?"

당장 몸을 가누지 못하면 부담만 될 텐데. 전염이 무서워서라도 빨리 내보내려 하지 않을까?

"고양이 담배 한 갑 사들고 갔더니, 아마 적어서 그런가 싶긴 하오."

"형님은 처음 중국 간 겁니까?"

"몇 번 갔소. 새끼 돼지를 안고 가고, 강 바로 앞마을에서 요구하는 물건을 주고 강냉이 배낭을 메고 왔소. 두어 번은 괜찮았는데."

탄광은 긴 겨울 식량도 없고 일자리도 없었다. 골짜기를 얼마쯤 걸어 내려오면 두만강이다. 바로 맞은편, 중국 쪽에 훤히 보이는 마을이 있다. 강을 넘으면 강냉이를 얻을 수 있다는 말이 퍼졌다. 시누이도 그 유혹을 이기지 못했다. 윗방에 자리를 깔자 한숨을 쉬던 아주버님은 기척이 없었다. 슬그머니 엄마를 돌아보았다. 늦게 올라온 달빛이 이쪽저쪽 뒤척이는 엄마 얼굴을 비쳤다.

"낼 아주버님과 같이 가보겠습니다. 별 도움이 못 돼도 혼자보다 낫지 않겠습니까."

아침 밥술을 놓기 바쁘게 자전거를 들어내는데 커다란 손이 손잡이를 잡았다. 아주버님이 앞에 앉자 뒤에 올라타듯 뛰어내렸다.

"모포라도 한 장 가져갑시다. 혹시 형님 태우면 앉기 편하게."

단련대는 시장 건너 두만강 쪽을 향해 있었다. 논 사이로 난 달구지 길은 논물이 흘러내려 곳곳이 질척였다. 자전거 바퀴가 웅덩이를 가르자 흙물이 빗살처럼 튀어나갔다. 자전거를 타지 않으면 신발을 벗고 건너야겠는데. 십오 분쯤 내려가자 슬레이트 지붕의 단층 건물이 나타났다. 모두 일에 내몰렸는지 마당은 조용했다.

아주버님을 따라 사무실로 향했다. 일단 책임자를 만나야 했다. 대장은 감찰과에 적을 둔 안전원이다. 안전부에서 샅샅이 조사하고 경한 처벌을 받아 단련대에 오면 몇 개월을 버텨야 집으로 돌려보냈다. 죗값으로 일하니 물론 무보수에 통옥수수 알을 세어 먹으며 밤이면 추위에 떨어야 했다. 노란 칠을 한 문을 두드리자 잠시 후 들어오라는 남자의 음성이 들렸다. 아주버님이 앞장섰다.

"안녕하십니까? 신옥순 가족입니다. 아내가 심하게 앓는다고 해서 왔습니다. 집에 가서 좀 나은 후 다시 오면 안 됩니까?"

단마디로 설명을 마친 아주버님이 발끝만 내려다보며 어깨를 옹송그렸다. 슬며시 걸어가 고양이 담배 한 보루와 집에서 가져온 가품 한 보루를 얹어 들이밀었다.

"집에 아무것도 없습니다. 탄광 마을은 탄을 팔아야 돈이 됩니다. 앓는다고 하니 사정 좀 봐주십시오. 어떤지 보게라도 해주십시오."

사복 차림 젊은 남자의 예리한 눈이 초라한 아주버님과 내 형색을 훑고 지났다. 볕에 타 꺼먼 얼굴과 볕을 보지 못해 창백한 두 얼굴이 조심히 눈치를 살폈다.

"한 번만 사정 봐주면 다신 이런 일 없을 겁니다. 아들이 둘 있는데 다 군대에 나가고 봐줄 사람도 없습니다."

노리가 없었나. 듣든 말든 사정하는 수밖에.

"아주머닌 누구요?"

"저에겐 시누입니다. 시어머님이 편찮으셔서 대신 저라도 사정하러 왔습니다. 아주버님은 남자라 사정도 잘 못하고."

"법이 사정한다고 되는 곳이오?"

그나마 대꾸하니 우선 조금 마음이 놓였다. 보낼지 더 쥐어짤지 생각하는 모양이었다.

"대장 동지, 다시는 굶어 죽어도 건너로 보내지 않겠습니다. 제발 한 번만 봐주십시오."

아주버님이 두 손을 마주 쥐고 울먹였다.

"일단 환자고 하루 이틀 사이 나을 정도가 아니니⋯ 내보내면 지금 데리고 가겠소?"

"네."

동시에 답하자 남자가 일어섰다.

"일단 여기 서명하시오."

아주버님이 종이 아래에 이름을 썼다. 얼핏 보니 확약서라는 세 글자가 눈에 들어왔다. 남자를 따라 옆방으로 갔다. 좁은 창문에 촘촘한 쇠창살이 달린 방은 첫 순간 아무것도 보이지 않았다. 눈에 익자 한옆에 두둑한 뭔가가 들어왔다. 남자는 신을 벗지 않고 선 채 목소리를 높였다.

"신옥순이. 두 번 다시 이런 일 있으면 여기 오는 대신 감옥이야. 알고 있지? 다시 만나지 말자고."

말을 마친 남자는 뒤도 돌아보지 않고 가버렸다. 그제야 멀뚱히 서로 마주 보던 우리는 신을 벗고 올라섰다. 시멘트 바닥에 누웠던 사람이 꿈틀 움직였다. 헝클어진 머리와 형체가 불명확한 칙칙한 옷, 가느다란 몸, 설핏 봐도 예전의 시누이 모습과는 너무 달랐다. 사람이 이렇게 될 수도 있구나. 그제야 바닥이 서늘함을 눈치챘다. 초여름이어도 시멘트 바닥이니 추울 수밖에, 곁에 입었던 잠바를 벗었다.

"형님. 좀 어떠십니까? 제가 누굽니까?"

눈을 감은 형님은 대답이 없이 간신히 머리를 끄덕였다. 데리고 가라 해도 큰일이다. 이마에 손을 대니 열이 펄펄 났다. 앉지도 못하면 도대체 어떻게 데려가지?

"어떻게 합니까? 옷은 제 걸 입어도 우선 약을 먹어야 할 것 같습니다."
"일단은 여길 나가서 그담 생각하기요."

아주버님이 형님을 가뿐히 안아 들었다. 팔과 다리가 축 늘어진 형님은 숨소리가 아니면 헝겊으로 만든 인형처럼 보였다. 자전거 뒤에 앉히려 했지만 어떻게 해도 축 늘어졌다. 모포를 삼각으로 접어 아예 아이 업듯이 뒤로 싸 업었다. 아주버님이 자전거를 타고 먼저 떠나고 뒤를 따랐다. 물웅덩이에서는 내가 자전거를 끌고 아주버님은 걸어서 건넜다. 논두렁에 삽으로 흙을 얹던 남자가 눈이 마주치자 머리를 끄덕였다. 뒤늦게 남자가 매일 이곳에서 온갖 비슷한 군상을 봤으리란 생각이 스쳤다. 웅덩이를 지나 다시 자전거를 넘겨줬다.

"자전거로 가실 수 있겠습니까? 우리 집에서 며칠 계시다 가는 게 어떻습니까."

아주버님은 고집스럽게 머리를 저었다.

"사돈집에 그럴 순 없소. 장모님도 기다리느라 간이 바짝바짝 마를 거요. 미안하지만 자전거를 빌려주면 조심조심 가보겠소."
"형님이 이대로는 못 버팁니다. 약도 사고 죽이라도 드셔 기력이 나야 갑니다. 제가 시장에 다녀올 테니 조금만 기다려 주십시오."

형님이 버티지 못하면 집에 간다고 방도가 있는 것도 아니었다. 그렇다고 우리 집도 편안지 못할 테니 약이라도 있어야 했다. 시장에서 해열제와 장티푸스에 좋다는 약, 사탕과 두부밥, 물을 샀다. 시누이도 그렇지만 아주버님도 점심을 드셔야 갈 수 있다. 바삐 돌아오니 모포에 형님을 눕힌 아주버님이 나무 밑에서 땀을 식히고 있었다. 자전거 짐 틀에 울바자 널인 듯 한쪽에 회칠이 묻은 널판자 두 장을 놓고 모포에 감싼 시누이를 눕혔다. 짐 싣는 고무줄로 허리 다리를 묶었다.
"이렇게 가보고 안되면 다시 업든가. 아직 시간은 많으니 천천히 가면 저녁까지야 들어서겠지. 오늘 정말 고맙소."
아주버님은 서둘러 떠났다. 보따리를 자전거 손잡이에 걸어주고 천천히 황소걸음으로 움직이는 그들을 바라보았다.

4

시누이가 집으로 돌아가고 보름이 지났다. 상태가 어떤지 궁금했지만 별다른 통신수단이 없으니 알 길이 없었다. 아침까지 맑던 하늘이 삽시간에 흐려졌다. 곧이어 굵은 빗방울이 떨어졌다. 축축하고 눅눅한 더운 바람이 불어왔다. 장마로 여름비가 그치지 않았다. 은경이와 인옥 아줌마는 발이 젖어 싫다고 했지만 나는 비 오는 날이 좋았다.
가없는 하늘에서 떨어지는 셀 수 없이 많은 물방울, 비 냄새가 섞인 눅눅하고 부드러운 바람. 나무 밑에서 듣는 빗소리는 또 어떤가. 수줍게, 또 힘 있게 떨어지며 서로 어울려 독특한 음색을 낸다. 그뿐인가. 안개를 휘감고 비에 씻긴 마사토 길은 꿈길처럼 그윽하다. 하지만 역시 비는 현실의 삶을 번거롭게 한다.
꽝, 콰르릉 번개가 천정을 가를 듯 번쩍이자 비명과 함께 방 안에 공포가 몰려왔다. 후에 보니 멀지 않은 밭머리에 선 늙은 황철나무에 벼락이 떨어져 허리가 뚝 꺾였다. 둘레가 한 아름이나 되어 김매기 철 그늘이 되어주던 나무는 이후 점점 말라갔다.
"옛말에 집에서 벼락에 맞아 죽었다고 하더니, 아이고야."
인옥 아줌마가 중얼거렸다. 아이들이 서로 얼굴을 마주 보며 놀란 가슴을 진정시켰다. 그때 밖에서 자전거 세우는 소리가 들렸다.
"누가 왔습니다. 지향이 할머니."
윗방 문 옆에서 은경이가 소리쳤다. 수선거리는 소리가 들리더니 "지향아" 하고 부르는 소리가 귀에 익었다. 무거운 엉덩이를 들고 내다보다 반색했다.
"형님, 괜찮으십니까? 아이고, 비 다 맞았네. 아주버님은요?"
"자전거를 창고에 세우고 올 거야."
헝겊 뭉치처럼 쓰러져 있던 형님이 거동하는 게 놀라웠다. 퀭하던 얼굴에 조금 살이 붙고 생기가 돌았다. 아직 손목이 어린아이처럼 가늘고 옷도 훌렁훌렁했지만 얼마나 다행인가.
"이렇게 빨리 회복될 줄 몰랐습니다. 아주버님이 고생하셨네요. 어머님은 괜찮으십니까?"
"엄마가 옆에서 수발들고, 저 사람도 애썼지. 자전거를 빨리 가져가야 한다고 노래를 불렀어."
고지식한 아주버님이 매일 자전거 때문에 속앓이했을 것이다. 그래도 이렇게 시누이와 함께 오니 반가움이 갑절로 커졌다.
"이렇게 올 수 있어 정말 다행입니다."
"지향이 엄마, 사돈 어르신 감사합니다. 그 말씀 드리려고 왔습니다. 전 일이 있어서 돌아서야 합니다. 처남댁 저 사람 부탁하겠소."
뒤늦게 현관에서 신발도 벗지 않고 아주버님이 말했다. 만류해 보았지만 막무가내였다.
"저 사람이 오고 싶어 해서 왔습니다. 며칠 있다 다시 데리러 오겠습니다."
말릴 사이도 없이 비닐 박막을 등에 쓰고 아주버님이 떠나버렸다. 무슨 일인지 몰라 시누이를 돌아보았다.

"내가 며칠 신세 지려고, 약도 맞는 거 사고, 지향이 할머니 욕하지 마시오. 염치없다고."

"무슨 그런 말이 있소? 숟가락 하나 더 얹으면 되는데."

시누이가 왜 아픈 몸을 이끌고 왔을까? 이리저리 생각하니 시아버지의 임종이 떠올랐다. 이야기해 준 걸 모두 전한다고 했지만 이후 시누이는 입을 다물었다. 장례 후 침통한 분위기를 깨기 조심스러워 기다리기만 했다. 몸조리에 전념할 시누이가 무리한 이유는 그것밖에 없었다. 아픈 시누이를 위해 저녁은 밥을 했다. 텃밭의 감자, 가지를 무친 밥상이었다.

윗방에 자리를 펴고 시누이와 나란히 누웠다. 정적 속에 개구리 울음소리가 유난히 크게 들렸다. 우리 두 사람은 그 소리에 귀를 기울이며 오래도록 아무 말도 하지 않았다. 모기가 귓가에서 앵앵거려 침묵이 깨졌다. 등잔을 찾아 불을 켜고 파리약을 이리저리 그은 종이를 가까이 가져왔다. 지우개처럼 생긴 약을 몇 번 더 그어 가까이 두자 앵앵 소리가 없어졌다. 시누이가 부스럭거렸다.

"형님, 할 이야기 있습니까?"

"올케, 몸이 이렇고 되니 제일 걸리는 게 아버지 편지를 전하지 못하고 죽으면 어쩌나 하는 걱정이었어. 동생은 아무 소식 없지?"

"보위부에서 예심이 끝나 함남도 쪽으로 갔답니다. 아마 못 나오겠죠. 왜 들어갔는지 알았습니다. 남쪽에서 비전향 장기수를 보낸 것처럼 국군포로도 고향에 보내야 한다고 말한 걸 우석이 밀고한 겁니다."

이야기를 들으며 형님이 가만히 몸을 떨었다.

"부전자전이라더니. 아버지가 맞았구나."

마침내 듣고 싶은 말이 나왔다.

"우석이 아버지와 함께 일할 때 한번은 굴이 무너져 삼 일을 갇혔

대. 세 사람이 있었는데 죽는다고 생각하니 고향 생각이 간절해 한 사람이 동발에 '가고 싶은 고향 대전'이라고 새겼대. 구조된 후 아버지는 정신이 혼미했고 아무것도 몰랐대. 보지 못했다고 우겨도 소용없더래. 우석의 아버지가 친구를 지목하고 또 아버지도 봤다고 말해서 고초를 겪었대. 그분 고향이 대전이어서 다행히 아버지는 혐의를 벗었대. 그분은 흔적 없이 사라지고 우석이 아버지와 둘이 남았지. 살려면 어쩔 수 없었다고 생각하고 묻었대. 그런데 그 일이 철호에게 다시 일어났으니. 너희가 우석과 다닐 때 이야기를 차마 못 하셨대. 평생 당신이 꺼내지 않으면 영원히 잊힐 줄 알았다고, 우석이와 다니는 걸 말리지 못한 게 후회되시고 모든 게 당신 탓인 것만 같아서. 당신이 그때 죽었으면 철호도 무사하지 않았을까 하시더라. 너한테 미안하대."

임종 때 아버님이 "우린 셋이었어" 하시던 말씀이 이제야 이해되었다. 아버님은 서너 달 지나자 말도 하고 오른손도 쓸 수 있었다고 한다. 당신 이야기를 하고 싶어 하니 짬이 나면 들어드렸다. 혹 나를 보지 못할 걸 걱정한 시아버지가 편지를 썼다. 내가 시아버님을 뵈었으니 편지를 전해야 하나 망설였다고 한다. 남편도 없고 아직 젊어 재혼할 수도 있으니 갈피를 잡을 수 없었다고. 하지만 더는 미룰 수 없어 몸이 좀 나아지자 아주버님과 함께 내려왔다. 궁금해하는 내 눈길을 보며 형님이 등산불을 후 불었다. 그리곤 품속에서 봉투 한 장을 건넸다.

"아버지가 남기신 거야. 고향을 보고 싶다는 유언, 올케도 들었시? 이곳에 뼈를 묻을 거라 생각한 친구 두 명이 탈출에 성공하고 충격이 크셨나 봐. 혹 가족에게 소식이라도 전할 수 없을까 생각하신 거야. 그때까지 일러주지 않던 고향과 군번도 알려줬어. 대구에 아내와 두 딸이 있대. 군대에 나올 때 다섯 살, 두 살이었나 봐. 51년에 입대했는데 가족 소식을 전혀 모르는 거지. 편지를 전했으니 이젠 됐어. 모두 털어놓으니 홀가분해. 아버진 우리가 자랄 때도, 커서도 남쪽 이야기 안 했는데 마지막에 생각이 달라진 거야. 나도 지난번에 죽는다고 생각하니 아버지 말씀 못 전할까 봐 겁나고 살아야겠다 싶었어. 군대 간 애들이 올 때까지 몸이 견뎌주면 좋겠어."

까끌까끌한 종이가 이야기의 진실을 증명하고 있었다.

"혼자 있을 때 봐."

충격이었다. 시누이의 조바심이 이해되었다. 생사의 경계에서 인간은 간절히 원하는 것을 마주한다. 그러니 아버님도 혼자만의 비밀을 털어놓고, 시누이도 회복되지 않은 몸을 끌고 찾아왔다. 하지만 비밀은 없을수록 좋다. 나와 아이들의 삶이 평탄하려면 아는 것보다 모르는 게 편했다.

"형님, 전 이 모든 게 무섭습니다."

"알아, 그래서 망설였어. 하지만 애들이 있잖아… 올케는 놓치지 마."

무엇을 놓치지 말라는 말도 없었다. 알 것 같기도 하고 모호하여 뚜렷하지 않았다. 시아버지의 또 다른 가족, 같은 하늘아래 사는 그들은 아버님을 기억하고 있을까. 두 살에 잃은 아버지가 과연 마음에 살아 있을지? 밤새 잠들지 못하고 뒤척였다.

며칠 후에 온다던 아주버님은 다음 날 다시 왔다. 마침 돌아가는 차가 있단다. 비가 멎자 뜨거운 햇볕이 대지를 달구었다. 마을 옆을 지나 탄광 마을로 가는 차를 타고 왔으니 기다리면 돌아올 거라 한다.

가로수 밑에 앉아 시누이 얼굴을 흘깃거렸다. 침착하고 담담한 표정을 보니 어지럽던 마음이 가라앉았다. 시누이의 창백한 얼굴에 가끔 달려온 화물차가 먼지를 들씌웠다. 다행히 오래 기다리지 않고 차가 도착해 시누이는 왔던 것처럼 갑자기 떠났다.

일이 손에 잡히지 않았다. 시아버지의 편지가 자석처럼 몸과 마음을 끌었다. 안주머니에 넣어둔 편지를 만졌다. 밖으로 나와 어디로 갈지 잠시 망설이다가 창고 문을 열었다. 손전지를 찾아들고 사다리를 밟고 움으로 내려갔다. 손전지를 독 뚜껑에 고정해 놓고 갈색 봉투에서 조심히 속지를 꺼내 펼쳤다. 거친 종이에 연필로 꾹꾹 눌러쓴 글자들이 보였다. 큼직하고 힘이 들어간 글씨였다.

기회(9192045)

강물 위에 다리는 놓였던 것을
때아닌 거친 물결이
다리를 무너치고 흘렀답니다.

먼저 건넌 당신이
그만큼 부를 때 왜 안 갔던가
당신은 저편서 나는 이편서
때때로 바라보며 울 뿐입니다려

너무 평범하고 짤막한 시 한 구절이 적인 종이를 보니 팽팽히 긴장됐던 마음이 허덜해졌다. 시라니? 이렇게 짤마하다고? 뒷면을 불빛에 비춰보았다. 뚫어지게 들여다보았지만, 글씨가 나타나는 기적 같은 건 없었다. 그래도 쉽게 내려놓지 못했다. 바르지 못한 획 하나하나를 눈앞에 각인이라도 하듯 보고 또 봤다. 제목 옆 숫자는 분명 시누이가 말한 군번일 것이다.

계산동

신영희 1948. 2. 9.

신순희 1950. 7. 27.

계산동은 아버님 고향이라는 대구에 있을까? 다섯 살, 두 살 아버지를 기억하기엔 너무 어리다. 나조차도 노인이 아닌 25살의 젊은 아버님을 상상할 수 없었다. 그 아버지가 남긴 혈연이 같은 하늘 아래 어딘가에 숨 쉰다는 사실이 믿어지지 않았다. 두 살 아기는 50대의 여인이 되었을 것이다. 그 긴 세월에 기억은 묻히고 또 묻혔으리라. 다시 한 자 한 자 띄어 읽었다. 아무리 봐도 평범한 시구였다. 계산동이라는 낯선 지명을 빼면 길에서 주워도 눈을 돌리지 않으리라. 아니야. 이건 아버님이 세상에 간절히 남기고 싶은 마지막 말이고 자손에게 꼭 하고 싶은 이야기야. 아버님은 뭘 말하려 했을까? 기회, 다리 무너지다, 여러 단어가 눈앞에서 떠돌았다. 전쟁으로 무너진 다리, 무정한 건너편 산과 들, 40년이 지나 그곳을 넘은 사람들, 당신의 발목을 잡은 건 고생과 아픔을 같이한 가족일 것이다. 사회, 분계선, 국경, 무정한 40년, 때때로 바라보며 울던 가슴은 이제 영원히 식었다.

시아버지의 마지막을 생각하자 가슴에 통증이 일었다. '멍에만 물려주고'. 언젠가 나의 마지막도 아버님과 같을까. 갑자기 번개가 눈앞에 떨어지듯 훤해졌다. 아버님은 멍에를 끊을 기회를 말한 거야. '난 너무 늦었다'. 아버님은 기회를 일깨워 주고 싶은 거였어. 너무 늦기 전에, 침을 발라 덧입혀 굵어진 글자를 바라봤다. 기회.

40년이 지나 살아서 고향으로 돌아간 사람들. 그들을 보며 시아버님이 지새웠을 무수한 밤과 낮. 당신의 기회를 뺏은 건, 당신이 기회를 포기한 건 우리들 때문입니까?

눈물이 왈칵 솟았다. 엉성한 무덤에서 느낀 감정이 살아났다. 죽음도 어쩌지 못한 명에, 죽어도 이어지는 그것. 아버님은 그 한을 토로하신 거야. 벗을 순 있을까? 하지만 어떻게! 아버님, 저에게 기회가 있을까요? 아버님의 가족에게 당신의 이야기를 전할 수 있을까요? 머리를 가로저었다.

5

본격적인 장마로 우중충한 날씨가 계속되었다. 비가 멎지 않아 방 안은 습기로 끈적끈적하고 후덥지근했다. 세찬 비바람에 뒤울안의 강냉이가 쓰러져 한쪽으로 누웠다. 막 점심을 먹고 일어섰는데 문밖에서 엄마가 불렀다. 나오라고 손짓한다. 얼굴색이 좋지 않았다. 문 앞에 한 사람이 있었다. 비옷을 입은 인민반장이다.
"심부름 왔소. 지금 분주소에서 잠깐 오라고 합디다."
가슴이 섬찟했다. 그래도 평정을 가장하며 물었다.
"무슨 일인지는 모릅니까? 분주소에서 왜?"
"모르오. 그냥 말을 전하라 해서 온 거지."
더 물어야 괜한 의심만 살 터였다. 잘못한 것도 없이 가슴이 후두둑 뛰다. 반장이 멀어지자 엄마가 말했다.
"내가 가는 게 낫지 않을까?"
"어머니 부를 거면 말했을 텐데, 제가 가겠습니다."
돌아서다 불길한 예감이 들었다.
"내가 저녁까지 오지 않으면 내일은 쉬는 게 좋겠습니다."
정신만 차리면 괜찮겠지. 황황히 옷을 갈아입고 나섰다. 분주소는 농장마을 귀퉁이에 있었다. 키만큼 자란 강냉이들 사이로 난 길은 비에 질척거려 걸음을 방해했다. 분주소 검은 대문 앞에서 멈춰 섰다. 언제 봐도 위압감을 주고 마음을 무겁게 한다.

정신을 차리자. 우산이 막아주지 못한 어깨와 바짓가랑이에 흙물이 튀었다. 잠시 망설였다. 누가 찾는다는 말이 없었으니 어디로 가야지? 복도에 우두커니 섰다가 목소리가 들리는 문을 두드렸다. 응답 소리에 문을 밀었다. 책상을 마주하고 앉은 서너 명의 날카로운 눈길이 일시에 쏟아졌다.

"어떻게 왔소?"

사복을 입었으나 꼿꼿한 등과 번뜩이는 눈길에 등이 오싹해졌다. 왜 이렇게 날이 선 거지? 나도 모르게 주춤했다.

"찾는다고 해서 왔습니다. 언덕마을에 사는 김선희입니다."

"아, 좀 기다리시오."

그중 한 사람이 말하자 다시 문을 밀었다. 복도에는 의자가 없었다. 엄습하는 불안에 가슴이 답답해 현관문을 밀고 나섰다. 마사토가 곱게 깔린 마당에 기역 자로 앉은 단층 건물은 아담했다. 몇 번 오긴 했어도 이렇게 찬찬히 눈에 담기는 처음이다.

공중에서 산산이 부서져 내리는 자잘한 물방울에 멍하니 시선을 주었다. 빗방울은 땅에 닿기도 전에 속절없이 바람에 이리저리 휩쓸려 간다. 서로 부딪혀 튕겨나고 다시 뭉치기도 하지만, 기어이 떨어져 흔적을 남기지 않고 바닥에 스며든다. 얼마나 시간이 흘렀는지, 부르는 소리가 들렸다.

등을 돌리고 걷는 남자를 따라 복도 끝방에 들어섰다. 작은 책상 하나와 의자, 그리고 벽에 붙인 긴 의자 하나가 놓여 있었다. 밤색 윤기가 어른거리는 책상에 앉은 남자가 앞을 가리켰다.

"앉소."

잠시 침묵이 흘렀다. 들고 온 종이 몇 장을 밀어놓으며 말한다.

"쓰시오."

예상 밖의 일이었다. 뭔가 물어보기도 전에 쓰라니, 무엇을? 돈을 달라고 조이는 건가. 무엇을 바라는지 짐작도 가지 않았다.

"남편의 실종 후 살아온 모든 것을 쓰시오. 솔직하게 쓸수록 빨리 나갈 거요."

잠시 침묵이 흘렀다. 침묵이 길어지자 남자가 일어섰다. 문으로 향하는 등 뒤에 소리쳤다.

"잠깐만요. 무엇을 쓰라는 건지 말씀해 주셔야… 사는 게 힘들어 어제 일도 생각나지 않습니다. 조금만 일깨워 주시면 쓰겠습니다."

죽지 않기 위해 용을 쓴 순간들이지만 합법과 비법의 경계가 모호했다. 돌아선 남자가 머리를 쓸어 올리며 똑바로 주시한다.

"자신이 한 일을 솔직하게 쓰시오."

쓴 다음은? 쓰지 않으면? 열쇠를 거는 소리가 들렸다. 안전부는 범죄를 찾아내는 곳이 아닌가. 내가 무슨 잘못을 한 거지? 법을 어길만한 잘못이 선뜻 떠오르지 않았다. 그렇다고 법을 어긴 일이 없냐고 물으면 또 답이 궁했다. 장사가 합법이라고 들어본 적은 없고 개인의 손에 들어온 자재는 밀수품 아니면 국가창고에서 나온다는 걸 부정할 수 없었다. 사도 팔아도 죄다. 뭘 해도 걸리면 유죄, 걸리지 않으면 무죄였다. 그렇다고 하지 않는다면 어떻게 될 것인가? 궁법과 기아로 인한 죽음뿐이다.

조심하고 또 조심했지만 결국 이런 날이 오고야 말았다. 입안에 쓴 물이 돌았다. 도대체 무잇을 요구히는가? 먼저 시아버지의 편지를 떠올렸다. 분명히 외우고 태워버렸어. 눈을 감으면 그대로 그려낼 수 있지만 그건 머릿속에 있었다. 촬영해도 나오지 않을 것이다. 아무도 모른다. 시누이에게 또 무슨 일이 생긴 걸까? 코에 걸면 코걸이, 귀에 걸면 귀걸이니 그들의 요구에 맞는 대답을 해야 했다. 무거운 시간이 흘러 창밖이 캄캄해졌다. 방 안에 전등불이 켜졌다. 시간을 가늠해 보는데 밖에서 자물쇠 돌리는 소리가 들렸다. 들어온 남자는 종이를 집어 갔다. 갑자기 탕, 책상 치는 소리와 고함이 벼락처럼 울렸다.

"야, 뭐 하는 태도야? 쓰라면 써야지. 자기 처지를 모르는 거야? 넌 죄가 없어?"

마지막 말에 가슴이 쓰렸다. 내 처지, 뭘 그리 잘못했는데? 무슨 죄를 지었다는 거지? 반발심에 눈길을 든 찰나 가슴이 서늘해졌다. 조소와 경멸을 넘어 증오가 담긴 두 눈이 찌르듯 마주 왔다. 마치 원수를 노리는 눈빛이었다. 잘못 걸렸구나.

"뭘 써야 할지 모르겠습니다. 정말 몰라서 그럽니다."

"쓸 게 없다? 법을 어기지 않고 살았다 이거야? 낮말은 새가 듣고 밤말은 쥐가 듣는다는 거 몰라? 우리가 모른다고 생각해?"

반말이 된 어투가 비수처럼 가슴을 찔렀다. 말의 내용보다 남자의 눈에 어린 적나라한 적의와 서슬 퍼런 목소리에 오싹해졌다. 불길한 예감이 들었다. 두서없는 생각들이 떠올랐다 사라졌다. 바보처럼 당했다던 남편과 뻔뻔한 우석의 얼굴. 시아버지의 편지와 시누이의 뼈만 남은 얼굴이 다가왔다. 기회라고 쓴 삐뚜름한 글씨가 떠오르자 가슴이 두근거렸다. 시아버지처럼 너무 늦은 건 아닐까? 안 돼! 나 가야 돼!

종이 뭉치를 끌어당겼다. 남편의 마지막 출근, 시아버지의 중풍과 사망, 시장에서 보낸 날들, 집을 내라고 찾아왔던 부문 당비서, 생각나는 대로 적어가기 시작했다. 두어 시간이 지났는지 복도에서 발소리가 울렸다. 열 장 가까이 연필로 쓴 종이를 훑어보며 남자가 말했다.

"이렇게 대충 써서 되겠소? 제대로 나오지 않으면 계속 반복해야 할 것이오. 쓸데없는 시간 낭비는 하지 말고. 오늘은 늦었으니 집에 가시오. 내일 아침 아홉 시까지 오시오."

문을 나서자 복도 구석에 한 사람이 서 있었다. 엄마였다. 엄마가 돈을 고여서 보내는구나. 말없이 앞장선 엄마 옆에 다가가 온기 없는 손을 잡았다. 걱정에 지친 엄마 얼굴을 마주하고 말을 골랐지만 적당한 말마디를 고를 수 없었다.

그사이 비가 멎었지만 사위는 불빛 한 점 없었다. 누가 엿듣기라도 하듯 우리는 말없이 길을 재촉했다. 캄캄한 농촌 길 곳곳이 웅덩이다. 신발을 적시지 않으려면 돌아가야 하지만 그럴 여유가 없었다. 엄마도 나도 잡은 손을 놓기 싫었다. 쿨쩍쿨쩍, 신발에 스며든 흙물이 소리를 내며 발에 달라붙었다. 밤하늘에 별이 하나둘 보이기 시작했다. 지향이와 지연이는 잠들고 윗방엔 밀어놓은 일감이 쌓여 있었다. 발을 씻고 방 안에 앉은 뒤에야 엄마가 물었다.

"때리진 않았지?"

"아니요. 뭔가 노리는데 아직 모르겠습니다. 버티면 지나갈 일 같지 않고 왜 그런지 예감이 안 좋습니다. 쉽게 끝나지 않을 것 같습니다."

희미한 등불이 경직된 엄마 얼굴을 비췄다. 소장이 출장 갔다고 하지만 아랫사람이 다짜고짜 잡아갈 리 없었다. 몇 시간을 기다려 어두워져 소장을 만났는데 여느 때의 능글능글함이 사라지고 알아볼 게 있어 그런다며 정색했다고 한다. 머리를 끄떡였다.

엄마의 얼굴에 착잡한 기색이 어렸다.

"어떻게 하면 좋겠니?"

마음이 쫓기듯 다급했다. 다시는 앉아서 당하고 때늦은 후회를 하고 싶지 않았다.

"겁나는 건 갑자기 내보내지 않고… 어차피 이렇게 된 이상."

너는 놓치지 마, 시누이 말이 갑자기 화살처럼 가슴을 꿰뚫었다. 늦었다던 아버님의 말씀도 머리를 두드렸다.

"어머니. 내일이면 늦을지도 모르겠습니다."

"늦다니?"

"어머니, 남편도 시아버지도 늦었습니다. 어쩔 기회가 없었습니다. 그럴까 봐 겁이 납니다."

한동안 말을 떼지 못하던 엄마가 머리를 끄떡였다. 목소리에 결연한 의지가 실렸다.

"네가 없으면 뭘 어쩌겠냐? 가라. 성희가 남긴 전화번호 기억하지?"

말뜻을 알아차리고 지지해 주는 엄마가 고마워도 가라는 말에 마음이 섬찟했다.

"어머니, 지난번 형님이 왔을 땐 그냥 그럴 일이 없다고 생각했습니다. 하지만 이젠 알겠습니다. 아무리 조심해도 끝은 정해져 있습니다. 같이 갑시다. 근수 아저씨 집에 며칠 머물며 강을 넘고 무사히 넘으면 성희네 찾으면 됩니다."

불시에 떠오른 생각이지만 그럴듯했다. 근수 아저씨는 장마당 자전거 시장에서 물 만난 고기처럼 활개 치니 합법, 비법 여러 연줄이 있을 것이다. 설사 강을 건너는 연줄이 없다 해도 중고품 파는 친구를 찾으면 될 일이었다. 그것도 아니면 중국에 가본 시누이도 있다. 두만강에서 멀지 않은 곳에서 살며 한 번도 그 강을 넘는다는 생각을 하지 못했다. 그러나 정작 강을 넘어야겠다고 결심하자 막막하지만은 않았다.

"지금 떠나. 네 시누이처럼 될 바엔 차라리 지금 가. 네가 성해야 애들이 산다. 난 안 간다. 동생들을 기다려야지."

엄마만 남으면 그들의 성화를 어떻게 견딘단 말인가. 단호한 말에 가슴에서 무엇인가 툭 끊어져 나갔다.

"어머니, 자리 잡고 동생들에게 연락하면 됩니다. 어차피 이 세상은 돈 없이 못 삽니다. 그러니 함께 갑시다."

"안 된다. 넌 출가외인이다. 하지만 내가 가면 그 애들은 어쩌냐… 무슨 말인지 알겠지."

예. 압니다. 부모가 되어 반역이라는 오명을 아들들의 머리에 씌우고 싶지 않은 것이다. 어떤 말로도 엄마를 설득하지 못하리라. 나에게 아이들이 전부이듯 엄마도 동생들을 놓을 수 없다. 그들을 위해 엄마는 어떤 시간도 견뎌낼 것이다.

동생이 남긴 수첩을 찾았다. 그 뒤에 적기 시작했다. 내가 떠나도 엄마는 계속 버텨야 한다. 생계를 위해 일해야 하고. 다른 일을 하기보다 지금 일이 그나마 나을 것이다. 그러려면 관계를 잘 유지해야겠지. 누구에게 얼마를 주고받아야 하는지 적어가던 손길을 멈췄다. 있는 돈을 다 퍼줘도 무사할 수 있을까? 큰동생이 돌아오기까지 엄마는 얼마나 긴 밤을 홀로 지새울까? 엄마가 버티지 못한다면?

"어머니, 1년만… 늦어도 1년이면 어떻게든 될 겁니다. 그때까지, 제가 소식을 보낼 때까지 꼭 버텨야 합니다."

짧은 여름밤이 지나고 있었다. 창문이 푸르스름해졌다. 더는 머뭇거릴 수 없었다. 윗방에서 아이들의 옷을 안고 온 엄마가 속삭였다.

"뭘 챙겨야 할지 모르겠다. 여름이라 그나마 다행이지. 겉옷과 갈아입을 옷을 넣었어."

불룩해진 배낭에 속도전 가루를 챙기는 엄마를 만류할 수 없었다.

"어떤 일이 있어도 집은 고수해야 합니다. 그래야 동생들도 돌아오고 저도 어머니를 찾습니다. 돈이 조금 있으니 고여서 괜찮을 거면 아끼지 말고요. 소식을 보낼 때까지 버텨야 합니다."

엄마가 소리 없이 두 아이를 흔들었다. 지향이는 벌떡 일어났지만, 지연이는 끙끙대며 돌아누웠다. 물에 적신 찬 수건이 얼굴에 닿아서야 눈을 떴다.

"엄마와 할머니 집 갈 거야. 지금 떠나야 하니 일어나."

이상한 분위기를 감지한 듯 지향이는 더 묻지 않았다.

"그래. 엄마 말 잘 들어야 한다. 동생 잘 보고, 지연이도 언니와 떨어지지 말고."

지향이와 지연이를 꼭 안아주는 엄마의 팔이 떨렸다.

"할머닌 함께 안 가?"

지연이의 말을 윽박지르며 잘랐다.

"조용히 해. 소리 낮춰. 옆집에서 들겠다. 할머니께 인사하고 가자."

현관에서 엄마는 지향이가 신은 샌들을 벗기고 편히화를 신겼다. 지향이와 지연이 머리를 쓰다듬는 엄마에게 귓속말로 속삭였다.

"기다려야 합니다. 꼭."

아이들을 앞세우고 마지막으로 엄마를 마주했다. 의연하고 담담한 표정을 차마 바라볼 수 없었다. 쫓기듯 문턱을 넘었다. 닫힌 문고리를 놓지 못하고 가만히 동정을 살폈다. 문을 사이에 두고 엄마의 숨소리며 옷깃 스치는 소리가 귀를 파고들었다. 우리가 떠나길 기다리는구나. 그 초연함이 용기를 주었다. 엄마를 부르려던 마지막 미련을 삼키고 손잡이를 놓았다. 언젠가 동생이 그랬듯 깊숙이 허리를 숙였다. 돌아서 눈물을 닦고 눈이 휘둥그레진 아이들의 손을 잡았다.

"가자."

돌아보고 싶어도 목이 굳은 듯 움직이지 않았다. 언덕을 내려 두 갈래 길에서 걸음을 멈췄다. 그리고 마지막으로 고개를 돌렸다. 마을은 어둠을 감고 묵묵히 지켜보고 있었다. 다시 돌아올 수 있을까? 아이들의 손을 나누어 잡고 앞을 바라보았다. 큰길을 버리고 논밭 사이로 난 작은 길에 들어섰다. 오솔길은 짙은 안개에 묻혀 끝이 보이지 않았다. 구불구불 이어진 길로 첫걸음을 디뎠다. 먼 길, 아직은 가늠조차 할 수 없는 머나먼 길이 앞에 있었다.

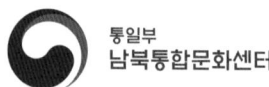

이 책은 2024년 남북통합문화콘텐츠 창작지원 공모선정작입니다.